UNA VIDA EN JUEGO

ALBERT SALVADÓ

A mi hijo Miquel, con todo mi cariño

ISBN: 978-99920-1-935-1
Depósito legal: AND.209-2012

© **Albert Salvadó** ®
www.albertsalvado.com

Diseño de la cubierta: Sarabia Photo

ÍNDICE

QUINCE SEGUNDOS

Observé la cabeza que reposaba sobre una enorme mancha de sangre que cubría casi la mitad de la superficie de la mesa y que empezaba a caer por el borde. Me acerqué despacio, procurando no ensuciarme, y le tomé el pulso, aunque no hacía falta. El agujero en mitad de la coronilla, entre la mata de pelo rubio, indicaba que se había disparado en la boca, en el paladar. El cuerpo aún no estaba frío del todo; así pues, no hacía demasiado que había sucedido. Levanté la vista, busqué el agujero de bala y lo encontré en la pared que el cadáver tenía a su espalda. Mentalmente calculé la trayectoria. El disparo se había producido mientras estaba sentado.

—¿Cómo ha sido? —pregunté.

—No lo sabemos. Nieto lo ha encontrado así —contestó Jean Louis.

—Dígale que entre; usted quédese fuera, vigilando, para que no aparezca nadie ni tengamos más sorpresas —le ordené.

Me quedé quieto, mirando aquel cuerpo inerte. Fueron apenas quince segundos. Justo el tiempo que Jean Louis tardó en llegar a la puerta de la sala, abrirla, salir y decirle a Pedro Nieto que entrase. Quince segundos en los que sólo existimos el muerto y yo. Nadie más.

¿Cuántas ideas, pensamientos e imágenes cruzan por nuestra mente en quince segundos? Pueden ser pocos o muchos, quizá centenares o incluso miles, aunque parezca increíble. Todo depende de las circunstancias.

Miré la mata de pelo rubio manchada de sangre, en la coronilla, en el lugar exacto por donde había salido la bala; luego vi el revólver en su mano y, de pronto, mi mente se puso a trabajar a una velocidad de vértigo. Durante aquellos quince segundos vi desfilar imágenes, rostros, conversaciones, situaciones..., todo lo que nos había conducido hasta aquel instante, y me di cuenta de que mi futuro estaba en manos de aquel pobre desgraciado. No exactamente en sus manos, sino en las decisiones que yo tomase en los próximos minutos. Pero él era la clave de todo.

—¿Qué desea jefe? —oí que decía la voz de Pedro Nieto, y regresé a la realidad del momento.

Quince segundos y todo quedó claro. Hay momentos en la vida en los que tomar una decisión rápida y acertada puede conducirte al lado adecuado de la frontera que hay entre el éxito más espectacular y el más rotundo fracaso, entre la riqueza o la pobreza, entre ser alguien o seguir siendo un don nadie. Tuve aquel pensamiento, aquella certeza absoluta, con una claridad meridiana, y sonreí. ¡Claro que sonreí! Una baraja de naipes únicamente contiene cuatro ases y sólo una vez en la vida los cuatro caen en tus manos, juntos, para formar un precioso póquer. ¿Quién sería ser tan estúpido de dejar pasar semejante oportunidad? Yo no. ¡Por supuesto!

1 - EL GRAN DÍA

Llamamos a la muerte «el sueño eterno» y no nos damos cuenta de que vivimos perpetuamente entre espacios oníricos, sin apenas instantes de verdadera lucidez. Cuando alguien nos dice que carecemos de la posibilidad de ser conscientes de cuanto sucede a nuestro alrededor, nos ofendemos y le contestamos que nosotros nos damos perfecta cuenta de que vivimos. Nos evadimos de todo y luchamos sólo para construir mundos irreales en los que poder gozar del vacío de nuestra imaginación y de una seguridad inexistente. Únicamente de vez en cuando algo, tal vez alguien, nos sustrae de nuestro universo inmaterial y nos abre los ojos a la realidad.

Yo tuve mi instante de lucidez en Barcelona, en esa nueva ciudad llena de empuje que se creaba en 1911, y fue gracias a dos elementos tan contrapuestos como llenos de paralelismos. Por un lado, pude contemplar en toda su crudeza la pasión ilusoria que generan en el ser humano la codicia y la locura de las mesas de juego, y por otro, sentí dentro de mí la otra pasión, esta vez real, que provoca en nuestro corazón la promesa de un gran amor.

Mi historia, la verdadera, la que viví intensamente, sin fisuras, empezó el día 15 de julio de 1911.

Aquel día, de pronto, me desperté contemplando el espectáculo que representa un ejército de operarios y técnicos dando los últimos retoques a una obra colosal. Aquella gente apenas habría dormido dos horas en las últimas veinticuatro. Que alguno de ellos, durante la última semana, hubiera conseguido echarse sobre una cama un total de veinte horas podía considerarse algo excepcional. ¿Quién podía imaginar, en aquella Barcelona, bajo el tórrido calor del verano, en la que estaba a punto de cumplirse el segundo aniversario de la Semana Trágica, que iba a producirse un acontecimiento como aquél?

Los socios franceses, que aportaban la mayoría del capital, estuvieron a punto de retirarse tras el desastre que supuso la última semana de julio de 1909. Fue casi un milagro que continuasen en el proyecto. Los treinta muertos, los diecisiete condenados a muerte, los cinco ejecutados, los más de mil detenidos y la cantidad sin precisar de heridos, porque muchos de ellos no se acercaron a un hospital por temor a ser detenidos, habían pesado mucho durante todos los trabajos de construcción de lo que pretendía convertirse en el nuevo emblema de la ciudad. Barcelona crecía a un ritmo acelerado, ya había sobrepasado ampliamente las seiscientas mil almas y se encaminaba a marchas forzadas hacia el millón. Apenas tres años antes habían empezado a derribar las casas que impedían que el Carrer Pau Claris llegase hasta el mar; ya se podía adivinar en todo su esplendor la Via Laietana, de veinte metros de ancho, flanqueada por edificios que serían la sede de las oficinas y de las empresas que se trasladaban al nuevo barrio de los negocios.

Y ahora aparecía la guinda del pastel. Grande, imponente, con la ciudad rendida a sus pies, elevándose hacia el cielo y exhibiendo todo su orgullo, habiendo superado todas las pruebas imaginables; aquella noche tendría lugar la cena de gala que serviría para inaugurar las nuevas instalaciones del casino de La Rabassada. Cuatro días más tarde abriría sus puertas al gran público.

Tras el desastre de 1898, que había detenido el crecimiento de la ciudad, la entrada del siglo XX había traído consigo una bocanada de aire fresco en forma de multitud de nuevos proyectos que estaban cambiando completamente la fisonomía de la ciudad y sus aledaños. La montaña de Collserola era un punto privilegiado que acogería parte de esa gran transformación. Primero la construcción del gran templo del Sagrado Corazón de Jesús, obra de los salesianos. Luego, la carretera de acceso que se había inaugurado en 1888 para la llegada de la reina María Cristina, que había expresado su deseo de disfrutar de la vista panorámica. Semejante acontecimiento fue lo más parecido al disparo de salida en una carrera por conseguir que una simple montaña se convirtiese en el gran mirador de la ciudad. Ya hacía cinco años que funcionaba a pleno rendimiento el funicular del Tibidabo, que conducía a un parque de atracciones fruto de la iniciativa del farmacéutico Salvador Andreu y que se perfilaba como uno de los puntos de Barcelona que más visitas recibiría. A ello había que sumar el observatorio Fabra y el museo de Física Ferran Alsina, obras de los años 1901 y 1905.

Finalmente, en aquel 1911, con el retraso pertinente, los trabajos del casino habían concluido, los obreros se habían marchado y habían dejado paso al equipo de decoradores, electricistas, carpinteros y pintores. Bajo las órdenes del arquitecto Andreu Audet Puig, habían dado el toque final a la remodelación del hotel ya existente para integrarlo en el conjunto que él había proyectado y dirigido. El hotel no era obra suya, sino de un arquitecto francés, de París, con un nombre muy rimbombante, Lechevallier Chevignard. Pero de la mano de Audet había surgido la impresionante verja de entrada con el rosetón metálico de más de cinco metros de diámetro donde se podía leer en letras de molde «LA RABASSADA. CASINO. ATRACCIONES», flanqueada por dos taquillas de venta de entradas, a modo de almenas de un castillo, y otras dos torres coronadas por una cúpula. Justo tras la entrada, aparecía el mirador y a la derecha se alzaba la majestuosa escalinata en semicírculo, capaz de acoger a más de diez personas que bajasen a la vez y que conducía al magnífico parque de atracciones. Allí, el visitante disfrutaría de una de las montañas rusas más espectaculares que existían, con sus dos kilómetros de longitud, del tren de las escenas, aquí llamado *Scenic Railway,* que paseaba por túneles llenos de sorpresas, de la vagoneta de la caída acuática, llamada *Water Chute,* con una pendiente del veinte por ciento. Las barcas descendían sesenta y cinco metros para acabar sobre un lago de más de mil quinientos metros cuadrados de superficie.

Según me habían contado, los diseñadores de aquel lugar tomaron ejemplo de parques de otros países. De ahí esos nombres tan internacionales. Y entre una y otra experiencia de vértigo, el visitante podría descansar en el palacio de la risa —tenía que pronunciarse en francés, *Palais du Rire*—, que era un lugar repleto de espejos cóncavos y convexos que deformaban las figuras humanas hasta convertirlas en caricaturas. También disfrutarían de la casa encantada, con nombre francés, claro, la *Maison Hantée*; o acudirían a la atracción del tiro con flechas o con carabinas, o a los bolos, amén de otras muchas atracciones menores.

Contemplar lo que sucedía aquel día era un espectáculo inigualable. Todos los empleados del parque se afanaban en realizar las últimas pruebas de las atracciones y los encargados de las taquillas se situaban en la verja de entrada. Sin embargo, aquel día, no cobrarían los cincuenta céntimos de la entrada, que daba derecho a una atracción, sino que controlarían el acceso de los trescientos invitados a la inauguración y les indicarían el camino. Otro equipo de técnicos, verdaderos especialistas, se ocupaba de la joya de la corona: el casino.

¡Oh, el casino! Allí los trabajos de decoración habían terminado mucho antes. Un pequeño ejército, muy bien entrenado, tomó posesión del vestíbulo, de las dos salas de juego, del guardarropa y de los despachos, mientras dejaba el salón de conciertos en manos del arquitecto y el restaurante en las de Pierre, que se ocupaba de la dirección y organización y cuya aureola de galo se adivinaba por todas partes. No había más que ver que el chef, el encargado y el repostero que se encontraban al frente de la brigada de cocineros, ocho en total, eran franceses. Sólo el salsero salvaba el honor de nuestro país.

Gente arriba y abajo, órdenes que volaban de un extremo al otro, retoques y más retoques. Los camareros andaban como locos para que ni un solo cubierto estuviese más separado que los demás, para que ni una sola copa estuviera fuera de la fila. De tal manera que cuando Pierre se agachase y mirase únicamente viese la primera. Las flores tenían todas la misma altura, las sillas formaran una única línea y la luz iluminaba hasta el último rincón, sin dejar una sola sombra. ¡Dios, cuánta perfección!

Una vez se abriese el parque al público, se ofrecería un menú al precio de cinco pesetas. Naturalmente, el restaurante también dispondría de una carta muy bien surtida, a un precio, evidentemente, bastante mayor, destinada a aquellos clientes con mayor poder adquisitivo. Una verdadera locura. Y no hay que olvidarse de la magnífica bodega, que era la envidia de media Europa. Casi nadie de los que estábamos allí habría podido permitirse semejante tren de vida. Con cinco pesetas podía comer toda una familia obrera más de un día.

Y ahí estaba yo, el señor Pons, Víctor para los jefes y los amigos, y Vittorio para mi padre. Mi madre había muerto diez años antes, en la primavera de 1901, concretamente el 21 de abril, el mismo día que Barcelona se manifestaba para protestar por la actuación de la Guardia Civil, que había cargado indiscriminadamente contra toda la población.

Al principio y durante todo el año final de la construcción, que es cuando habían decidido contratar mis servicios, los empleados me tenían por un coordinador. Sin embargo, a decir verdad, mi verdadero cometido en aquel galimatías era el de «encargado de que no sucediese nada fuera de lo habitual», figura absolutamente esencial en los tiempos que nos tocaba vivir. No hay que olvidar que, desde principio de siglo, aunque arrancó con un acto de buena voluntad por parte del rey Alfonso XIII, que concedió en enero de 1900 tres indultos de pena de muerte para festejar su onomástica, el historial violento no había hecho más que crecer y crecer. El primero de mayo de aquel mismo año, las Ramblas se convirtieron en un campo de batalla, en donde las tropas cargaron contra los manifestantes. Y sólo faltó que el rey Humberto I de Italia muriese en un atentado a manos de un anarquista que pretendía vengar el baño de sangre de Milán, acaecido en 1898, para que se extremasen las precauciones y tanto el ejército como las fuerzas del orden se empleasen a fondo. Ni siquiera el entierro de *mossèn* Cinto Verdaguer, que se convirtió en una inmensa manifestación de dolor que inundó Barcelona entera, consiguió frenar lo que ya parecía imparable. En nada contribuyó a apaciguar los ánimos la aparición de un escrito anónimo que se repartía por toda España y que se titulaba «El liberalismo es pecado». Recuerdo que leí en él frases tan suculentas como: «A pesar de las declaraciones y el magisterio de Su Santidad Gregorio XVI y de Su Santidad León XIII, ningún estamento oficial permite que se enseñe que el liberalismo es pecado [...] la verdad prevalecerá, de nosotros depende acelerar la victoria [...] debemos saber cuántos estamos dispuestos a luchar por la fe y lograr que la patria española no sea presa de los imitadores de Lucifer». ¿A quién podía extrañarle que al año siguiente hubiese manifestaciones anticlericales, tanto en Madrid como en Cataluña?

Los disturbios prosiguieron tras las elecciones de mayo de 1901, en las que se decía que en Madrid había funcionarios municipales que habían votado hasta doce veces. Una gigantesca ola que nos arrastraba a todos. Sin embargo, en medio de ella, se producían acontecimientos tan novedosos como la inauguración del funicular del Tibidabo, a finales de aquel año.

Lo cierto es que todos habíamos caído en el abismo de la locura, pero seguíamos viviendo y Barcelona seguía creciendo entre disturbios, atentados, huelgas y trabajo. Ninguna cabeza, coronada o no, de Europa o de fuera, escapaba a los actos de violencia. En septiembre de 1901 moría por causa de las heridas recibidas William McKinley, presidente de los Estados Unidos de América; en noviembre de 1902, el rey de Bélgica salió ileso de un atentado; en junio de 1903, murieron asesinados los reyes de Serbia, junto con los dos hermanos de la reina, el presidente del Consejo de Ministros, el ministro de la Guerra y diversos oficiales de la Guardia Real; en 1904, en Barcelona, Antonio Maura, por aquel entonces presidente del Gobierno español por tercera o cuarta vez, recibió una herida por arma blanca; en 1905, Alfonso XIII se salvó de otro atentado en su visita a París; en diciembre de aquel mismo año, en Barcelona, el cardenal Casañas fue salvado por el vicario general de morir apuñalado; en mayo de 1906, los reyes de España sufrieron otro atentado el día de su boda con una bomba lanzada desde un balcón, a causa de la cual murieron treinta personas; en abril de 1907, en Barcelona, Francesc Cambó, que era diputado por la Ciudad Condal, fue agredido; en febrero de 1908, en Lisboa, murieron asesinados el rey Carlos I de Portugal y su hijo Luis Felipe; aquel mismo año fue verdaderamente fatídico para Barcelona, que sufrió una oleada de atentados en el puerto, en la Boquería, en las atarazanas, en la muralla...; y en junio de 1909, en Barcelona, estallaron dos bombas en el teatro Principal. Un mes después se nos vino encima la Semana Trágica.

Con semejantes antecedentes, era natural que los dueños e impulsores de aquella magna obra del Tibidabo buscasen un mínimo de seguridad. Por esa razón mi trabajo era..., ¿cómo lo definiría?, delicado y preciso. Sí, eso mismo. Cometer un error podía resultar fatal. Así que a nadie debe extrañar que llevase una semiautomática del calibre 9 milímetros bajo la chaqueta y una veintidós de cuatro disparos en el tobillo, en una pequeña funda y escondida bajo el calcetín. Para la munición de la de bajo calibre utilizaba poca pólvora. Me permitía disparar desde muy cerca sin producir demasiado ruido; preparaba las puntas de los proyectiles ahuecándoles la cabeza y cortando un par de estrías a lo largo para que el daño que produjese fuera mucho mayor del que se puede esperar en un juguete tan pequeño. Mi licencia de detective privado me permitía llevar armas y en aquellos días nunca se sabía lo que podía suceder. Barcelona se había convertido en una ciudad peligrosa en la que la cantidad de delitos aumentaba día tras día. Recuerdo haber leído unas estadísticas en las que el director de la cárcel de Barcelona resaltaba que en 1904 se habían cometido casi setenta mil robos, casi cinco mil violaciones o intentos de violación y más de trece mil agresiones a personas. ¡En fin! A todo ello había que sumar que los sindicalistas estaban a la que salta, los anarquistas no perdían ocasión, los políticos tenían que protegerse, los grandes empresarios estrujaban a los obreros y los bajos fondos aprovechaban el río revuelto para echar las redes y sacar buenas piezas.

Era normal que mis servicios fuesen más que necesarios; trabajaba para ellos y además tenía tiempo para otras ocupaciones, algunas de ellas puntuales, que me proporcionaban una fuente de ingresos extra. Lo cierto es que estaba en danza las veinticuatro horas al día, siete días a la semana. Pero podía permitirme ese lujo porque de mí sólo dependía mi padre, que ya era muy mayor. Le cuidaba una mujer a la que yo pagaba para que le diese todos los caprichos. Se lo había ganado después de todo lo que había vivido y de todo lo que me había enseñado. Yo, de vez en cuando, gozaba de mis ratos de solaz y descanso. Para ello disponía de Manuela, a la que conocía desde pequeño y que me trataba con ternura, mientras yo le correspondía con el mismo cariño que emplearía con una prima cercana, aunque en el terreno físico iba mucho más allá.

Ella vivía con su abuelo al comienzo de la Gran Via, donde casi no habían llegado las casas. Ocupaban un piso más o menos decente, con luz de gas, pero sin agua corriente. Su abuelo era muy mayor y a ella le había tocado en suerte hacerse cargo de él, porque era la única mujer de la casa. Por las mañanas trabajaba en un taller de confección de cortinas, y entre lo que sacaba y lo que yo le daba, iba tirando y podía mantener a su abuelo. Sus hermanos se habían desentendido completamente y ni siquiera la visitaban. No me extraña. En cierta ocasión, mientras me vestía, sentado en la cama, me quedé mirando el armario. Manuela, tendida a mi lado, me contó que aquél había sido el armario de su abuela, que la piel de aquella madera tenía más años que ella y que a saber lo que habría visto, porque no se había perdido ninguna de las noches en las que su abuelo llegaba borracho y descargaba todas sus frustraciones contra su abuela. Ahora ella había muerto y él estaba hecho un guiñapo y dependía de su nieta, a la que, de bien pequeña, sentaba en sus rodillas y tocaba entre las piernas mientras se reía y gastaba bromas.

¡Eh! Que conste que darle dinero no significa que fuese puta. Nuestra relación se basaba en que ella necesitaba calor humano y yo se lo daba a cambio de sus servicios en la cama, cuando aprovechaba para visitarla por las tardes, los días en que iba a ver a mi padre y de regreso pasaba por delante de su casa. Por otro lado, nunca le pedí ni le exigí nada fuera de lo normal, aspectos que quedaban para cuando pagaba a una verdadera puta. Con ellas todo está permitido, que para eso cobran. En cambio, a Manuela nunca la pagué. Eso que quede muy claro. Era una amiga y yo la ayudaba. A veces, no habíamos acabado en la cama, sino que simplemente hablábamos y hablábamos.

En alguna ocasión, incluso me llegó a decir: «Tengo suficiente. No me dejes nada», aunque me hubiese satisfecho. Y eso la salva de todo.

Su abuelo ya no suponía ningún problema. El pobre desgraciado se pasaba el día entero sentado en una pequeña galería que daba a la calle, casi no hablaba, cenaba temprano y Manuela lo acostaba. Creo que ni siquiera se daba cuenta de mi presencia. Nunca respondía a mi saludo. Entonces el piso se quedaba vacío, sólo para nosotros, así que cenábamos casi como un matrimonio, nos metíamos en la cama y cuando ya tenía bastante, me levantaba, me vestía, me despedía de ella y la dejaba durmiendo. Para mí aquélla era una situación cómoda, en la que no tenía que dar explicaciones a nadie, porque a nadie prometía nada y en nada me comprometía, y si se me presentaba una buena ocasión para disfrutar de otro cuerpo, la aprovechaba.

Mi padre no pasó nunca de ser un obrero. Recuerdo que alguna vez mi madre le había dicho que un poco más de empuje no le vendría mal, pero él le respondía: «Ese de ahí algún día será alguien». Y me señalaba con su dedo índice, casi acusador. Sin embargo, mi madre le tenía mucho respeto y esas palabras se las oí pronunciar en contadas ocasiones y sólo cuando el dinero no le llegaba para comprar algo, que siempre era algo necesario. Nunca un capricho. En esas ocasiones, un par de días más tarde, mi padre se lo daba. Yo siempre me preguntaba: «¿De dónde lo saca?»

El resto del tiempo formaban un matrimonio muy normal. Nunca les oí discutir, jamás una palabra más alta que otra. El día que murió mi madre, mi padre levantó los ojos hacia lo alto; pude deducir de su mirada que si hubiese estado solo habría escupido al cielo. No obstante, no derramó ni una lágrima. A él nunca le vi llorar. El entierro fue lujoso. Mi padre compró un nicho que casi era más grande que nuestra casa y pagó lo que le pidieron por el mejor ataúd que había, aunque al sepelio asistimos cuatro gatos.

—Se lo merecía —me dijo cuando regresábamos.

Vivíamos en la falda de la montaña de Montjuïc, en una casa pequeña con dos habitaciones, un comedor con un pequeño fregadero y un grifo de agua que venía del depósito que mi madre llenaba todas las noches antes de irse a la cama. Teníamos una cocina de carbón, de ladrillo tosco; mi padre lo había encalado para darle un aspecto más limpio. Desde el comedor, por una puerta con un vidrio que ocupaba más de la mitad, se accedía a un patio. Allí había una comuna que desaguaba en un campo situado detrás, además de una leñera que el señor Bernardo llenaba de carbón, leña y astillas una vez al año. Tenía que bastar para alimentar el brasero durante los meses de invierno y para encender la cocina cada día. En mitad del patio, el primer domingo de mayo, si es que no llovía, mi madre disponía un barreño que llenaba con agua caliente. Este ceremonial me alertaba de que se había acabado el invierno y de que, a partir de entonces y hasta el primer día de octubre, cada dos domingos, por la mañana, me bañaría. Esto fue así hasta que cumplí la edad en la que el cuerpo empieza a cambiar y aparecen pelos. Entonces mi padre dijo que esos menesteres bien podía hacerlos yo solito. Creí que ya me había librado de aquella tortura, pero a partir de aquel momento él se encargó de recordarme mis deberes y no me escapé ni una sola vez.

Nuestra calle no tenía nombre. Poco más allá empezaban las chabolas hechas con cuatro maderas y unas cañas. Casi se podría decir que, en comparación con ellas, mi casa era todo un palacio. En esta vida siempre hay alguien que vive peor que tú y un montón que viven mucho mejor, naturalmente.

El día de Navidad mi madre me obligaba a lavarme las orejas y me ponía colonia.

—Hay que estar presentable para recibir al niño Jesús — me decía.

También me obligaba a mudarme de ropa y me vestía con el pantalón oscuro, que me duró casi cinco años, hasta que ya parecía más un pantalón corto de verano que uno largo de invierno. Menos mal que siempre fui delgado. Paquito, el hijo de Vicente Barroso, el que vivía dos casas más abajo y a quien llamábamos el Troncho, que estaba bastante más gordo que yo, lo habría reventado al segundo o como mucho al tercer año.

Mi madre lavaba la ropa una vez por semana, pero tanto mi padre como yo teníamos que aguantarla quince días, porque no había tanto jabón.

Sin embargo, era muy limpia y ordenada; cada mañana, antes de salir camino de la escuela, me lavaba la cara con un trapo mojado para que no me quedasen restos de mocos ni tiznajos y me peinaba, aunque la raya del pelo duraba el tiempo que tardaba en llegar a clase y sacarme la gorra. Durante unos años, mi mundo se acababa en el colegio, bajada la cuesta, y sólo podía ver la ciudad a lo lejos, cuando me escapaba con el Troncho, Andrés, Julio y otros que a veces se nos sumaban. Le decía a mi madre que me comería la merienda fuera, recogía la rebanada de pan bañada con vino y con un poco de azúcar y nos encaramábamos en una especie de mirador natural desde el que divisábamos montones de casas.

—Un día yo viviré ahí abajo —decía, contemplando el mundo que se extendía a mis pies.

—¿Dónde? —preguntaba el Troncho.

—Allí. En el centro —señalaba yo.

—Tú estás loco. ¿Sabes lo que cuesta vivir ahí? Por lo menos veinte duros.

—¡Anda ya! ¿Cómo va a ser tanto, hombre? —exclamaba uno de nosotros.

—¡Coño, te lo juro por todos mis muertos! Allí hay casas con agua corriente; esa gente no tiene que ir a buscarla a la fuente. Por la noche encienden luces de gas y las mantienen encendidas toda la noche —replicaba el Troncho.

—¡Sí, hombre! —nos reíamos.

—¡Sí, señor! Toda la noche. Que me lo ha dicho uno que lo ha visto.

De manera que el día que mi padre me llevó por primera vez a la ciudad, me pasé todo el tiempo con la boca abierta, mirando hacia arriba, hacia las ventanas más altas de las casas. En donde yo vivía todo era plantas bajas.

—¿Qué te parece? —me preguntó mi padre, que me llevaba cogido de la mano.

—Un día yo viviré aquí —le contesté.

—¿Dónde? —me preguntó, divertido.

—Allí —señalé el piso más alto de la casa más alta.

—La gente importante nunca vive ahí arriba —dijo mi padre, riendo—. Viven abajo, en el principal, para no tener que subir tantas escaleras.

Luego, poco a poco, a medida que acompañaba a mi padre en aquellas excursiones, la ciudad perdió su inmensa magia y su poder sobre mí y dejé de mirar las casas con cara de idiota.

Una tarde, acababa de cumplir los diez años, decidí que el hecho de haber entrado en la etapa de los dos dígitos ya me permitía vivir mi primera aventura. Andrés y yo nos escapamos del colegio, echamos a andar desde la falda de la montaña de Montjuïc, llegamos a la Gran Via de les Corts, nos agarramos a la parte de atrás de un tranvía y nos dirigimos al centro de la ciudad. Allí las calles estaban limpias y adoquinadas, los tranvías compartían el espacio con las tartanas y los carruajes elegantes. Había gente bien vestida, tiendas con aparadores, confiterías que nos dejaban con la boca abierta, criadas con cofia y todo aquello que sólo existía en nuestros sueños. ¡Menudo viaje! Incluso, si teníamos suerte, quizá veríamos un automóvil, como el que Pancho decía haber visto una vez y que andaba sin caballos que tirasen de él y sin raíles, como los trenes o los tranvías.

Paseando por la Gran Via, al llegar al Carrer Balmes, a pocos pasos de nosotros vimos a un tipo con cara de despistado contando el dinero que llevaba en la cartera. Lo observé atentamente. Aquel tipo sudaba y se le veía nervioso. Acabó y se metió la billetera en el bolsillo de atrás del pantalón, pero su cabeza debía de estar en otra parte porque se le quedó medio salida.

—Mira —le dije a Andrés apuntando con la barbilla.

—Se le va a caer —me contestó.

—A que soy capaz de quitársela.

—¡Sí, hombre! —me desafió.

—Es muy fácil. Un pequeño empujón y seguimos como si no hubiese sucedido nada. Ni se va a dar cuenta.

Echamos a andar, nos dirigimos hacia el sujeto y cuando estuve cerca me volví para gastarle una broma a Andrés. Entonces choqué con aquel hombre al tiempo que le quitaba la cartera. Le pedí disculpas y seguí andado como si nada hubiese sucedido. Había sido la mar de sencillo.

Todo iba de maravilla, hasta que oí que gritaba:

—¡Al ladrón! ¡Me han robado la cartera!

Me di la vuelta y vi que había agarrado a Andrés por un brazo. El muy imbécil se había quedado plantado a su lado, mirándolo fijamente con cara bobalicona y —¡claro!— el fulano se había dado cuenta, se había llevado la mano al bolsillo de atrás, había hecho cálculos y... Dudé, me quedé quieto unos segundos y eso fue mi perdición.

De una de las casas salió un portero que se me echó encima. Caí de bruces, con aquella mole aplastándome. Me vi perdido y dejé que el instinto actuase por mí. Allí, tendido en el suelo, descubrí que justo debajo tenía el agujero de la alcantarilla. No me lo pensé ni un instante y solté la cartera, que desapareció de inmediato sin que el portero se diese cuenta de nada.

En respuesta a los gritos de la gente apareció una pareja de la Guardia Civil, me agarraron por el pescuezo, me pusieron en pie y me zarandearon como a un muñeco.

—¡Venga! Suelta la cartera —me gritaba uno mientras agitaba la mano como un abanico.

—Yo no tengo ninguna cartera.

—Eso ya lo veremos.

Me registraron dos veces, primero uno y luego el otro, a conciencia, pero no encontraron nada. Luego registraron a Andrés y tampoco hallaron nada. Estuvieron discutiendo entre ellos, con el portero, con el dueño de la cartera, que gritaba como un loco, y es así como Andrés y yo acabamos en una comisaría de la Gran Via.

—¿Y la cartera? ¿Dónde está? —No pararon de preguntarme.

—Yo no he visto ninguna cartera —repetí sin cesar.

—Tu amigo ha cantado —me intimidaron.

Pero por más bofetadas que me dieron, no me sacaron ni una palabra, como no fuese para negarlo todo y jurar y perjurar que yo no sabía nada de la cartera.

—Yo he chocado con ese señor, sin querer, pero no le he cogido nada. Seguramente la ha perdido —dije con convicción. Y de ahí no me moví.

Finalmente, el dueño de la cartera empezó a dudar de todo y acabó creyendo que posiblemente se le había caído. Se fue a buscarla y los de la comisaría enviaron recado a nuestros padres para que viniesen a recogernos. ¿Qué podían hacer si no había cuerpo del delito? De ahí saqué una gran lección.

Durante todo el tiempo que tardaron en llegar, que fue una eternidad, Andrés y yo estuvimos sentados uno junto al otro, en silencio, sin mirarnos, aunque yo podía oler el miedo de aquel estúpido traidor. Pensé que no tenía más remedio que darle la razón a mi padre, que siempre decía que el miedo se puede oler. Por eso los animales saben quién manda. A él, los perros, incluso los más fieros, le tenían respeto. Aquélla era una cualidad que me tenía fascinado. Miraba a un perro, levantaba el dedo y el animal escondía la cola y se acercaba con las orejas gachas.

El primero en llegar fue el padre de Andrés. Entró por la puerta, miró a su mierda de hijo, meneó la cabeza, levantó la mano como si fuese a matarlo, pero la bajó y se dirigió al policía de guardia, que le soltó un discursillo que sonaba a canción repetida mil veces.

—Por esta vez pasa porque no se ha encontrado la cartera, pero más vale que no le quite el ojo de encima. Empiezan así y tarde o temprano acaban en la cárcel. ¿Entendido?

El padre de Andrés se deshizo en explicaciones, en disculpas y en palabrería. Luego agarró a su hijo por el cogote y lo sacó de allí a rastras soltando un montón de tacos y levantando la mano, pero sin bajarla, mientras el policía negaba con la cabeza, chascaba la lengua y seguía anotando alguna cosa. Él sabía, tan bien como yo, que, como decía mi madre, perro ladrador es poco mordedor.

Media hora más tarde apareció mi padre. Eso ya fue otro cantar. Recuerdo vivamente la cara que puso al entrar en la comisaría. Ni un gesto. Se detuvo justo al traspasar el umbral, miró a uno y otro lado con calma, sin mover el cuello, estudiando el terreno, se quitó la gorra y se fue a hablar con el agente de guardia, que repitió el mismo discurso con idénticas palabras.

Mi padre asintió lentamente, la gorra en las manos, le dio las gracias con toda corrección, sin más comentarios, y vino hacia mí. Me levanté del banco y me soltó un guantazo que me sentó de nuevo.

—¡Menuda ostia! —oí que exclamaba el policía de guardia —. Si todos los padres fuesen así, otro gallo nos cantaría.

Mi padre se puso la gorra, se dio la vuelta, se despidió del policía y se dirigió hacia la puerta sin mediar palabra. Yo me levanté medio aturdido y le seguí. La cara me ardía. Su bofetada me había dolido más que todas las que me habían atizado en el cuartucho de atrás mientras me interrogaban. Anduvimos durante cinco minutos, en silencio, él delante y yo detrás. De pronto se detuvo y se plantó delante de mí.

—¿Sabes por qué te he pegado? —me preguntó.

—Por ladrón —le respondí, esperando por lo menos otro par de bofetadas.

—¡Porque te han pescado, idiota! ¿Comprendes?—exclamó.

Aunque la sorpresa fue mayúscula, reaccioné de inmediato.

—Ha sido culpa de Andrés. Si él no se hubiese quedado mirando como un imbécil…

—¡Ha sido culpa tuya! Primero por confiar en un mierda como ese Andrés, y segundo por ensuciarte las manos. El que quiere robar de veras nunca toca el dinero. Siempre busca a alguien que lo haga por él. ¿Comprendes?

—Sí —asentí lentamente, procurando asimilar sus palabras, que sonaban como el restallido de un látigo.

—Si quieres llegar a ser alguien, antes tienes que ser un *hijoputa* de verdad. Y eso no tiene nada que ver con tu madre. ¿Comprendes?

¡Ya sabía que mi madre no era ninguna puta!, exclamé en mi interior. Puta era la Sarabia, la que vivía junto al bar. Eso era lo que decía Julio, que era puta porque se la tocaba a todos. Pero no me atreví a abrir la boca para nada. Mi padre hablaba con una energía que nunca le había visto. Soltaba sentencias, en lugar de frases.

Tomamos el tranvía y acabó de oscurecer mientras subíamos la cuesta que conducía hasta nuestra casa.

Al llegar, mi madre nos esperaba en la puerta. Me abrazó llorando y me metió dentro. Mi padre se quedó fuera. Pensé que no quería enfrentarse a ella, pues se la veía dispuesta a defenderme con mucha mayor energía que de costumbre. No me cabía la menor duda de que la pobre había pasado un calvario. Me tenía la cena a punto y se sentó a mi lado en silencio, mirándome con ternura mientras yo engullía la verdura, el pan y el queso. Y cuando hube acabado, sacó una naranja del bolsillo del delantal y me la dio con una sonrisa.

—Cómetela y vete a dormir antes de que entre tu padre —me dijo, y me dio un beso en la mejilla—. ¡Mira que nos has tenido preocupados!

Al día siguiente volví a escaparme de la escuela, pero no fui directamente a casa, sino que regresé ya de noche; mi madre me esperaba con una cara...

—¡Ya ha llegado tu hijo! —gritó cuando abrí la puerta.

Porque cuando no actuaba según lo previsto, me convertía en el hijo de mi padre. De ahí venía ese «tu hijo», como si ella no tuviese nada que ver conmigo.

Sin pensarlo dos veces me dirigí al pequeño patio que había detrás de la casa, en donde mi padre pasaba muchas horas leyendo. Devoraba los libros que sacaba de la biblioteca, uno tras otro, sin parar. Era el único del barrio que podía sacar libros de la biblioteca que había a media hora de tranvía. Nadie sabía cómo lo había conseguido. Me planté frente a él y antes de que pudiese levantar la mirada le tendí la cartera que había recuperado de la alcantarilla. Por eso llegaba tarde, porque había tenido que esperar a que cerrasen las porterías para poder tenderme en el suelo y meter la mano en el agujero para buscar la causante de todo aquel desaguisado.

—Ciento veintitrés pesetas y dos reales —dije.

Alzó los ojos del libro, contempló la cartera y luego me miró. Aguanté el envite sin pestañear. Al cabo de un rato cerró lentamente el libro y lo dejó en su regazo.

—¿Cómo has conseguido conservarla sin que nadie la viese?

Le conté lo sucedido. Él no movió un músculo de su cara hasta que concluí mi relato. Entonces alargó el brazo, tomó la silla que tenía a su derecha y me la ofreció. La acepté y la puse delante de él.

—¡No! —exclamó—. Aquí. —Señaló a su izquierda—. Y mira al frente. No me mires a mí.

Le hice caso y me senté junto a él.

—Cuando dos hombres hablan mirándose, significa que están discutiendo algún asunto, que hay temas pendientes y que hay que tomar decisiones —me dijo—. Cuando se sientan como tú y yo, son dos amigos que van a compartir confidencias. Por eso no necesitan verse la cara. ¿Comprendes?

Él siempre acababa sus explicaciones con aquella pregunta que venía acompañada de un gesto con el que bajaba la cabeza y alzaba las cejas para mirarme directamente a los ojos.

—La cena ya está y se va a enfriar —dijo mi madre desde la cocina.

—Mi hijo y yo tenemos que hablar. Si la cena se enfría, ya volverás a calentarla —respondió él en el mismo tono que había empleado el día anterior, al salir de la comisaría.

Mi madre no rechistó.

Ahí empecé a enterarme de que él y yo éramos *hijosputa*, porque los de arriba nos convertían en ello. Y entonces empecé a pensar en «nosotros, los *hijosputa*».

Una semana más tarde pagué una peseta, cincuenta céntimos a cada uno de los dos muchachos que esperaron a Andrés a la salida del colegio y le propinaron una paliza que le costó tres dientes y un brazo roto. Ahora ya sabía lo que era un *hijoputa* de verdad, y también había aprendido que hay gente capaz de todo por dinero. Por supuesto, nadie me relacionó con el incidente. Los dos muchachos no eran del barrio y podía permitirme el lujo de gastarme una peseta, porque tenía más de cien. Bueno, no exactamente. Mi padre retiró cincuenta para dárselas a mi madre y otras veinticinco para guardarlas. El resto, cuarenta y ocho pesetas y dos reales, me las devolvió. La cartera se la quedó él para hacerla desaparecer.

—Procura administrarte y no hagas alarde de tu riqueza. Que nadie sospeche nunca nada, porque por ahí mueren todos por idiotas. No te las gastes invitando a tus amigos, porque harán comentarios. ¿Comprendes?

Asentí, más que sorprendido. Nunca había imaginado nada parecido; siempre había creído que mi padre era el hombre eternamente callado, sin amigos, que iba de casa al trabajo y del trabajo a casa. Pero las sorpresas no habían hecho más que empezar. A partir de aquel día, cada tarde mi padre y yo nos sentábamos en el patio y él me contaba cosas de su vida pasada.

La primera gran sorpresa fue descubrir que en realidad mi padre no se llamaba Josep Pons, sino Giuseppe Ponte y que había nacido en Italia, en el sur, en Calabria, concretamente en Catanzaro, la capital de la región. No había nacido en Mollerusa, tal como indicaban sus papeles. Allí, en Italia, había vivido durante casi treinta y cinco años, allí se había casado por primera vez y allí había entrado a engrosar las filas de una familia que formaba parte de la 'Ndrángheta calabresa. No una cualquiera, sino la de los Maltesse.

Había empezado ganándose la vida con todo tipo de trabajos, aquí y allá, por orden de Emiliano, uno de los segundos capos. Pero enseguida despuntó y fue escalando puestos hasta que empezaron a respetarle. Siempre a las órdenes de Emiliano, por supuesto; se convirtió en su mano izquierda. La derecha ya tenía dueño. Las familias no son como los negocios. Puedes fundar un negocio cuando quieres, pero las familias nacen para ser eternas. Eso me contó. De ahí que sean familias y no cualquier cosa; puedes entrar, pero no salir, como no sea para te metan en el hoyo.

—La palabra es sagrada y el silencio no tiene precio. Éste es el secreto. ¿Comprendes?

Me contó que en aquellos días la vida le sonreía, se había casado, tenía un hijo y esperaba el segundo. La felicidad completa. Yo le escuchaba con mucha atención.

—Ya tienes diez años. A tu edad yo ya hacía dos que trabajaba para mis jefes —me dijo—. A partir de ahora, tú yo formamos parte de dos familias: la que nos une a tu madre y la otra, la que es sagrada. ¿Comprendes?

Mi padre me explicó que en las familias, cuando ya has entrado en ciertos niveles, sólo puedes ascender cuando quien está más arriba se retira o lo retiran. Esta norma no era del agrado de Emiliano, que tenía aspiraciones y quería tener su propia familia. De manera que un par de misteriosos accidentes lo situaron en línea directa con don Genaro. Pero el Don poseía esa inteligencia que dan los años y esa sabiduría que sólo se consigue con la experiencia y, aunque no se alteraba por nada y siempre asentía beatíficamente a todo lo que le decían, enseguida pensó que allí había algo que olía a podrido. Poco después, Emiliano apareció muerto en mitad de la calle. Alguien le había disparado a bocajarro dos cartuchos de posta. Por supuesto, nadie había visto nada. Y aquella misma noche también murieron sus dos hijos.

Lo malo es que don Genaro no se quedó tranquilo porque alguien le sugirió que quizás Emiliano no había actuado solo y decidió aplicar la regla básica que dice no hay que dejar raíces que puedan convertirse en nuevas plantas e invadirte el jardín. Así que se reunió con los capos de las grandes familias y solicitó permiso para dar un escarmiento ejemplar que serviría de lección a todos los que pretendiesen seguir los pasos de su segundo. Hubo largas discusiones a puerta cerrada, de donde no se escapaba ni una palabra. Cuando hay que tomar una decisión que puede afectar a otros, hay que meditarlo mucho.

Finalmente don Genaro puso sobre la mesa una lista de nombres. Se sopesaron todos, se eliminaron algunos y al final todos votaron a favor de la propuesta. Entre los que quedaron estaban un sobrino de Emiliano, que era su mano derecha, y mi padre, que era su mano izquierda, porque un manco de ambas manos poca cosa puede hacer. De manera que una noche alguien entró en casa de mi padre. Él no estaba. Aquella misma tarde había tenido que salir urgentemente hacia San Andrea porque un tío suyo se había puesto muy enfermo. Al día siguiente las vecinas encontraron los cuerpos de la mujer y del niño sin vida.

A mi padre le llegó la noticia a San Andrea por medio de un primo que había salido aquel mismo día de Catanzaro, también a visitar a su tío.

—Lo siento mucho, de veras —no dejaba de repetir el pobre tras comunicarle la noticia.

—¿Por qué ella? —preguntaba mi padre, desesperado.

—Parece ser que sólo habían recibido el encargo de acabar con el chico y contigo, pero al ver que tu esposa estaba embarazada decidieron que, ante la duda de si era niño o niña, mejor acabar con todos.

—¡Hijos de la gran puta! —gritó como un loco—. ¡Los mataré a todos!

—Si intentas algo, todas las familias se volverán contra nosotros y no quedará ni uno de los nuestros —le dijo su tío enfermo.

Miró a su tío y a su primo. Sabía que su vida había acabado y que le perseguirían hasta la muerte. Nadie escapa a la cólera de una familia si no tiene la protección de otra. Y él estaba solo, completamente solo. Nadie le echaría una mano. ¿Quién se atrevería a desafiar una decisión acatada por todas las grandes familias? Necesitaba tiempo y dinero. El dinero se lo ofrecieron su tío y su primo, pero el tiempo es un bien demasiado escaso cuando han puesto precio a tu cabeza.

Recogió cuatro cosas y se llevó consigo una escopeta de caza con unos cuantos cartuchos. Durante meses vivió en el monte, como pudo, escondiéndose y huyendo de los que le perseguían con el deseo de alzarse con el trofeo de caza y así congraciarse con don Genaro y obtener la recompensa. Finalmente, un día encontraron el cuerpo de un hombre con la cara destrozada por el disparo de la escopeta de caza. Llevaba la ropa de mi padre, sus zapatos, su cartera y su documentación; la escopeta estaba junto al cadáver. A todas luces se había suicidado disparándose dos cartuchos a bocajarro.

Quince días después, mi padre desembarcaba en Marsella con la documentación de un tal Josep Pons y tres años más tarde aparecía en Barcelona. Había aprendido su idioma supuestamente natal, aunque con un deje que él explicaba por su larga permanencia en otros países.

Me contó que entró a trabajar en una fábrica textil y que conoció a Marta, la que era mi madre, que vivía en la misma pensión y trabajaba en una fábrica de corchos. Se casaron y yo nací en 1880, un año redondo, en pleno apogeo de lo que se ha conocido como «la fiebre del oro». Desde 1875 hasta 1882, Barcelona creció y creció hasta el punto de que a partir de 1880 cada año llegaban ocho mil inmigrantes para poder ocupar un puesto en la industria textil, la metalúrgica y la química, en la construcción, en las navieras, en las nuevas compañías de electricidad que se creaban y en los comercios que se abrían. La ciudad era distinta cada día, aparecían nuevas calles que seguían la cuadrícula del plan Cerdà y las casas se multiplicaban, mientras aparecían chabolas por toda la periferia.

—Lee, lee, lee y no dejes nunca de hacerlo —me ordenó mi padre—. Juega con tus amigos, pero cada día, antes de ir a dormir, lee un rato. Al principio léelo todo, cualquier cosa que caiga en tus manos. Simplemente lee y entiende lo que lees. Luego, procura sacar lo que se esconde bajo las letras impresas. Los libros te mostrarán el camino. Cada día tienes que leer algo, que aprender algo nuevo, que buscar un significado a las palabras. Poco a poco te dirigirán hacia las lecturas que necesitas. Y cuando sepas leer correctamente, cuando seas capaz de ver el alma de quien escribió y puedas entrar en su mente, yo te enseñaré a leer en otras partes. Entonces serás lo que quieras. ¿Comprendes?

Asentí lentamente, aunque sin demasiada convicción. ¿Qué podía encontrar en los libros?

—No te llamas Vittorio por casualidad —me dijo—. Vittorio significa «victoria», y la victoria es para los que se preparan para vencer. ¿Comprendes?

Aquel día no le comprendí, aunque asentí y le hice caso. Así es como aprendí a leer correctamente. Un buen día descubrí que mi padre había sido toda su vida un simple obrero sólo para protegerme a mí, para proteger su futuro, tal como él decía.

—Porque si tu futuro se acaba, tú mueres para siempre, mientras que si dejas tu semilla sobre la Tierra, tu vida es eterna. El futuro lo cambiarás tú, porque yo no puedo. ¿Comprendes?

Él tenía muy claro que don Genaro siempre exigía ver la cara del enemigo muerto y que el cadáver que hallaron en San Andrea no tenía rostro. Pero ¿quién iba a buscar a un pobre obrero que vivía en una casa miserable de un barrio perdido en las afueras de una gran ciudad? Por eso se levantaba cada mañana a las cinco, se lavaba, se afeitaba, se vestía, tomaba la fiambrera que le había preparado mi madre, se ponía la gorra y entraba en la fábrica a las seis de la mañana para regresar cuando ya había anochecido. Llegaba, se quitaba la gorra y se sentaba a leer. Nunca se metía en líos ni acudía a las huelgas ni nada de nada. Tampoco tenía amigos, excepto los libros. Aquél era mi padre. Y yo lo recuerdo con su gorra.

De él aprendí mucho. Me dijo cómo tenía que comportarme, cómo tenía que mirar a la gente a los ojos y leer en sus entrañas, me enseñó italiano y me pagó clases de francés.

—El italiano tienes que aprenderlo porque es la lengua de tus antepasados y el francés porque es el país que tenemos más cerca y hay que estar a buenas con los vecinos —me decía cuando yo protestaba y me quejaba de que el francés no servía para nada.

Y así crecí y el francés se convirtió en la llave que me abrió las puertas de un mundo que parecía inalcanzable, porque cuando los socios franceses de la Sociedad Anónima La Rabassada buscaron a alguien que conociese los secretos de Barcelona, prefirieron escoger a alguien con quien pudieran entenderse directamente, sin intermediarios. Mi padre, está claro, era un hombre con visión de futuro.

2 - LA GRAN FIESTA

—Señor Pons, le llaman de arriba —dijo una voz a mis espaldas.

Era Antonio Farreres, un amigo de infancia que yo había colocado entre el personal de seguridad del casino. Su padre era albañil y ahora se ganaba bien la vida. Antonio se había casado, tenía dos hijos y un piso alquilado entre el Paralelo y la Gran Via. Cuando éramos pequeños, vivía cerca de mi casa, íbamos a la misma escuela y formaba parte de mi pandilla, que capitaneaba el Churriguera, uno de los mayores, a quien tuve la oportunidad de sustituir cuando dejó los estudios. Sin embargo, mi padre lo evitó.

—No pelees por ser el primero. No es tu momento. Procura pasar desapercibido y todo irá bien —me ordenó.

Le obedecí y dejé que Pepe, al que llamábamos el Tuerto por tener un ojo con el que no veía muy bien, se convirtiese en el nuevo jefe. Sin embargo, había tres o cuatro que siempre me consultaban antes de tomar una decisión o de seguir las consignas del cabecilla. Yo les había hecho un par de favores y les había demostrado que tenía más inteligencia que aquel pobre desgraciado que creía que todo su poder se basaba en la cantidad de bofetadas que era capaz de repartir, sin saber que en esta vida los favores hechos con astucia revierten en buenos beneficios. Y éste era el caso de Antonio, que ahora me trataba de usted cuando estábamos en público, aunque de pequeños habíamos jugado juntos y nos conocíamos perfectamente. Así lo habíamos convenido para mantener las formas. De esta guisa él me pasaba información de lo que oía por ahí y nadie sospechaba nada sobre nuestra amistad.

Asentí y dejé de observar a los encargados de las mesas de juego para dirigirme a la escalera que conducía a los despachos. Eran las cuatro de la tarde y una hora antes se había convocado una última reunión para comprobar todos los detalles de la fiesta inaugural. Yo no asistía a esas reuniones. Así lo habíamos convenido con *monsieur* Jean Boudineau, el verdadero secretario del consejo de administración, de quien yo dependía. A Luis Estragué, el director del casino, casi ni le veía y juraría que había hablado con él en un par de ocasiones a lo sumo. Decían que Boudineau lo había convertido en un hombre de paja.

Estragué nunca se metía en nada ni con nadie, pero era capaz de recibir a cualquiera y quedar como todo un caballero. Cuando había problemas, simplemente los traspasaba. Yo le tenía por un hombre hábil, capaz de encerrarse en su caparazón y esperar tranquilamente tiempos mejores.

El secretario era un hombre delgado y nervioso, con ojos de rata y unos labios finos que se mordía constantemente, con lo que daba la impresión de que siempre estaba meditando lo que iba a decir; pero en el fondo carecía de cerebro, aunque era eficiente y sabía escoger a la gente que le rodeaba, virtud que mi padre ponía en un pedestal.

—Saber escoger buenos compañeros de viaje no tiene precio —me repetía a menudo—. Ellos pueden echarte una mano o cubrirte las espaldas cuando sea necesario. Recuerda que no tienes ojos en el cogote. ¿Comprendes?

Boudineau tenía unos cuarenta años, procedía de Marsella, estaba casado y tenía dos hijos. Su esposa era demasiado hermosa, demasiado elegante y demasiado mujer para tan poco hombre, por lo que más de uno comentaba que había serias dudas sobre quién era el padre de sus hijos. Quizá también por esa razón ocupaba el cargo que ocupaba. ¡Vete a saber!

Subí las escaleras, llegué al rellano en el que había la mesa que ocuparía la secretaria de dirección cuando se incorporase y tres puertas. La de la derecha daba al despacho del secretario del consejo de administración, la de la izquierda al despacho del director del casino y por la del centro se accedía a otro despacho mucho más pequeño que ocupaba un contable que venía a horas. Llamé a la puerta de la derecha y la voz ronca de Boudineau me indicó que podía pasar. Su voz tampoco correspondía a la de un hombre de su talla. Era demasiado grave para un cuerpo tan delgado. Todo en él era excesivo, incluso su deseo de aparentar una fuerza y una autoridad de las que carecía. Todo era inapropiado, excepto su apellido, que le cuadraba a las mil maravillas: Boudineau, *boudin d'eau*, «salchicha de agua». La primera vez que lo oí casi me da risa.

—Siéntese, Víctor, por favor —me dijo arrastrando las erres con un claro e inequívoco acento afrancesado, y me indicó la butaca que había delante de su escritorio.

Me senté y aguardé pacientemente a que dejase de morderse los labios y empezase a hablar.

—Debo decirle que el consejo de administración desea trasmitirle su felicitación por el trabajo que ha desempañado durante el año que está a punto de acabar—me dijo despacio—. Ha sido usted muy discreto y eficaz, hasta el punto de que ha habido momentos en los que no sabíamos si existía o no —se atrevió a bromear, algo insólito en él.

—Ya les dije que es mi trabajo y que me lo tomo muy en serio —le contesté.

—Sí, sí, ya lo sé. Sus referencias eran inmejorables —dijo, asintiendo.

—Mis superiores me tenían en cierta estima —repliqué.

Las referencias a las que había hecho mención eran dos cartas inventadas y magníficamente falsificadas por un buen amigo; aquello me permitió acceder al puesto. En una de ellas me atribuía el mérito de haber sido seleccionado para formar parte del equipo que, en 1907, el famoso detective británico *mister* Arrow quería crear. La ciudad le había contratado para tareas de vigilancia e información. Aquello era un eufemismo: su labor se centraría en descubrir a los autores de los atentados con bomba y ponerlos en manos de la justicia. Sin embargo, fue un desastre y no consiguió nada. Pero los políticos convirtieron su actuación en un éxito sin precedentes. Luego le despidieron y lo mandaron de vuelta a su casa. Por esta razón, de cara a la galería, todo el que hubiese estado relacionado con dicho episodio adquiría cierto prestigio. Nadie diría lo contrario, porque a nadie le interesaba quedar como un idiota.

—Al consejo le gustó mucho la forma en que solucionó el conato de huelga del mes de febrero —siguió hablando, mientras me miraba y asentía lentamente, sin parar. Si sigue así, se le caerá la cabeza, pensé—. Y el problema de la documentación que se había encallado en el despacho de Urbanismo del Ayuntamiento también fue un detalle muy digno de tenerse en cuenta. Su discreción fue modélica. Tanto es así que aún no sabemos ni cómo lo consiguió.

—Me contrataron para que no hubiese problemas y no los ha habido. De eso se trataba, ¿no?

—¡Por supuesto! —exclamó levantando la mano—. Y no le pido que me revele sus secretos. Quiero simplemente decirle que nos encanta su forma de trabajar. Lo último que le conviene a un negocio como éste es un escándalo. Nuestros clientes pertenecen a la alta sociedad y hay que saber tratarlos como se merecen. ¡Bien! Todo está a punto y dentro de poco los invitados empezarán a llegar —dijo sonriendo abiertamente, cosa que tampoco era habitual en él. Lo normal era que su sonrisa fuese a medias, con la boca torcida.

Yo también sonreí al recordar las enseñanzas de mi padre, que decía que cuando quieres ascender debes vender el producto. Naturalmente, la gente paga según lo que ellos creen que vale algo, independientemente de su valor real. De manera que yo únicamente había vendido un producto: mis servicios. Pero para vender algo hay que hacerlo con inteligencia, crear la necesidad en el posible comprador y saber en qué momento hay que utilizar los argumentos. La precipitación es mala consejera. Dar cuerda al cliente es fundamental. Incluso a veces hay que llegar al extremo de que piense que no quieres vendérselo y entonces atacar con fuerza, pero nunca darle pie a que descubra o siquiera imagine que quizás ha cometido un grave error.

Durante meses, desde que me contrataron, en julio de 1910, asustados ante la llegada del primer aniversario de la Semana Trágica, había dejado que todo pareciese una balsa de aceite y había solucionado pequeños problemas carentes de importancia. Sin embargo, el paso del verano de 1910, sin incidentes de ninguna clase, la celebración del Congreso de Solidaridad Obrera en el Palau de Belles Arts en octubre y noviembre, también sin incidentes, y la euforia por la llegada del nuevo año, llevaron al consejo de administración a plantearse que podían prescindir de mis servicios. Más todavía cuando habían sobrepasado largamente el presupuesto y nada parecía indicar que semejante despilfarro se contendría. Menos mal que yo tenía ojos y oídos por toda la casa, como los de Antonio, que me alertaron de la situación. Así que hablé con algún amigo sindicalista que siempre estaba dispuesto a buscar brega, solté algo de dinero aquí y allá y busqué los canales adecuados para propagar un par de rumores. Fue más que suficiente para que se asustasen. De manera que Boudineau me preguntó muy preocupado qué tenía previsto hacer ante lo que suponía que se avecinaba.

—Solucionar el problema —le dije—. Para eso me pagan, ¿no?

—Sí, sí, claro.

—Pero necesitaré algo de dinero. Hay que agradecer ciertos servicios especiales.

—¿Cuánto?

—Bastará con unas trescientas pesetas.

—Hablaré con los del consejo de administración.

Una semana más tarde, los rumores habían desaparecido y los del consejo de administración respiraban tranquilos, mientras yo me convertía en su héroe y recuperaba con creces el dinero invertido.

Lo de los documentos encallados en el despacho de la dirección de Urbanismo fue otra historia. Ahí no tuve nada que ver y me encontré con el pastel en las manos. Pero, por fortuna, cuando ya había empezado a moverme, resultó que el dosier se desencalló y siguió su camino, sin que nadie supiese la razón, pero todos lo atribuyeron a mi intervención. ¿Y para qué les vas a quitar la ilusión?

Recuerdo que para celebrar semejante éxito, fruto de un golpe de fortuna, me fui con Manuela al Paralelo, a ver el espectáculo del nuevo cabaret llamado el Petit Moulin Rouge, imitación del local francés de fama internacional y que se dedicaba a ofrecer espectáculos de *music-hall*, una palabra inventada por los franceses de la que podías esperar cualquier cosa. Ella me lo agradeció horrores. Salir de su piso, olvidar a su abuelo durante unas horas (una vecina a la que le pagué dos pesetas se ocupó de él) y reírse como hacía años que no lo hacía; todo aquello fue lo mejor que nunca le había pasado.

—Pídeme lo que quieras —me dijo cuando la llevé a su casa.

—Ponme a parir —le contesté.

No sé qué siente una mujer al parir, pero ella estuvo tan a la altura de las circunstancias que me quedé frito. Por primera vez salí de su casa a las ocho de la mañana, cuando ya había amanecido.

Abandoné esos recuerdos para centrarme en las palabras de *monsieur* Boudineau.

—También estamos muy satisfechos con la gente que ha contratado para la seguridad del casino y nos gustaría que continuase con nosotros —dijo.

—Para mí ha sido un placer trabajar con ustedes..., y me encantaría aceptar su oferta, pero tengo otros compromisos...

—Quizá no me he explicado bien —cortó mis palabras—. Hemos decidido que usted es la persona ideal para hacerse cargo de todo el tema de la seguridad. Naturalmente, somos conscientes de la responsabilidad que supone y, por lo tanto, le estoy hablando de incrementar en un veinticinco por ciento lo que le pagamos ahora.

—Creo haber oído que ya habían escogido quién ocuparía este cargo y que llega la semana que viene —dije, simulando perplejidad.

—Hemos reflexionado y nuestros planes han cambiado. ¿Qué me dice?

—La oferta es tentadora, pero…

—¡Bien! Ponga el precio y lo estudiaremos —me interrumpió de nuevo.

Resultaba evidente que no estaba dispuesto a perder la partida tan fácilmente. Mejor dicho: no podía perderla. Así que me tomé unos instantes de reflexión y recordé el consejo de mi padre: «A veces un *no* vende más que un *sí*, pero hay que saber que un *no* se puede decir de muchas formas para que se convierta en un *sí*; además puedes obtener más de lo que te ofrecen sin tensar la cuerda y sin dar a entender que sólo te preocupa un dinero que, a la larga, siempre se acaba ganando».

—No es únicamente una cuestión de dinero —le contesté.

—¿De qué más depende? —preguntó.

—De la forma de trabajar.

—¿Hay algo que no le ha gustado de la forma en que le hemos tratado? ¿O es quizás el hecho de permanecer en un segundo plano, sin que nadie sepa de su existencia ni de su cometido?

—Ni lo uno ni lo otro. Al contrario: me han tratado con mucho respeto y a mí me gusta que nadie sepa de mi existencia. Me permite tener las manos muy libres y tomar mis decisiones, pero hay un punto que…

—¿Cuál es? Adelante. Se lo ruego.

—Hasta ahora, cuando he necesitado agradecer a alguien los servicios prestados, he tenido que hablar con usted, detallarle los motivos y pedirle permiso. Entonces usted ha hablado con el consejo de administración, lo han discutido, han tomado una decisión y me la ha comunicado.

—Siempre ha sido positiva —me interrumpió.

—Es natural. Todas mis peticiones eran razonables —le repliqué—. De lo que me quejo, si me permite la expresión, es de que se trata de un proceso demasiado largo, que, en según qué circunstancias, puede coartar mi libertad, mermar mi agilidad y repercutir en mi eficacia.

—¿Sabe lo que también nos gusta de usted? —me preguntó, pero prosiguió sin dejarme contestar—. Viste con cierta elegancia y discreción, el esmoquin le sienta bien, se comporta con educación, habla francés y escoge muy acertadamente las palabras, evitando las desagradables, como sobornos, castigos, palizas y otras muchas. Sí, nos gusta su lenguaje. Es culto.

—Impropio de alguien que lleva una pistola bajo la chaqueta y se mueve por ciertos ambientes —dije sonriendo.

—No quería decir eso. No, no, en absoluto. Alguien tiene que bajar a los niveles inferiores para saber qué se cuece. ¿No es cierto? Eso no significa que pertenezca a esos mundos. Quizá me he explicado mal. Quiero decir que usted es alguien a quien se puede invitar a cualquier parte sabiendo que no desentonará —dijo, e hizo una pequeña pausa antes de proseguir—: Queremos que trabaje para nosotros, y ese detalle que ha mencionado, sobre las gratificaciones, no será ningún obstáculo. Dispondrá usted de un fondo específico con entera libertad de actuación y sólo tendrá que presentar un balance final. ¿Le parece correcto? —me dijo.

—A veces no podré citar nombres.

Se quedó un instante en silencio, reflexionando.

—Aceptaremos los conceptos y las cantidades, siempre que no sean la mayoría de los casos. ¿De acuerdo? —dijo finalmente, y yo asentí—. En cuanto a su salario, ¿también le parece adecuado? —me preguntó.

—Una dedicación exclusiva requiere un salario digno —respondí—. Un incremento del cincuenta por ciento me parecería más adecuado.

Boudineau se puso tenso. No le había gustado ese último punto. Mantuve firme la mirada, sin mover un solo músculo de la cara. Él no sabía que yo ya me había enterado de que mi sustituto les había fallado y que iban a pagarle poco más o menos esa cantidad. ¿Acaso se creía que yo era menos?

—¡De acuerdo! —exclamó finalmente. No le quedaba más remedio...—. Pero, a partir de ahora, sólo trabajará para nosotros.

—Naturalmente. ¿Cuándo quiere que empiece?

—Le doy la noche libre, y nada mejor para ello que pedirle que asista a la cena de esta noche, en el comedor del hotel. Es bueno que conozca el ambiente en el que ahora se moverá. Espero que muchas de las caras que hoy verá se conviertan en habituales del lugar.

—¿Eso significa que tendré libre acceso al casino? —dije, sonriendo.

—Sí, pero no le recomiendo que se acerque demasiado a las mesas de juego —replicó, devolviéndome la sonrisa.

—¿Cree que me he vuelto loco? —le pregunté, mientras le dirigía una mirada de complicidad.

—Al contrario. Me parece usted una persona muy cuerda.

—Una última pregunta: ¿quién me dará las órdenes?

—Oficialmente, el señor Luis Estragué. Es el director del casino.

—¿Y extraoficialmente?

No contestó. Sencillamente, sonrió.

Asentí lentamente y abandoné el despacho más que satisfecho. Había conseguido libertad de acción, que era todo cuanto me había propuesto, un aumento de sueldo considerable y la posibilidad de echar mano a la cuenta especial cuando lo creyese oportuno, siempre que lo hiciese con absoluta discreción y con inteligencia. Todo aquello me permitiría alquilar un piso mayor en el centro de la ciudad y vivir en un barrio más elegante.

Cuando empecé a trabajar para los del casino, me mudé de casa de mi padre a un pequeño apartamento situado en el Carrer de la Independència, un quinto piso, que me permitía estar más cerca del centro y disimular mi procedencia. Mi padre vino a verlo un día y dijo que eran demasiadas escaleras para un hombre ya mayor como él. Le costaba salir a la calle e incluso ya no leía como antes. Así pues, él siguió viviendo en la pequeña casa de la ladera de Montjuïc, lo que me obligaba a ir a menudo a visitarle y a quedarme a dormir con él algunas noches. Gertrudis, la mujer que le cuidaba, era viuda y vivía sola porque sus hijos eran mayores y tenían su propia familia, pero de ahí a dormir fuera de casa... Se había negado cuando se lo planteé. Sin embargo, en esta vida, he aprendido que casi todo es una cuestión de precio y ahora podría pagarle más, y estaba convencido de que no me costaría demasiado convencerla. A su edad nadie en el barrio se atrevería a hacer el menor comentario; además, yo les visitaría a menudo.

Al principio me dio pena que mi padre no viniese a vivir conmigo, pero luego me di cuenta de que había resultado positivo. Mi libertad de acción era total y podía traer a casa a quien quisiera. No sé cómo habría reaccionado al encontrarse con una mujer medio desnuda en el pasillo. Por otro lado, cuando *monsieur* Boudineau me preguntó si tenía familia, le contesté que no y me inventé que mis padres, que no eran de Barcelona, habían muerto. De esa forma había borrado todo rastro de mi pasado y podía construir otro más acorde con mis ambiciones.

De pronto todo se calmó. Los camareros se quedaron quietos, las muchachas del guardarropa dejaron de trajinar perchas, las ruletas enmudecieron, el sonido de las últimas pruebas de las atracciones desapareció, los decoradores que daban los últimos retoques se esfumaron como por arte de magia y los porteros ocuparon sus puestos. Entonces el director y todos los responsables se aprestaron a mostrar su mejor sonrisa y las puertas se abrieron de par en par para dejar paso a los primeros invitados que entraban y se quedaban extasiados ante el espectáculo que se ofrecía a sus ojos: la ciudad al fondo, la gran escalinata que bajaba hasta el parque de atracciones, la vagoneta de la montaña rusa que se puso en marcha, vacía, y el pasillo que conducía a las salas de juego con todas las lámparas iluminadas lanzando destellos a través de los cientos de lágrimas que colgaban y esparcían su luz multicolor.

Verlo en la prueba final, el día anterior, fue magnífico, pero cuando apareció la gente el panorama cambió por completo; todo adquirió una vida que sólo el calor humano y las palabras que brotan de las gargantas pueden otorgar.

Nada más entrar, los invitados eran obsequiados con una copa de champagne francés que los camareros les ofrecían en bandejas. Aquí empezaban las expresiones de admiración, que fueron constantes durante toda la tarde. Las damas llegaban vestidas para una cena de gala, luciendo todos sus encantos en una tarde de verano. Sin embargo, no pudieron resistir la tentación de acercarse a las atracciones. Más de una subió a una vagoneta con su elegante vestido y gritó muerta de miedo y de emoción ante el desafío de la fuerza de la gravedad que las precipitaba por la pendiente. Los hombres sacaban pecho y procuraban que sus emociones no se viesen reflejadas en su rostro y que la sonrisa no se les helase en ningún momento.

Luego llegó la hora de pasar al comedor del hotel, una sala capaz de albergar a más de setecientos comensales, pero que aquel día sólo acogería a trescientos para poder habilitar el centro como pista de baile. Había sido decorada con un gusto exquisito y llena de flores a rebosar. El lujo desbordaba.

Me dirigí a la mesa del fondo, la que Boudineau me había indicado. Una mesa en un rincón, muy discreta, pero perfecta para poder observar sin que nadie reparase demasiado en mi presencia. A él le vi sentarse cerca de la presidencia acompañado de su esposa, a la que parecía exhibir como un trofeo.

En mi mesa éramos seis comensales. Delante de mí tenía al señor Justo Boixeres, un empresario textil de mediana edad, calvo y con un gran bigote, que venía acompañado de su señora, una mujer ruidosa y gruesa que soltaba carcajadas con las que adornaba el relato de sus experiencias particulares en las atracciones y que arrancaban las risas de los presentes. Yo estaba sentado entre dos señoras. La de mi izquierda era una viuda de unos sesenta años, excesivamente maquillada y con unos labios exagerados, vestía de negro, cubierta con todas las joyas de la corona que se desparramaban por un escote tan generoso que a través de él se podría atisbar incluso el color de sus enaguas. La de la derecha era mucho más joven, a lo sumo treinta y cinco años, delgada, con un rostro equilibrado, un cutis blanco, casi transparente y una tímida sonrisa. Y, por supuesto, mucho más discreta que la viuda, con una falda lisa y una blusa azul, el pelo recogido en un moño alto y unos pendientes de oro con una perla que decoraban unas orejas pequeñas y bien formadas. Era la esposa de Demetrio Peralba, un hombre delgado, de unos cuarenta y cinco años, que lucía una barba gris muy bien cuidada. Se trataba de uno de los ingenieros de la compañía de tranvías que había construido la línea que partía de la Avinguda de la República Argentina, justo delante del salón Craywinckel, y ascendía por toda la carretera de La Rabassada para detenerse frente a la puerta principal del casino. Buena parte del coste fue sufragado por la empresa propietaria del casino. ¡Más de cien mil pesetas!

Una vez sentados y en silencio, el alcalde de Barcelona, el Excelentísimo Señor Salvador de Samà, edil de la ciudad desde el día 6 de diciembre del año anterior, tomó la palabra para desear que aquella iniciativa se convirtiese en un emblema para la ciudad que perdurase a través de los años... y bla, bla, bla. Escuché sus palabras con una sonrisa en los labios. Si seguía la tradición de los alcaldes de Barcelona, no duraría demasiado.

Joan Coll apenas había durado cinco meses; Josep Collaso no pasó de tres, y Josep Roig casi había batido un récord histórico con sus más de diez meses. Quizás se desencallaron milagrosamente los papeles de Urbanismo coincidiendo con un cambio de concejales o de directores o de secretarios o...

Escuchaba hablar al alcalde sobre el futuro y me preguntaba si el suyo sería muy largo. Cuando menos le ponía mucho entusiasmo.

—Todos los hombres de este mundo tienen su talón de Aquiles —me decía mi padre cuando me formaba—. Y los políticos no son ninguna excepción. Viven de su imagen, de los favores que hacen y de los votos que reciben. Aunque no lo parece, la mayor parte no son más que esclavos. ¿Comprendes?

El gobernador civil, don Manuel Portela Valladares, nombrado el año anterior, no había aceptado la invitación, cosa que a nadie extrañaba. Decían que no estaba muy de acuerdo con la instauración del juego a gran escala. Según él era una fuente de problemas, y no iba muy desencaminado. De hecho buena parte del personal de seguridad y de los chóferes eran guardaespaldas disfrazados; Boudineau jamás abandonaba el local como no fuese en coche y acompañado por uno de aquellos angelitos. Parece que durante la construcción ya recibieron la visita de ciertos inversores americanos e italianos interesados en participar de un negocio que todos olían muy rentable. Montecarlo, otra de las joyas del Mediterráneo, estaba adquiriendo una fama y un renombre que auguraban un futuro ciertamente prometedor. Dinero, política, juego, mafias... El paso siguiente, que ya empezaba a notarse, era el incremento de la prostitución de cierto nivel. La otra, la de siempre, formaba parte de Barcelona, como es natural en cualquier ciudad portuaria que se precie.

Yo estaba mucho más cercano a los planteamientos del señor alcalde. En muy pocos años, Barcelona había pasado de un cuarto de millón de almas a más de medio millón. En 1887 éramos unos doscientos setenta mil habitantes, pero en 1897, sólo diez años más tarde, ya éramos más de quinientos mil. Ahí se produjo un estancamiento del crecimiento. El desastre de las colonias de 1898 pesaba horrores, pero España lo superó y ahora volvíamos a crecer con la llegada de inversores extranjeros. Claro que, todo hay que decirlo, durante aquellos años se habían agregado a la ciudad los municipios de Sant Martí, Gràcia, Sant Andreu, Sants y Horta. Este último hacia menos de ocho años. Según el último censo de 1910, ya éramos casi seiscientos mil habitantes.

Desde el día de mi aventura particular en Barcelona, con mi paso por comisaría y la bofetada que recibí de mi padre, excepto al día siguiente, que fui a recoger mi botín, nunca más me había escapado para vivir otra aventura, si no era con permiso o acompañado. Por eso recuerdo especialmente el día en que mi padre me llevó a visitar la Exposición Universal de 1888. Fue en el mes de julio. Hacía calor y un sol espléndido. A mis ocho años, la impresión que me produjo el parque de la Ciutadella no tiene parangón. Pasé por debajo del Arc del Triomf y me adentré en la gran avenida que desembocaba en el enorme parque hasta llegar al castillo de los Tres Dracs y proseguir en dirección a la fuente y el lago. Aquellos edificios y aquella majestuosidad, sumados a toda la gente que había, superaba con creces lo que mi imaginación era capaz de crear. Por eso escuché el discurso del alcalde, que recordó montones de cifras, y unas cuantas más, sobre el espectacular crecimiento de la ciudad.

A los políticos les encantan las cifras. Y cuanto mayores son, mejor. Y se las atribuyen como si fuesen los únicos artífices del milagro, olvidando por entero que otros, antes que ellos, pusieron los cimientos. Barcelona era lo que era a pesar de ellos, que, en apenas unos meses, no tenían ni tiempo para saber de qué color era la tapicería de su sillón, porque cuando el gobernador civil se cansaba de verles la cara, nombraba a un sustituto y aquí acababa su carrera. Quien de veras mandaba en el consistorio era el primer teniente de alcalde, que era elegido por votación. Pero el cargo es el cargo y la representación le corresponde al alcalde.

Luego se levantó el presidente de la Sociedad Anónima La Rabassada, propietaria de todo aquel magno proyecto, y agradeció las palabras y se sumó al deseo que él convertiría en realidad y más bla, bla, bla. A partir de aquí, los aplausos, los brindis de rigor, las risas, el deseo unánime de un gran éxito y finalmente las conversaciones arrancaron y llenaron el espacio mientras aparecían los camareros y empezaban a servir la cena.

—¿Y usted a qué se dedica? —me preguntó la viuda de los mil collares.

Me quedé cortado. ¿Qué podía contestarle? ¿Simplemente que era un detective privado? Entre aquella gente los detectives no tenían, precisamente, buena prensa, y decirle que era el nuevo jefe de seguridad... tampoco me parecía demasiado elegante. De manera que tuve que improvisar.

—Soy lo que en los Estados Unidos de América se denomina un asesor en materia de seguridad.

—Pero, concretamente, ¿a qué se dedica? —insistió aquella estúpida viuda.

—Busco el punto de equilibrio entre el compromiso de seguridad y la posibilidad de ejecución de un proyecto, procurando soslayar todas las situaciones que pueden degenerar en aristas que se oponen al fin estimado —solté de corrido, casi sin respirar.

—¡Ah! Muy interesante —exclamó boquiabierta, y se dedicó a su otro vecino, al empresario textil. Era evidente que prefería más hablar de telas que de asesorías.

Entonces me volví hacia mi derecha e intenté entablar conversación con mi otra vecina, pero no hacía más que responder con escuetas afirmaciones o negaciones mientras bajaba la vista o la dirigía a su marido en una actitud sumisa, casi pidiéndole permiso. No es que él le hiciese mucho caso, pero su persistencia en aquella actitud me cansaba hasta tal extremo que desistí. ¡Vaya! Boudineau no había estado muy acertado con la mesa que me había asignado. Quizá lo había hecho para que mi atención estuviese centrada en la sala. A la izquierda me había colocado a una viuda negra y a la derecha a una tímida mojigata. De manera que el resto de la cena fue tan vacía y tan insulsa como todas las cenas multitudinarias en las que todos hablan y nadie dice nada. Sólo que yo casi no abrí la boca, como no fuese para comer o beber. Así pues, acabé por dedicarme a observar.

Allí estaban representados todos los grandes pilares de la sociedad, de la política, de la alta burguesía y de la aristocracia barcelonesas. En mayor o menor grado todos amamos el juego y la obertura de un nuevo casino constituye un atractivo difícil de evitar.

«Jugar no es malo —decía mi padre—. Lo malo es perder de vista que estás jugando. ¿Comprendes?»

Desde mi puesto podía descubrir las miradas de complicidad, las de envidia, las que llegaban cargadas de promesas, las de deseo, las que ocultan un agravio no resarcido... Porque en una cena como aquélla cabía todo. Y luego las sonrisas, que por ellas mismas se erigen en un mundo aparte, tan rico como el de las miradas. También las hay de muy diversa índole. Desde la sonrisa sincera y amable hasta la postiza, el abanico se abre en una extensa gama casi infinita. Y todo ello con apenas trescientas personas. ¡Pero, qué trescientas! Allí estaban algunas de las mayores fortunas de Barcelona. No había más que oírles explicar sus últimos logros. Su mayor problema consistía en qué hacer con el dinero. En la mesa de al lado, en la que había diez comensales que parecían conocerse muy bien, presté atención a las palabras de admiración ante la brillante idea que había tenido otro de los comensales al invertir dinero en un balneario para caballos de carreras.

—Ha sido idea suya —dijo, mirando a su esposa.

—Para cuando los notas demasiado tensos —explicó la mujer—. A mí me sucede que, a veces, me doy cuenta de que no rinden lo esperado y les miro a los ojos y descubro que algo les sucede, que tienen algún problema, los veo preocupados y se me parte el corazón.

—Es que una idea así sólo se le puede ocurrir a una mujer —dijo un hombre, con un deje de envidia—. Vosotras tenéis una sensibilidad que os permite encontrar ideas brillantes para invertir dinero y además hacer un bien.

¡Caballos! Caballos preocupados y con problemas que le partían el corazón. A aquella gente la pasearía por el barrio de mi infancia y de mi adolescencia; entonces sabrían lo que es una preocupación.

Sonreí cuanto pude, seguí las conversaciones sin inmutarme y continué observando hasta que mi mirada se cruzó con la de una mujer joven, delgada, morena y hermosa. Sus ojos eran grandes, bajo las cejas muy bien perfiladas, y más que mirar, acariciaban. La nariz recta se levantaba ligeramente respingona y sus aletas se abrían y cerraban en gráciles movimientos cada vez que masticaba, mientras que sus labios, magníficamente dibujados, y el mentón equilibrado daban el último toque a un cuadro que sin duda atraía muchas miradas. Se sentaba junto a un hombre joven, un poco mayor que ella, que iba muy bien afeitado y con el pelo peinado con brillantina, y que hablaba por los codos y sonreía constantemente. Por un momento creí captar que ella me dedicaba un destello de su mirada, pero apenas duró un par de segundos. Sin embargo, había sido muy intenso. Eso se nota. Por desgracia no volvió a mirarme.

La conversación saltó de un tema a otro y el señor Boixeres, el empresario textil, habló acerca de la posibilidad de que Barcelona se convirtiese en la sede de unos Juegos Olímpicos.

—Madrid no lo permitirá —dijo el ingeniero Demetrio Peralba con una media sonrisa irónica—. Los Juegos Olímpicos siempre se han celebrado en la capital del país: Atenas, Londres, París y el año próximo en Estocolmo.

—Olvida usted San Francisco, que no es la capital de los Estados Unidos de América —dijo el señor Boixeres, que le devolvió la sonrisa.

—Los Estados Unidos son un caso especial —replicó el ingeniero—. San Francisco es la capital de uno de sus estados.

—Barcelona es la capital de Cataluña, que es todo un país, y los catalanes lo conseguiremos como sea. Es una iniciativa de un grupo de empresarios que hemos constatado que los Juegos Olímpicos constituyen una plataforma ideal para dar a conocer nuestros productos en el mundo entero. Señoras y señores, piensen que nos visitarían jefes de Estado, ministros, atletas, comisarios, árbitros y delegaciones de todos los países civilizados —explicó el señor Boixeres—. Saldríamos en todos los periódicos del mundo. Una publicidad que además de ser gratuita nos beneficiaría a todos. Sin ir más lejos, tengo entendido que al casino le ha costado por lo menos cien mil pesetas la inmensa campaña publicitaria en los principales diarios de Europa, incluidos los de España.

—Aun así no creo que sea una buena idea —saltó la viuda, que veía que la conversación se polarizaba y ella se quedaba fuera—. Si estuviésemos hablando de deportes elegantes, como el polo o el tenis, todavía. Pero eso de correr por correr o jugar a la pelota, como los niños de barrio, o a ver quién salta más, son actividades más propias de la clase obrera.

—Señora, permítame decirle que los Juegos Olímpicos han sido resucitados por un noble, el barón Pierre de Coubertin, que es su presidente desde hace más de una década —replicó el señor Boixeres.

—¡Oh! —exclamó la mujer, que se volvió hacia mí buscando apoyo—. ¿Y usted qué opina?

—No recuerdo que haya ningún deporte que se llame «correr para llegar a tiempo al trabajo» o «saltar del tranvía en marcha» —contesté en tono jocoso—. De manera que imagino que la mayor parte de los deportes los practican la gente que tiene tiempo para ello.

Todos se rieron, excepto ella, y la tensión se relajó entre los otros dos comensales. Entonces recordé que mi padre me había contado, cuando visitábamos el parque de la Ciutadella, durante la Exposición Universal de 1888, que un ingeniero, llamado Gustave Eiffel, había propuesto construir a la entrada una torre de metal muy alta, con un diseño muy atrevido. Sin embargo, los organizadores, miembros del consistorio de la época, estimaron que no era lo más apropiado y prefirieron construir el Arco del Triunfo, mucho más clásico. Ahora, la Tour Eiffel, que fue aceptada en París y construida para su Exposición Universal de 1889, justo un año más tarde, se estaba convirtiendo en un atractivo turístico de primer orden. Y eso que el plan inicial era desmontarla una vez acabada la Exposición. De hecho, estuvieron a punto de hacerlo, pero el pueblo de París salió a la calle y se opuso. Supongo que los que en Barcelona juzgaron poco oportuna semejante construcción debían de ser parientes de la viuda que tenía sentada a mi izquierda.

¡En fin! La cena concluyó sin mayor contratiempo y en desagravio bailé un par de valses con ella. Sin embargo, en cuanto oí que empezaban las primeras notas de un tango, decidí que no podía permitir que disfrutase más de lo debido y acabase la noche con el cuerpo alterado y demasiados deseos insatisfechos. No me pareció justo. Un caballero siempre tiene que rematar sus acciones y yo no estaba dispuesto a semejante hazaña en parecido campo de batalla. Así que me escabullí pasándosela al ingeniero y me dediqué a moverme por entre los invitados, me tomé una copa y salí a la terraza, donde me encontré precisamente con la esposa del ingeniero, quien seguramente seguiría entre las garras de la viuda.

—Una noche preciosa —le dije, sin esperar a cambio nada más que un sí o un no.

—Baila usted muy bien el vals —me contestó, uniendo más palabras de las que yo le había oído pronunciar en toda la cena.

Me volví hacia ella, que sonreía abiertamente, y la vi realmente bonita, tan hermosa como la noche.

—¿Le apetece? —le pregunté, sonriendo y señalando hacia el interior.

—Mi marido es muy celoso y me dice con quién puedo y con quién no puedo. Me mataría si me viese en brazos de un hombre con el que me ha prohibido hablar —me respondió, y se apartó un poco más para buscar la penumbra de un rincón—. Dice que es usted demasiado atractivo. Y todo por una mirada que yo le he dirigido al entrar. Incluso ahora, si me descubriese hablando con usted...

—¿Tan peligroso es?

—Sólo conmigo —dijo, mientras alargaba la mano para que yo la tomase y me cobijase en la sombra, con ella.

—¿Y tan especial ha sido esa mirada que me ha dirigido?

No respondió. Simplemente bajó los ojos y se dio la vuelta para contemplar la ciudad que aparecía a lo lejos, allá abajo.

—Aún no sé su nombre.

—Luisa. ¿Y el suyo, el de pila?

—Víctor.

—Hace un poco de frío —dijo temblando ligeramente.

Le puse el brazo por encima de los hombros y la atraje hacia mí. Ella se acurrucó en mi pecho y metió la mano bajo mi chaqueta. De pronto se asustó y se apartó. Había tocado la pistola.

—No voy a usarla —bromeé.

—Las armas me dan miedo. Son un signo de violencia.

—No tengo más remedio que llevarla. Me dedico a temas de seguridad —me excusé.

De nuevo se acercó a mí y se acurrucó. Volví a rodearla con mi brazo, pero con la otra mano tomé su barbilla y levanté su rostro. Me miró a los ojos y luego a los labios. Era su invitación, que yo acepté encantado.

—Tengo que irme —dijo cuando nuestros labios se separaron.

—No hay prisa.

—Sí, la hay. Mi marido ya habrá empezado a buscarme —me contestó con cara de asustada.

Se apartó para irse, pero yo la retuve por la mano. Ella lo deseaba mucho más que yo.

—Quisiera volver a verla.

—¡Imposible! Esto ha sido una locura. Mi marido…

—Quiero volver a verla —insistí con energía, en tono autoritario.

Dudó. Me miraba con una mezcla de temor, de timidez y de súplica procurando ser deseable. En ese instante vi aparecer por la puerta de la terraza a la mujer joven de los ojos grandes.

—El viernes en el Liceo, a las diez —me susurró Luisa.

Asentí sin demasiado entusiasmo. Ahora mi atención estaba en otra parte. Le solté la mano y desapareció.

Dejé que la recién llegada alcanzase la barandilla y se apoyase. Entonces me dirigí hacia ella.

—Una noche preciosa —repetí la frase que ya había empleado para entablar conversación con la esposa del ingeniero.

Me miró de soslayo, apenas un instante, y volvió a fijar sus ojos en la lejanía.

La observé. Ya había conseguido mi éxito aquella noche y el viernes obtendría el premio. Y con las mujeres, como con el juego, hay que saber retirarse a tiempo y no tentar la suerte por segunda vez. «A veces vende más un *no* que un *sí*», recordé las palabras de mi padre. Respiré hondo, asentí lentamente y me di la vuelta para dirigirme al comedor.

—¿Cuándo irá a la ópera? —oí que me decía, y me detuve, sorprendido por la pregunta.

Su voz era cálida, firme y agradable. No me miraba.

—¿A qué ópera?

—Le he visto con Luisa —me contestó, y volvió la cabeza para mirarme directamente a los ojos, mientras me lanzaba una pícara sonrisa.

—Perdone mi torpeza, pero no entiendo…

—Le ha contado que su marido es muy celoso, que la mataría si la viese con usted y le ha puesto ojitos de pava —me dijo, mientras movía la cabeza a uno y otro lado, negando divertida.

—Sí —asentí. ¿Por qué iba a mentir?

—Luego, usted le ha pedido una cita, ella se ha hecho la mártir y finalmente ha accedido a verle en el Liceo, adonde acude regularmente porque su familia tiene un palco y adonde su marido no va porque le aburre la ópera.

—El viernes, a las diez —le contesté. ¿Qué podía hacer ante semejante despliegue de conocimientos? Parecía como si hubiese asistido al encuentro.

Volvió a contemplar la ciudad y yo me dediqué a dibujar su perfil con mis ojos. Me resultaba muy simpática aquella nariz.

—¿Irá? —me preguntó, de pronto.

—No tenía la menor intención de ir —mentí—. Pero, ahora, depende.

—¿De qué?

—De si usted va.

Volvió a guardar silencio.

—¿A su marido tampoco le gusta la ópera? —pregunté, y ella me miró—. Es el que estaba sentado a su izquierda, ¿no es así?

—¡Ah, Bruno!

—¿Irá usted? —insistí.

—No soy amante de la ópera. Me aburre.

—¡Carla! —oí que llamaba una voz masculina desde la puerta.

Me volví y vi a Bruno, que se acercaba.

—Hace ya rato que te buscamos para ir a casa de Mariano Bogas, que quiere enseñarnos su colección de armas —dijo, y me miró—. ¡Oh! ¿Quizás he interrumpido algo importante?

—No. El señor Víctor Pons y yo simplemente comentábamos que hace una noche muy agradable —replicó Carla.

Me quedé aún más sorprendido y tardé en reaccionar. ¿Cómo sabía mi nombre?

—Ha sido un placer —dije.

—Hasta otra, señor Pons.

—Encantado de haberle conocido —dijo Bruno, y se la llevó.

¡Lástima! Era una mujer como pocas y no le gustaba la ópera. A mí tampoco. Sólo fui una vez que representaban *Julio César*. Fui porque creí que semejante nombre escondía una historia apasionante, pero me llevé una gran decepción. La misma que acababa de llevarme al ver entrar al marido de aquella belleza. ¡Qué le vamos a hacer! Me quedaba el consuelo de Luisa, para el viernes, o la cama de Manuela, para cuando quisiese.

Poco después vi que Luisa se marchaba con su marido. Él delante y ella detrás, con la cabeza baja. Cuando alcanzaba la puerta, se volvió y me dedicó una tímida sonrisa, furtiva. Aquella mujer era muy peligrosa. En cierto modo, y salvando las distancias, me recordaba a Virtudes, una muchacha que vivía unas casas más abajo y que nada tenía que ver con la santa virgen a cuya gracia le debía su nombre, pero no su pureza. Cuando abandonó el barrio para casarse con un andaluz que se había vuelto loco por ella, me parece que no quedaba en todo el barrio ninguna braqueta que no llevase impresas sus huellas en cada uno de los botones. La mía la desabrochó cuando acababa de cumplir los catorce años, casi como un regalo de cumpleaños. Fue la primera vez que tocaba unos pechos. Ella sonrió y empezó a mover la mano. ¡Dios! Estaba tan excitado que todo acabó en apenas medio minuto; ella se enfadó tanto, porque le había manchado la manga de la blusa, que se secó con rabia la mano en mi pantalón. Volver a casa y que mi madre no se diese cuenta de nada fue toda una odisea. En cambio mi padre me caló nada más ver la forma en cómo me sentaba a la mesa y cuando me retiraba a dormir me dijo: «La próxima vez, sácala bien fuera».

Busqué a Jean Louis Perigord, el responsable del Círculo de Extranjeros, que lo sabía todo sobre todo el mundo, y le pregunté por algunos invitados. Me dio toda clase de explicaciones: quién era cada uno de los que habían ocupado la mesa presidencial, algún chisme sobre alguna de las damas... Me confirmó que todos, excepto el marido (como es natural), estaban al corriente de las aventuras de la esposa del ingeniero y de lo que sucedía en los palcos del Liceo, cuando se apagaban las luces, o en ciertos reservados de algunos locales elegantes de Barcelona. En cuanto a lo que me había contado Luisa sobre los celos de su marido, puras patrañas. El pobre era un adicto al trabajo. De ahí que su esposa, por causa de su aburrimiento, fuese adicta a otras cosas.

—¡Ah, la señorita Carla Torres! —exclamó cuando llegamos al punto que me interesaba.

—¿Señorita? ¿No está casada con el hombre que se sentaba a su lado?

—¡No! —exclamó—. No es su marido, sino su hermano.

—¡Ah! —exclamé yo. Aquélla era la sorpresa más agradable de la noche.

—Hermosa joven. ¿No le parece?

—Mucho. ¿Y no tiene compromiso?

—En estos momentos creo que no—contestó mientras alzaba las cejas y torcía la cabeza hacia un lado.

—Eso significa que lo hubo.

—Sí, pero acabó muy mal —dijo, y bajó el tono hasta dejarlo en el nivel de confidencias—: Parece que ya casi había un compromiso con el hijo menor de los Rius Castanyer, pero se interpuso el marqués de Vanos, que iba como un loco detrás de ella. Entonces el joven en cuestión cogió unos celos que le hicieron enfermar de amores y acabó ahogado en el mar, en la Barceloneta. Algunos dicen que se suicidó y otros que algo tuvo que ver en ello el marqués.

—¿El marqués va detrás de Carla Torres? —pregunté, sorprendido—. ¿Acaso su deseo de mujeres no tiene límite?

—Según apuntan los rumores, era el último objetivo que se había fijado, pero no ha podido —sonrió Jean Louis—. Parece ser que la señorita Torres es mucha plaza para ser conquistada con poco asedio.

—¿Dónde está ahora el marqués? No le he visto.

—No ha venido. Tampoco creo que lo hubiesen invitado. Dicen que está en Niza, con su esposa, que se lo ha tenido que llevar porque ya no sabía ni adónde ir, aquí en Barcelona. Cuando entraban en cualquier restaurante atraían todas las miradas y eran el blanco de todo tipo de comentarios. Sobre todo después de la desgraciada muerte de aquel muchacho.

—¿Cuándo tuvo lugar todo eso?

—El otoño pasado.

Yo no conocía personalmente al marqués, ni siquiera de vista, pero su fama era de lo peor y había llegado muy lejos, hasta mis oídos. Estaba casado con Encarna Arriestre Zuloaga, una de las grandes fortunas de Madrid. El tipo era un mujeriego, jugador, bebedor..., y contaban que no había fiesta a la que él no asistiese. Incluso había quien hacía comentarios sobre sus aficiones a los juegos prohibidos. Todos decían que la señora Arriestre Zuloaga había comprado un título.

Así que el marqués iba detrás de Carla... ¡Vaya, vaya! En esta vida las sorpresas abundan más de lo que creemos y nunca sabemos lo que de veras sucede en el interior de nadie, en ese lugar que es tan oculto y tan personal que no concedemos permiso a nadie para acceder.

La fiesta prosiguió en las mesas de juego hasta que se marchó el último de los invitados. Entonces me reuní con los cinco de seguridad y me dieron su informe. Todo había ido de maravilla. Ni el menor incidente.

Aquella noche me tocaba dormir en casa de mi padre. Cuando llegué, a las tres de la madrugada, roncaba. Me metí en la cama, aunque me costó conciliar el sueño. El rostro de Carla se me aparecía a cada instante con sus enormes ojos que me miraban y su nariz de aletas temblorosas. ¡Dios, qué hermosa! Lo que me mantenía en vilo era que ella conocía mi nombre. Una mujer no se preocupa de saber el nombre de quien no le interesa. Lo malo era que nos habían interrumpido justo en el mejor momento. ¡En fin! Que otra vez será.

Al día siguiente, toda la prensa se hizo eco del éxito de la inauguración del casino de La Rabassada. Punto final a la gran fiesta y comienzo de mi nuevo trabajo al frente del equipo de seguridad.

3 - UNA SORPRESA

He de reconocer que quien estaba a cargo del proyecto había cuidado hasta el menor de los detalles. La cifra de cien mil pesetas que había citado el señor Boixeres invertidas en promocionar el casino se quedaba corta. Había llegado a mis oídos la nada despreciable cantidad de cincuenta mil pesetas más gastadas en untar a periodistas para que escribiesen grandes reportajes y artículos sobre la nueva y mayor atracción de Barcelona. Total: ¡ciento cincuenta mil pesetas! Una fortuna.

Tanta publicidad a lo largo y ancho de la geografía española, unida a la campaña que se realizó en Europa, atrajo a mucha gente de otras tierras; casi al día siguiente de la apertura al público, el llamado Círculo de Extranjeros empezó a llenarse. Había sido una brillante idea de un francés del consejo de administración, cuyo nombre no recuerdo, que buscaba crear una atmósfera próxima a otros casinos de fama y éxito. Franceses, italianos, portugueses, alemanes, británicos e incluso rusos se daban cita en una sala lujosamente decorada y apartada del bullicio general. Allí podían tomar una copa, gozar de un habano de primera calidad, leer la prensa con absoluta tranquilidad, disfrutar de una distendida conversación o cerrar un trato. Todo tenía cabida en aquel espacio privilegiado y dedicado a los visitantes ilustres que, tarde o temprano, acababan vaciando sus bolsillos en alguna de las salas de juego.

La aristocracia y la alta burguesía aman con locura esos pequeños reinos privados que están vetados a todos los demás mortales. Era todo un espectáculo ver a Jean Louis entrar y salir de aquella sala con la espalda bien tiesa, tan estirado como podía, con su eterna sonrisa y aquellas reverencias ante las damas y los caballeros que lucían sus pomposos títulos de marqués, conde, barón… o su no menos ostentoso título de una cuenta corriente tremendamente abultada. Yo envidiaba su habilidad por descubrir, con una sola mirada, la categoría de quien tenía delante.

—Eso se nota enseguida —me había contado—. Cuanto menos te miran, más alta es su posición. El tono de voz es fundamental y hay que estar muy atento. Si expresan sus deseos sin alzar la voz y dan por hecho que les has oído…, ¡cuidado! Significa que están habituados a mandar. Si cruzan el salón por el centro, sin mirar, y sus manos siempre saben dónde están y lo que hacen, puedes jurar que han dormido en una cuna que ni usted ni yo hemos podido soñar. Es imprescindible verles las manos y cómo las manejan. Nunca se avergüenzan de mostrarlas. No como los obreros, que estrujan su gorra y no saben qué hacer con ella mientras hablan con el amo. Luego están los movimientos del cuerpo, el lenguaje que no utiliza las palabras, sino el gesto. En ellos no hay tensión ni nervios. Se mueven y el espacio les pertenece. Si, por azar, se quedan quietos en un rincón, éste los acoge con respeto, porque lo llenan por entero ¿Se da cuenta? Están ahí y el mundo tiene que saberlo. Y si el mundo no se entera, ya se enterará. Sin embargo, y a pesar de todo ello, se comportan con una sencillez apabullante. Se pueden permitir el lujo de ser condescendientes con quien quieran. Llegado el momento de poner las cosas en su sitio, sabrán encontrar la frase adecuada para que cada cual ocupe su lugar. Y no habrá réplica.

Sí, aquella definición cuadraba a las mil maravillas con muchos de los que podía encontrar en la zona privada, aunque yo tenía que añadir un detalle importante. Todo aquel mundo, tan atractivo a los ojos de los demás, podía resultar muy falso, un enorme castillo de naipes construido sobre arena, y albergar los vicios más aberrantes. Ejemplos los había a patadas: desde el título nobiliario que escondía su pasión por desflorar cuerpos de doce o trece años (incluso menos y sin importarle el sexo) por los que pagaba generosas sumas que incluían la discreción absoluta, hasta el que muchas mañanas se despertaba con una resaca increíble tras haber sido vejado por otro hombre, pasando por el que pegaba a su esposa hasta dejarla tendida y con el cuerpo cubierto de moratones, pero nunca en la cara. ¿Y las damas? Tampoco se quedaban cortas y, con mucha mayor discreción, practicaban todos los placeres que les estaban permitidos y alguno más. Un mundo cerrado en el que la ropa sucia siempre se lavaba en casa. Un universo civilizado en el que los escándalos no abundaban; además, si se producía alguno, enseguida se diluía. Haz por los demás lo que tú quieras recibir. Discreción por discreción.

El día antes de la apertura del casino me presentaron a la señorita Lucía Pascual, la nueva secretaria de dirección. Lo de señorita era... Bueno, era... ¡En fin! Que parecía que la habían escogido las esposas en lugar de los directivos. Regordeta, con anteojos, el pelo recogido en un moño, una falda que parecía una mesa camilla, una blusa con más botones de los necesarios... Pero muy eficiente, eso sí, muy eficiente. Con su flamante máquina de escribir, su bote de lápices, los papeles perfectamente ordenados, sus archivadores, el teléfono y su interfono. Hablaba un francés muy correcto y sonreía todo el tiempo. Cuando la llamaban siempre entraba con su bloc de notas y el lápiz bien a punto. Trabajaba hasta las ocho en punto. Ni un minuto más. Pero ni un minuto menos. Trataba a todo el mundo de usted y de señor, aunque fuese el barrendero. Y era una tumba. No había quien le sacase una sola palabra.

Mi jornada laboral empezaba por la tarde y acababa cuando se cerraban las puertas del casino. Los del equipo de seguridad disponíamos de media hora para cenar y lo hacíamos por turnos en un pequeño reservado junto a la cocina del hotel. La primera semana concluyó sin el menor incidente, igual que la segunda, por lo que mi trabajo resultaba bastante cómodo. En el instante en que un cliente alzaba la voz, enseguida aparecía Pedro o Antonio o cualquiera de los de seguridad y le convencía discretamente para que moderase el tono o abandonara la sala. Todo ello con suma corrección. Les había entrenado conforme los deseos de Boudineau, que se mostraba muy satisfecho con el resultado.

Yo siempre procuraba llegar al casino sobre las cuatro de la tarde, recibía los informes verbales de mis muchachos y empezaba la jornada, que acababa cuando todos los clientes habían abandonado el local. Las atracciones no eran de nuestra incumbencia, aunque, si nos lo pedían, podíamos echar una mano en el caso de algún cliente excesivamente problemático, que alguno hubo. El primer caso lo tuvimos con un par de obreros que habían bebido más de la cuenta y no respetaban las normas de seguridad. Envié a Néstor y a Antonio, que solucionaron el problema en un periquete: los dos hombres se vieron metidos en el tranvía y con el billete pagado. Hice correr la voz y no volvió a repetirse nada similar hasta pasados unos meses.

El segundo domingo, casi ya de noche, vi llegar a Bruno Torres. Venía acompañado por otro caballero alto, rubio y elegantemente vestido, con un bigote fino y muy bien recortado, una sonrisa entre burlona y suficiente, y unos ojos de párpados caídos que parecían perdonarte la vida a cada instante. Pregunté discretamente a Jean Louis, que me informó que aquel hombre era el barón Otto von Brütsner.

Aproveché que se dirigían a la sala de juego para observarlo con atención. Seguramente practicaba algún deporte. Su cuerpo tenía todas las trazas de ser ágil y fuerte. Y no me cabía la menor duda de que bailaba bien, se notaba en el andar. De manera que no tendría problemas para enamorar a las mujeres con sus dotes y su porte distinguido.

Estuvieron jugando, bebiendo y charlando, y acabaron apostando a la ruleta de caballos. Llegada la hora, el encargado de la mesa informó que se cerraba y los clientes recogieron el dinero que aún les quedaba y fueron desfilando. Vi que Boudineau se acercaba discretamente a Bruno y le susurraba algo al oído. Le estaba ofreciendo una partida de cartas, posiblemente al siete y medio o unas manos de póquer, una partida que iba a empezar en una de las salas privadas, justo al cerrar las puertas.

—¡Excelente! —exclamó Bruno—. ¿Te apetece? —preguntó al barón.

—Acepto. Estoy en racha —respondió Von Brütsner mientras hacía el recuento de sus ganancias.

Cuando tenían lugar las partidas privadas sólo se quedaban alguno de los muchachos y Boudineau. Ni siquiera Jean Louis asistía a esos encuentros entre jugadores de muy alto nivel. Yo tampoco, pero aquella noche decidí que me apetecía y mandé a Pedro a casa.

Boudineau se quedaba, según parecía, para garantizar que el juego era limpio. En esas partidas la casa no entraba.

Aquella noche me llevé una buena sorpresa. El secretario manejaba el mazo con una agilidad y una limpieza envidiables y las cartas salían volando hasta aterrizar suavemente frente a cada jugador mientras él apenas movías las muñecas, sino que las expulsaba con el pulgar. Era todo un espectáculo verle actuar.

En la mesa se sentaron cuatro personas: Josep Lluís Carulla, dueño de casi una calle entera de Barcelona; Manuel Requena, un empresario andaluz que tenía tres o cuatro bodegas, una empresa de corcho, un cortijo en el que criaba toros de lidia y un montón de negocios; Bruno y Von Brütsner. El hermano de Carla ya llevaba encima unas cuantas copas y se reía como un idiota. En cambio, el barón se comportaba con exquisita corrección. El andaluz soltaba chistes muy graciosos y Carulla no apartaba los ojos de las manos de Boudineau aunque lo matasen.

Habían decidido jugar al siete y medio y la cosa se alargó hasta altas horas de la madrugada; las ganancias se las repartieron entre el catalán y el barón. El hermano de Carla se puede decir que no salió demasiado mal parado, porque el andaluz pagó todos los platos rotos.

—Mejor lo dejamos correr, que hoy no es mi día —dijo Requena, a quien ya hacía un buen rato que se le habían acabado los chistes.

—Ni su día ni su noche —dijo Bruno con voz algo pastosa y una sonrisa que no acababa de convertirse en risa.

—¡Sí! Será mejor dejarlo. Ya es muy tarde —intervino Carulla, que empezó a ordenar las fichas.

Sentado en mi rincón, entorné los ojos y respiré hondo. Me levanté y abrí la puerta. El ambiente estaba muy cargado. Todos habían fumado y bebido. Salí y miré por la ventana que daba al parque de atracciones. Amanecía. Me volví y vi al barón guardarse el dinero en el bolsillo, levantarse y arreglarse la corbata. Fuera esperaban tres automóviles y una calesa, que era del andaluz. Nos despedimos, el señor Carulla se dirigió hacia su automóvil, el barón y Bruno tomaron el segundo, Requena se subió a la calesa, y Boudineau y yo aguardamos hasta verles marchar. Entonces tomamos el que quedaba, que condujo uno de los chóferes del casino.

—Un gran jugador, el barón —comenté cuando el automóvil descendía la cuesta.

—Muy hábil —me contestó sonriendo.

—¿Ha hecho trampas?

—No le he visto hacerlas —dijo, sin dejar de sonreír.

—Eso no significa que no las haya hecho.

—El señor Carulla también ha ganado.

—Y Bruno Torres también ha perdido. Pero el andaluz se ha ido bien servido.

—Yo me quedo para garantizar que todo es correcto. El casino no participa en esas partidas. Sólo cobra por alquilarles la sala.

—¡Ah! Entonces, ¿no es un servicio gratuito?

—En esta vida no hay nada gratis.

—Comprendo.

—¿Le dejo en algún sitio en particular? —me preguntó.

—Al llegar al Carrer Aragó. Ahí me vendrá bien.

Me apeé en la esquina del Passeig de Sant Joan con el Carrer Aragó. Me sentía cansado, pero necesitaba respirar el aire de la mañana. Así que eché a andar. Había resultado una noche muy larga en la que había aprendido cosas interesantes, como que nada es gratis y que el barón seguramente estaba en racha gracias a sus habilidades, que era muchas y muy variadas.

Caminar a aquellas horas de la mañana era una sensación que hacía tiempo que no experimentaba, desde mis primeros trabajos en el puerto, cuando descargaba barcos para ganarme cuatro perras. Allí aprendí a convivir con gente dura, con trabajadores que sólo hablaban de mujeres y de política, pero nunca de lo que sucedía en los barcos o en los muelles, de las faenas nocturnas ni del dinero que se movía con rapidez e iba a parar a manos de los aduaneros o de los policías que hacían la vista gorda. Era un mundo oscuro, tanto de día como de noche. Allí fue donde conocí al Gordo, que dominaba aquel tinglado, y al que le caí bien porque era educado y sabía de números. Así que me ofreció un trabajo en la oficina y me dediqué a controlar a los estibadores.

—Eso es para un tiempo, pero no para siempre. Los puertos no son un lugar adecuado para hacer carrera. ¿Comprendes? —me dijo mi padre.

—Pagan bien y podré ahorrar —le repliqué.

—De acuerdo.

Pasaron los meses. El trabajo era cómodo, aunque había mucho que hacer. El Gordo siempre estaba dándole al magín, buscando nuevos negocios, apartando a los competidores, ampliando su territorio…

—¿Cuántos años tienes? —me preguntó un día.

—Veintiuno —le mentí. Tenía diecinueve.

—Necesito alguien que pueda pasearse por ahí, buscar información donde sea y que me eche una mano sin ensuciarse demasiado —me dijo un día.

—¿Qué tengo que hacer? —le pregunté.

—Te he estado observando y eres un chico listo. ¿Te gustaría tener una licencia de detective privado?

—Sí —contesté sin pensarlo dos veces.

«A caballo regalado, no le mires el dentado», decía mi madre. A la semana siguiente, sin haber hecho nada ni poseer ningún mérito especial, excepto el de ser un protegido del Gordo, ya tenía mi licencia y recibía mi primer encargo: vigilar a un tipo que tenía un bar en el Carrer Princesa, a unos cincuenta metros de la Via Laietana, en el casco antiguo, y que vivía en el Carrer Sant Pau, muy cerca de la Avinguda del Paral·lel. Sólo tenía que vigilarle y tomar nota de todo lo que hacía, de a quién visitaba, de con quién hablaba, de sus entradas y salidas… Si la policía me preguntaba qué hacía, yo les enseñaba mi licencia de detective y les soltaba que no estaba obligado a revelar el nombre de mi cliente. Era secreto profesional.

Mi padre se mostró muy preocupado. No lo veía claro.

—¿Te mancharás las manos?

—No. Quiere que me mantenga al margen de todo. Sólo le buscaré información.

—Y cuando quieras marcharte, ¿dejará que te vayas, sin más? —me preguntó.

—Ya lo hemos hablado. Durante dos años haré lo que él me diga y luego decidiré libremente —le mentí.

—O le has caído muy bien o ese tipo no es muy listo —dijo, meneando la cabeza y chascando la lengua.

Ni le había caído tan bien al Gordo como para que quisiera hacerme un favor, porque nunca los hacía, ni era ningún tonto. Simplemente me había echado el ojo encima y me había estado controlando durante todo aquel tiempo, hasta que estuvo seguro de mí y decidió poner en marcha su plan de disponer de un pequeño ejército de informadores —cuyo primer recluta sería yo — a los que la policía no pudiese ponerles la mano encima. Por eso me mantenía al margen cuando había que hacer un trabajo sucio y por esa misma razón, cuando la policía me interrogó sobre la muerte del propietario del bar del Carrer Princesa, mi respuesta fue que no sabía nada de nada. Y era absolutamente cierto.

—Cuanto menos sepan los demás, menos riesgo para ti —me había dicho un día que yo le había preguntado por lo que pretendía que averiguase, porque los informes que le pasaba lo contemplaban todo, hasta cuando iba a mear—. Y cuanto menos sepas tú, más seguro vivirás y más tranquilo me sentiré yo.

Me recordaba a mi padre. Parecían cortados con el mismo patrón, utilizaban el mismo lenguaje y tenían idéntica filosofía. Tres años después murió acribillado en mitad de la calle. Entonces empezaron las disputas por quedarse con su pequeño imperio, que acabó rompiéndose en mil pedazos. Yo, por mi parte, pude conservar mi licencia de detective y me dediqué a hacer trabajos por mi cuenta. Era lo mejor que había podido suceder. Como bien pensaba mi padre, el Gordo era muy listo y no me habría dejado escapar fácilmente. La vida, a veces, tiene esos ramalazos de fortuna.

¡Ay! Llegué al piso que tenía alquilado en el Carrer de la Independència, abrí la puerta, la cerré y me liberé de la corbata. Había resultado una noche muy interesante.

¿Cuánto dinero había corrido por encima de aquella mesa? ¡Miles de pesetas! Y en apenas unas horas. Habían cambiado de mano y se habían quedado tan anchos. Una pequeña fortuna con la que cualquier persona habría montado un buen negocio. Aquella gente jugaba con el dinero como nosotros jugábamos con las estampas cuando éramos niños.

—Ni se te ocurra jugar. ¿Comprendes? —sonó en mi interior la voz de mi padre.

¡En fin! Mañana sería otro día. O aquel mismo día sería otro día. ¡Qué más daba!

Mi vida estaba dando un giro importante. Moverme en aquellos círculos y escuchar retazos de conversaciones excitaron mi deseo de explorar nuevos horizontes y aprender a seguir sus diálogos, por lo que dedicaba un rato cada día a repasar la prensa. Es así como tres días más tarde, a comienzos del mes de agosto, leí en los periódicos la noticia de la entrada de la cañonera alemana *Panther* en el puerto de Agadir. Aunque el ministro alemán de Asuntos Exteriores manifestaba que su fin era proteger a las empresas de su país, en el Círculo de Extranjeros se comentaba abiertamente que era una excusa para tener un pie sobre el sur de Marruecos, país muy rico en recursos minerales. Diversos países de Europa protestaron por la injerencia alemana. Sobre todo Francia, que había enviado tropas a Fez durante el mes de abril. Fue un deseo expreso del sultán para proteger su vida y sus intereses. El Gobierno de Gran Bretaña, por su parte, manifestó que aquello constituía una amenaza para la paz, apoyado por los banqueros londinenses, que apuntaban que, una vez firmada la paz en Marruecos, habría que pensar en indemnizaciones y reparaciones, puesto que ellos eran los banqueros y los aseguradores del mundo.

Al día siguiente, 2 de agosto, se produjo un motín a bordo del *Numancia*, una fragata española anclada en la rada de Tánger. El incidente se saldó una semana más tarde con la condena a muerte del cabecilla, un tal Antonio Sánchez, fogonero del buque, que fue fusilado en cubierta. Otros seis tripulantes fueron sentenciados a cadena perpetua. Resultaba más que evidente que Marruecos se estaba convirtiendo en un polvorín y que aquella guerra ya empezaba a pasar factura.

Barcelona y Cataluña entera, por su parte, protestaban por el envío de sus jóvenes a una guerra que ni les iba ni les venía. Aún estaba fresco el recuerdo del desastre de Cuba de 1898, cuyas consecuencias se vivieron durante los años siguientes.

—Una guerra marca —decía mi padre—. Son heridas que tardan en cicatrizar, pero los políticos no van al frente ni cogen un fusil. Tan sólo dictan órdenes desde un despacho; la mayoría de ellos son como excrementos de vaca.

Era como para darle la razón, porque, mientras los jóvenes de clase baja iban a Marruecos y los hijos de los ricos pagaban para no ir, en el casino se vivía a otro ritmo, olvidando por completo el mundo exterior. Allí la gente venía a divertirse, a beber y a jugar. Lejos, en la ciudad que dormía a nuestros pies, quedaba la violencia que se iba cobrando víctimas entre los empresarios, los políticos y los obreros.

4 - EL REENCUENTRO

La ciudad crecía a una velocidad increíble. Se construía por todas partes, se abrían nuevas líneas de tranvías, el tren demandaba estaciones y apeaderos nuevos. Cada año llegaban oleadas de inmigrantes que conseguían encontrar una habitación en un piso de realquilados o que construían su barraca en los suburbios, con cuatro maderas. Trabajaban en la construcción, en el puerto, que parecía estar perpetuamente en obras, o en alguna de las muchas fábricas que se construían sin parar.

La casa de mi padre había sido engullida por otras casas y las chabolas se habían retirado unos buenos metros para encaramarse más en la falda de la montaña de Montjuïc. Ya casi se podía decir que no pertenecía a los suburbios propiamente dichos e incluso ya no tenía que andar tanto para llegar hasta la parada del tranvía, cuando Gertrudis tenía que acompañarle al médico para que le echase una miradita a las piernas, que se le hinchaban y le impedían andar todo lo que él quería. Con el dinero que yo le pasaba, sus ahorros y una mísera pensión, vivía mejor que cualquiera de sus vecinos. Me ofrecí para buscarle un piso más cerca de la Plaça de Espanya, pero él no quiso. Estaba bien donde estaba, me repetía.

—Nadie te persigue. Han pasado muchos años y en Catanzaro seguro que nadie se acuerda de ti —le dije.

—¡Nunca! ¿Me has oído? —me apuntó con el dedo índice bien alto y bien tieso—. Nunca se te ocurra presentarte en Catanzaro ni decir quién eres ni de dónde vienes. Porque ellos nunca olvidan nada. ¿Comprendes?

—No veo en qué puede perjudicarte una cosa tan sencilla como alquilar un piso...

—¡No! Aquí nadie me ve ni nadie vendrá a buscarme. Aquí soy el tío Josep, el obrero. ¿Comprendes? Irme a vivir a otro lugar es meter el zapato en el agua del charco. Está limpia, pero si la remueves levantas barro y todos los ojos la miran. La gente pregunta, quiere saber quién eres y hace comentarios. Aquí estoy bien y tú puedes moverte libremente. ¿Comprendes?

Cuando soltaba una sentencia, ya podías cantar o decir misa, que no había forma humana de hacerle cambiar de parecer.

Aquel año de 1911 había empezado de una forma muy peculiar: con la creación de la Volta Ciclista a Catalunya, justo el 6 de enero, el Día de Reyes, como un regalo traído de Oriente. Aunque no todo fueron noticias agradables, porque cinco días más tarde, el 11 de enero, Barcelona enterró a Domènech Sanllehy, que había sido su alcalde entre los años 1906 y 1908. Todo un récord, si se echa una ojeada a la duración de los mandatos de los inquilinos del despacho principal del Ayuntamiento. El acto tuvo lugar en la catedral y a la ceremonia asistieron todos los políticos importantes del momento. Apenas un mes después el nombre de Barcelona volvió a sonar con fuerza gracias a otra proeza. Por primera vez, una mujer, Elena Ditrieu, sobrevolaba la ciudad en un aeroplano. Diez días más tarde empezaron a construirse las primeras casas destinadas a los obreros, casas que pagaría La Caixa; al cine Kursaal, inaugurado el año anterior en la Rambla Catalunya, se le unía el cine Ideal, abierto al público el día 22 de abril de 1911 en la Gran Via. El local obtuvo una gran repercusión por haber ganado el concurso anual de fachadas organizado por el consistorio. La cantidad de coches aumentaba de forma increíble y amenazaba con crear un caos peligroso en una ciudad dominada por los carros, los coches de caballos, los tranvías y los peatones, hasta el punto que en abril se había publicado el reglamento municipal de circulación; y durante el mes de mayo se pusieron en marcha las atracciones del Saturno Park de la Ciutadella, con unas montañas rusas que reinaron durante unos meses, hasta que aparecieron las de La Rabassada con sus dos kilómetros de longitud.

No había duda de que estábamos a la cabeza del progreso y que Barcelona, a pesar de todas las huelgas, manifestaciones, asesinatos y represalias, se estaba convirtiendo en una de las grandes urbes de Europa, que tenía dos polos creados de forma absolutamente artificial, como todos los polos de cualquier ciudad. Por un lado, los terrenos de Montjuïc junto al puerto, llenos de chabolas por los cuatro costados, quizás atraídas por el cementerio. Los ricos no lo consideran un lugar apropiado para ellos, hiere su sensibilidad, quizás les recuerda constantemente que algún día acabarán metidos en un agujero y que sus herederos se lo quitarán todo. Y, al otro, la sierra de Collserola, que en su parte más alta albergaba los grandes proyectos de diversión. Sus habitantes y propietarios no permitían que fuese ocupada por inmigrantes sucios y malolientes cargados de mocosos medio desnudos jugando en mitad del barro. Y entre esos dos enclaves, la ciudad construía calles paralelas y perpendiculares en una gigantesca cuadrícula que seguía el plan

Cerdà, que era la envidia de toda Europa y que debía su nombre a su creador: Ildefons Cerdà. Mi padre le tenía un gran respeto y decía de él que fue una de esas mentes privilegiadas y que su plan de urbanismo tuvo que ser aprobado en Madrid porque la burguesía barcelonesa se oponía. Nadie es profeta en su tierra y ahora se descubría que había sido un visionario que se adelantó a la llegada del automóvil, que se adaptaba de maravilla a las calles paralelas y perpendiculares.

Excepto algunas raras excepciones, como la Avinguda Diagonal, la Avinguda del Paral·lel y alguna más, el resto de las avenidas y calles representaban el orden absoluto, cuyo centro neurálgico era el Passeig de Gràcia, lugar predilecto de la gente adinerada. Un kilómetro de ancha avenida que arrancaba en la Plaça de Catalunya y que se adentraba en la ciudad como si huyese del mar para acabar atravesando la Avinguda Diagonal y morir a las puertas de Gràcia, ahora ya convertido en un barrio más de la gran Barcelona, tras la anexión. Este monumental paseo estaba flanqueado por los edificios más espectaculares que producían las nuevas tendencias de la arquitectura modernista. Por todas partes sonaban los nombres de Gaudí, Puig i Cadafalch o Domènech i Montaner, por citar algunos de ellos. Barcelona se estaba convirtiendo en la gran ciudad del Mediterráneo. Y ahí, en esa gran urbe, en ese hervidero de nuevos proyectos, yo había decidido plantar mi estandarte.

No tenía la menor duda de que mi padre, con aquella pasión por la lectura que me impuso, había despertado en mí el placer por las cosas bellas, que casi siempre son las más inalcanzables. Me pasé mañanas enteras moviéndome por los aledaños del paseo de los sueños, tal como él lo llamaba, en busca de un apartamento, aunque fuese pequeño. Sin embargo, lo que me gustaba resultaba prohibitivo, incluso para alguien a quien le habían subido un cincuenta por ciento su salario y que, además, se sacaba unos buenos ingresos extra con ciertos trabajos, amén de echar mano discretamente de la cuenta especial que Boudineau había puesto en mis manos.

Finalmente, cansado de ir de fracaso en fracaso, se me ocurrió pensar que tal vez me había equivocado de planeamiento. No hay que partir del centro, sino justo al revés. Desde el exterior hacia el interior. Es así como se asedia y se conquista una plaza. Además, de esa forma no sufres la decepción de ver que tus expectativas van cayendo a medida que avanzas y te ves obligado a alejarte de lo más alto, con lo que cada vez te gusta menos lo que vas encontrando. Así que decidí empezar desde el Carrer de la Independència hacia el Passeig de Gràcia y me di cuenta de que a medida que me desplazaba hacia el centro mi ánimo subía considerablemente y que cada calle ganada era un éxito. Seguí adelante y finalmente encontré un pequeño apartamento en un quinto piso de una casa del Carrer Bailén, casi esquina con el Carrer Aragó. Sin ser nada del otro mundo, no estaba mal; además, con los muebles que tenía en el piso del Carrer de la Independència más otros pocos quedaría muy digno. Conté lo que tenía ahorrado, hice mis cálculos y vi que podía pagar el alquiler. De manera que di la paga y señal, firmé el contrato y salí de allí con las llaves en mi bolsillo.

Mi sueño empezaba a hacerse realidad. Me había acercado catorce calles a mi gran objetivo. Catorce calles que representaban mucho más de mil cuatrocientos metros porque había atravesado el Passeig de Sant Joan, frontera que marcaba un salto en la esfera social. Ya estaba sólo a cinco calles del Passeig de Gràcia y por encima del Carrer Aragó. Y por si fuera poco, la casa tenía portero y ascensor.

Tardé semanas en conseguir unos muebles a la altura de mis aspiraciones. Naturalmente eran de segunda mano, procedentes de una subasta. En la gran Barcelona todo estaba regulado, bien por ley, bien por costumbre, entendiendo ésta por aquella ley no escrita que se respeta a rajatabla, mucho más que la recogida en documentos, que siempre adolece de resquicios por donde los abogados se escapan. Igual que había hecho cuando me hice con el piso del Carrer de la Independència, me fui a ver a Pancho Gallofré, el hombre que dominaba las subastas y le expuse mis deseos.

—La semana que viene hay subasta. He visto un lote que te puede interesar —me dijo—. Un comedor entero con una mesa de haya maciza, preciosa, y ocho sillas tapizadas. Van a pujar para arriba. Te lo advierto. Pero vale la pena.

—¡Pancho, no me jodas! —exclamé—. Cuando tú has necesitado que te eche una mano, no me he aprovechado. Recuerda lo de Cantero. No ha vuelto a molestarte nunca más —dije, y esperé a que él asintiese—. Quiero algo que quede digno. Ya me entiendes. Y si tengo que esperar un poco más, no hay problema.

—¡Bien! Si no te importa esperar, quizá pueda apartar alguna cosa y hacer que no llegue a la subasta pública.

Y así fue. Por ciento siete pesetas conseguí lo que en cualquier tienda de muebles me habría costado diez o quince veces más, y el piso quedó perfectamente amueblado. Pepe Rozas, otro amigo de infancia, me lo pintó de arriba abajo por dieciocho pesetas. Además, como era muy apañado, me hizo un par de arreglos, como la baldosa de la cocina, justo detrás de la puerta, que se desprendía y que se convirtió en un perfecto escondrijo. Mi caja fuerte particular. Otro favor que revertía.

Recuerdo lo que me decía mi padre:

—Cuando hagas un favor, que quede claro que es un favor y que los favores, tarde o temprano, se pagan. Pero, sobre todo, procura que la balanza de los favores concedidos y recibidos siempre esté de tu lado y que te deban mucho más de lo que tú has recibido. Los que no tienen en cuenta este detalle acaban muy mal, porque el día que todos les reclaman sus deudas no tienen con qué pagar. Y no hablo sólo de dinero, porque todo aquello que se puede comprar no plantea ningún problema. Lo malo es aquello que no tiene precio. ¿Comprendes?

El día que escuché por primera vez que Matías, el portero, me llamaba «don Víctor», me sentí importante. El Passeig de Sant Joan se había convertido en la diferencia entre el señor Pons y don Víctor. Claro que también habían contribuido el hecho de que me viese llegar varias veces en taxi, servicio que sólo hacía un año que existía en Barcelona y que únicamente era utilizado por la gente de dinero, y el detalle de soltarle un duro. A partir de aquel instante, con las cinco pesetas en el bolsillo, se convirtió en la persona más servicial y devota de este mundo. Como decía mi padre, hay que ser generoso con el dinero, pero saber muy bien dónde se deja caer. Gracias a la propina —decidí dársela cada mes—, pasé a ser el vecino mejor informado de toda la escalera. Sabía que en el principal vivían un médico, casado y con tres hijos varones, y un abogado, también casado y con una hija y la mujer embarazada; en el primero una señora muy mayor, viuda, con una nieta mojigata, y un comerciante de vinos casado y con cuatro hijos, dos niños y dos niñas; el segundo se lo repartían dos hermanos que lo habían heredado de sus padres y que regentaban un pequeño negocio de pasamanería, uno de ellos casado y el otro soltero; en el tercero vivía otro abogado, casado y con tres hijas, que ocupaba toda la planta porque también tenía allí su despacho; en el cuarto, justo debajo de mi apartamento, vivía el dueño del restaurante que había en la esquina, viudo, con dos hijos y una criada, de quien el portero decía que hacía «de todo»; en la otra puerta había un matrimonio mayor, el marido retirado, que se pasaban el día discutiendo; el quinto piso lo habían dividido en cuatro apartamentos, dos de ellos pertenecían a una mujer soltera que no aparecía nunca y que los mantenía vacíos, y los otros dos —uno lo ocupaba yo, y el otro un contable soltero— pertenecían a un hombre mayor que vivía de rentas, pero al que no conocía porque lo alquilé a través de un despacho de abogados; en el sexto vivían dos amigos de los que el portero decía que eran «bastante más que amigos» y, al lado, un matrimonio con dos hijos; finalmente, la buhardilla la ocupaba el portero y su esposa, que se dedicaba a limpiar casas y que además ayudaba a su marido. No tenían hijos. ¡En fin! Una casa de lo más normal.

El día que acabaron de subir los muebles decidí hacerme un regalo y me dirigí al Passeig de Gràcia para comprarme un par de corbatas con las que engrosar la pequeña colección que colgaba de mi nuevo armario. En un hombre, la corbata es todo un símbolo de elegancia, y el color y la textura definen el momento del día, la categoría de la cita o el nivel de la celebración.

Hacia media tarde llegué al Passeig de Gràcia por el Carrer Aragó y decidí subir hacia la Diagonal por la acera de la izquierda. Allí cerca había un par de tiendas interesantes; la temperatura a comienzos de septiembre seguía siendo muy alta, por lo que se agradecía la sombra que proyectaban los edificios. Me detuve en el primero de los aparadores y eché una ojeada a la corbata que lucía el maniquí.

—Demasiado ostentosa, si no es para una fiesta —oí que decía una voz femenina junto a mí.

Me volví y la sorpresa fue mayúscula. Carla, la hermana de Bruno Torres, la mujer de la terraza de la fiesta de inauguración del casino, también miraba el maniquí. Estaba acompañada por otra mujer joven.

—Si me lo permite, le diré que estoy de acuerdo con usted, señorita Torres —dije, quitándome el sombrero.

Volvió la cabeza y me miró. Durante unos instantes pareció no reconocerme y rebuscar mi imagen en su memoria.

—La fiesta de inauguración del casino de La Rabassada, a mediados de julio —le recordé.

—En la terraza, con Luisa —asintió lentamente.

—Así es.

—Señor Pons, ¿verdad? —preguntó con el tono de quien recuerda el detalle en aquel instante.

—Víctor Pons, para servirla.

—Le presento a mi amiga, la señorita Dulce —dijo, volviéndose hacia su acompañante.

—Un nombre muy apropiado para un rostro tan hermoso —me apresuré a decir, mientras le dedicaba una ligera reverencia.

—¿Iba a comprarse una corbata? —me preguntó Dulce, procurando ignorar con elegancia mi cumplido, aunque no pudo disimular la sonrisa de satisfacción que le había producido.

—Necesito una nueva —asentí.

—¿Para qué tipo de traje? —me preguntó.

—El señor Pons es muy capaz de dar con la corbata más adecuada —nos interrumpió Carla.

—Siempre acepto un consejo de quien tiene buen gusto —le repliqué—. Y estoy seguro de que a ustedes, lo que es gusto, les sobra. ¿Me acompañarían a escogerla? —pregunté, al tiempo que les indicaba la puerta de la tienda.

Dulce no se hizo de rogar y tiró de su amiga, mientras yo las seguía.

Una vez dentro, el empleado, tras escuchar mi petición de una corbata que combinara con un traje azul oscuro, desplegó una docena sobre el mostrador y yo aguardé pacientemente a que Carla y Dulce las examinasen a placer, me dedicasen varias miradas, tomasen alguna de ellas, me las acercasen al cuello...

Finalmente, después de marear al pobre empleado durante casi una hora y hacerle retirar todas las corbatas para sustituirlas por otra docena y regresar a las primeras y retirar unas y pedir otras, cada una de ellas se decidió por una distinta. Quedé como todo un caballero cuando dije que me quedaba con las dos. De hecho ya había salido con la idea de comprar un par.

Lo que ya no me sentó tan bien fue enterarme del precio. Por aquella exorbitante cantidad, mi sastre, el del Carrer de la Independència, me habría hecho un traje y aún me habría sobrado para tomarme un par de copas. Menos mal que acababa de cobrar un dinero que me debía un tipo; me había servido para pagar los muebles y cuatro cosas más, pero aún me sobraba algo. En caso contrario me habría visto en un aprieto.

Salimos afuera y Carla se quejó de que hacía un calor insoportable. Aproveché el comentario para invitarlas a tomar un refresco.

—Es usted muy amable, pero tendremos que dejarlo para otra ocasión —me contestó—. Hemos quedado en visitar a una amiga. De hecho, estábamos matando el tiempo.

—¡Qué lástima! —dijo Dulce con un deje de pena—. En otra ocasión.

—¿Sigue yendo al casino? —me preguntó Carla.

—Cada día —le respondí.

—¡Ay, es verdad! Si usted trabaja ahí... —dijo, tapándose la boca con la punta de los dedos—. Ahora, después de haber estado todo el mes de agosto en Biarritz, vuelvo a mi vida normal y alguna vez iré a comer o a cenar al restaurante. Supongo que nos veremos.

—Eso espero —le contesté, y les dediqué una pequeña reverencia.

Las vi echar a andar en dirección a la Plaça de Cataluña y yo crucé para dirigirme a casa. Tenía el tiempo justo para dejar mi compra y salir en busca del tranvía.

Al entrar en el vestíbulo del casino, me pregunté si debería cambiar de sastre. Quizá sí, si tenía en cuenta mis pretensiones, pero la respuesta se tornaba negativa si pensaba en la forma especial de mis chaquetas, que tenían que disimular el arma.

¿Sabrían hacerlo los sastres de la clase alta o se asustarían ante semejante petición? Yo dominaba muy bien mi ambiente y era capaz de encontrar a quien fuese para solucionar cualquier problema que se me plantease, sin importar la índole del mismo, pero aquel nuevo escenario que dependía de un círculo cerrado y restringido, me resultaba desconocido.

—Antes de entrar en cualquier sitio, hay que estudiar a fondo el terreno para no cometer errores —decía mi padre.

¿Quién podía echarme una mano? La respuesta era Jean Louis. Él, por su especial cometido y por su situación, tenía acceso a secretos vetados a los pobres mortales como yo.

—No es ningún problema para ninguno de ellos —me contestó—. Los sastres de cierto nivel son como los confesores. Ni siquiera la policía se atreve a preguntarles sobre las conversaciones que tienen lugar en sus talleres o en casa de sus clientes. Por supuesto, los señores de determinado nivel ya no acuden a casa de su sastre, sino que es el sastre quien se desplaza. Es mucho más elegante y da prestigio. Tanto a unos como a otros. Que vean a un sastre entrar en casa de según quién es un punto positivo para él, y que vean entrar a según qué sastre en casa de alguien es una manifestación clara del nivel social de la persona en cuestión.

—¿Puede darme el nombre de alguno de ellos?

—¿Para usted? —me preguntó sonriendo, divertido.

Juraría que me estaba tomando las medidas para hacerme un traje, porque se apartó un poco y me miró de arriba abajo.

Achiqué los ojos con dureza y él se dio cuenta de que se había excedido. Carraspeó, adoptó una postura digna y borró su sonrisa burlona.

—Quizás la sastrería Minguella. Está en Diagonal esquina Bruc, en el segundo piso —dijo.

—¡Magnífico! Lo tengo muy cerca de casa.

—¿Dónde vive usted? —me preguntó casi tartamudeando.

—En el Carrer Bailén, por encima del Carrer Aragó —le contesté sin darle mayor importancia.

—¡Oh! —exclamó, y por la expresión de su rostro deduje que la sorpresa había resultado mayúscula—. Cuando vaya, pregunte por el señor Zacarías. Según he oído comentar es quien toma las decisiones y el que está enterado de todo.

—Gracias, Jean Louis.

A partir de aquel día me trató con mayor respeto. Vivir a la izquierda del Passeig de Sant Joan era un punto positivo que se debía tener en cuenta.

5 - UN ESCÁNDALO

Las preocupantes noticias que llegaban de Bilbao, en huelga general desde el día 4 de septiembre —ya se rumoreaba que las autoridades declararían el estado de sitio el martes día 12, si la situación no se encarrilaba—, y otros rumores que apuntaban que Zaragoza quería sumarse a la huelga, provocaron que todos los ojos se posaran en mí.

—En Barcelona, por el momento, reina la calma —informé a Boudineau.

—Sin embargo, tenemos noticias de que el gobernador civil ya ha firmado la orden de clausura de algunos locales obreros, que los jueces han dictado orden de intervención en la UGT y que se va a prohibir la CNT. Incluso se habla de suspensión de las garantías constitucionales —me dijo, muy preocupado—. Y todo eso no contribuye a que venga gente de fuera. Ya sabe cómo es el dinero. Siempre tiene miedo y huye a la menor alerta de peligro.

—Supongo que se trata de medidas preventivas, pero mis noticias no van en el sentido de sumarse a la huelga general. —

Seguí manteniendo mi postura—. Aunque, si el gobernador civil aprieta las clavijas, la clase obrera puede reaccionar. Nunca se sabe hasta dónde aguanta una cuerda.

—¿Está seguro de que la situación está en calma?

—Mis fuentes de información son inmejorables —mentí descaradamente—. Pero, como ya le he dicho, si al gobernador se le va la mano, puede suceder cualquier cosa.

—¡Bien! Así lo comunicaré al consejo de administración.

—Me mantendré atento por si cambian las circunstancias.

En esta vida hay que saber nadar y guardar la ropa. Si estallaba un conflicto, sería culpa del gobernador civil, demasiado aficionado a usar la fuerza y la coacción. Pero nuestros clientes, los extranjeros, los interesantes, podían seguir tranquilos en el hotel, disfrutar de la música, los espectáculos y dejar su dinero sobre la mesa de juego. Boudineau se alarmaba con extrema facilidad.

Yo, por mi parte, en poco más de dos meses había pasado de vivir en el Carrer de la Independència a saltar el Passeig de Sant Joan y plantarme en el Carrer Bailén. No estaba nada mal. Ahora tenía que empezar a cultivar las relaciones y buscar una puerta de entrada. Jean Louis no era el más adecuado, porque era demasiado servil. Boudineau no habría aceptado. Tenía muy claro que los empleados nunca deben mezclarse con los clientes. Con Estragué no tenía demasiada confianza y supongo que también se habría negado. Y Lucía, la secretaria de dirección, no soltaría prenda. Seguía tan discreta como siempre, y eso que yo había intentado algún acercamiento estratégico dedicándole alguna palabra amable, pero ella sonreía y poco más. De ahí no pasaba, y cuando le pedía algo, invariablemente me contestaba que se lo preguntaría al señor Estragué o a *monsieur* Boudineau, según conviniese.

Lo mejor era buscarme la vida por mi cuenta y riesgo y, aunque no sabía por dónde empezar, aquella noche iba a resultar muy interesante.

Todo empezó cuando Nieto vino a buscarme.

—Se está armando un pequeño revuelo en la puerta —me dijo.

—¿Por qué? —pregunté. ¿Habrían empezado ya con la huelga y los piquetes de obreros?

—Más vale que lo vea usted con sus propios ojos —me contestó, y ladeó la cabeza mientras esbozaba una media sonrisa.

Si sonreía no podía ser grave, así que no seguí preguntando y me dirigí a toda prisa hacia la recepción del casino seguido por Nieto.

—Buenas noches, señorita Torres —oí que decía la voz de Jean Louis al llegar frente al guardarropa.

La cara del encargado del Círculo de Extranjeros era todo un poema. ¡Y no era para menos! Carla Torres se había presentado con una falda pantalón, de las que daban tanto que hablar, y Jean Louis hacía verdaderos esfuerzos para mirarla a la cara y mantenerse impasible, mientras que los demás clientes se agolpaban a su alrededor, se la comían con los ojos y hacían comentarios. Tenía un talle muy ajustado y las caderas bien marcadas, mientras que la tela caía recta a ambos lados del cuerpo y podías imaginar cómo eran sus muslos. Mirarla me alteraba el pulso. Y estaba tan hermosa…

—Buenas noches, Jean Louis —saludó la voz de Bruno.

Hasta aquel instante no me había dado cuenta de que venía acompañada. Y detrás aparecieron el barón Von Brütsner y su esposa, que también lucía falda pantalón, en un acto de provocación sin precedentes. Evidentemente, la elegancia de Carla ganaba a la de Adelaida Campillo, pero la baronesa lucía un trasero que atraía todas las miradas y no hacía el menor esfuerzo por disimularlo. Al contrario: se contoneaba y lo realzaba. A Jean Louis se le cortó la respiración. ¿Qué tenía que hacer? ¿Avisaba al director o a Boudineau? ¿Quizás a ambos? Yo recordaba haber leído en algún periódico que en Madrid se había producido un incidente cuando una joven, en el mes de febrero, se había paseado por la calle Mayor exhibiendo semejante prenda. Concretamente fue el día 22. La fecha había quedado impresa en mi memoria. Las protestas fueron de tal calibre que tuvo que acudir la policía y sacarla de allí en un coche. De la misma manera que recordaba perfectamente que el creador de dicha moda, el francés Paul Poiret, había conseguido su escándalo particular durante la presentación. Luego éste se había propagado por toda Europa desbordando los escenarios de la moda hasta tal punto que las discusiones alcanzaron la ciencia médica. Me partía de risa cada vez que recordaba que un médico sueco, apellidado Berg, había comentado que la falda pantalón era muy apropiada para las mujeres. Entre otras razones porque les permitía mayor libertad de movimiento en las piernas, las protegía mejor del frío y les evitaba los microbios del ambiente y el polvo del suelo que con la falda tradicional se levantaba y las obligaba a lavarse más a menudo. Inmediatamente llegó la réplica de otro insigne médico, el doctor Devove, antiguo decano de la Facultad de Medicina de Escandinavia, que calificó a su colega de ignorante respecto a la anatomía femenina. El pantalón y la falda, según él, no eran una mera cuestión de moda, sino de estructura anatómica. El cuerpo femenino es diferente del masculino y la falda amplia proporciona mayor desaire a su cuerpo y mayores facilidades para manejarse en ciertas circunstancias. Yo me preguntaba: «¿Y no sería más lógico preguntar a las mujeres qué opinaban ellas?». Puede que esos grandes científicos se llevasen una buena sorpresa.

Mientras recordaba todos esos detalles no dejaba de observar a Jean Louis, porque, ahora, eran dos mujeres, y las dos de altura, las que desafiaban las normas establecidas.

—Ordene que nos traigan una botella de champán y cuatro copas, por favor —dijo el barón con su habitual autoridad y ofreció el brazo a su esposa.

—Bueno…, es que… —titubeó Jean Louis, incómodo ante la situación.

De pronto, Carla me vio y vino hacia mí.

—Ha preferido otra corbata —me dijo.

—La que escogió usted la guardo para las grandes ocasiones —le contesté.

—¿Por ejemplo?

—Para cuando la moda evolucione un poco más y pueda ofrecérsela —le repliqué con una sonrisa.

—¿Le parece una moda poco apropiada para una mujer? —me preguntó, mientras abría los brazos para mostrarme su atuendo y dirigía una mirada a Jean Louis, que sudaba.

—Al contrario —le contesté, y también miré a Jean Louis —. Ya no hay que adivinar tanto y lo que se muestra es de mi total agrado. Tiene usted una figura como no hay otra.

—Hace un poco de calor —dijo.

—En la terraza corre algo de aire fresco.

—Quizá salga dentro de un rato —contestó, me miró, se dio la vuelta y se unió a sus tres acompañantes que ya se dirigían hacia el Círculo de Extranjeros.

Jean Louis levantó la mano para llamar a uno de los camareros y le ordenó que se llevase la botella de champán. ¿Qué podía hacer, el pobre?

—Si mañana sale en los periódicos la noticia de que en el casino de La Rabassada se admiten mujeres con falda pantalón… —me dijo al pasar junto a mí—. ¡No quiero ni imaginar el escándalo!

—Eso no hará más que proporcionarnos publicidad gratuita —sonó la voz de Boudineau, que ya había sido avisado por el director.

—¿Y eso es bueno? —preguntó Jean Louis.

—¿Qué opina usted? —le pregunté a Estragué.

—Quien se opone al viento acaba agotado y derrotado —contestó.

—¡Bien! —exclamó Boudineau—. No le concedamos mayor importancia. De hecho, la falda pantalón consigue que las mujeres ocupen menos espacio. Será más fácil bailar con ellas. Y, por otro lado, si aparece la noticia, tapará otras que no son del agrado de nuestros clientes.

Estragué había sido muy astuto. Su frase se podía tomar en cualquier sentido. ¡Lástima! Me habría gustado preguntarle su opinión acerca de quién era el viento, y quién el que se oponía.

Poco a poco los comentarios se diluyeron, los curiosos se dispersaron y las dos mujeres tuvieron la amabilidad de no moverse del Círculo de Extranjeros. Allí quedaban al abrigo de todas las miradas de los que habían abandonado el restaurante y el parque de atracciones para entrar en el casino alertados por el bulo de que dos mujeres se habían presentado casi desnudas. Hay que ver hasta qué punto puede cambiar la visión de un hecho conforme pasa el tiempo y se divulga.

Aguardé prudentemente hasta que los ánimos se calmaron y entonces me dirigí a la terraza, aunque la verdad era que no hacía demasiado calor. Carla estaba medio sentada en la barandilla, con una pierna en el aire, balanceándola, y sostenía en sus manos una copa de champán. Sí, indudablemente, la falda pantalón era una prenda desenfadada y cómoda. Junto a ella se encontraba el barón, con otra copa en la mano. Tres hombres más permanecían a pocos metros y no dejaban de mirarla. No había para menos. En su pose se le marcaba todo el muslo con una precisión absoluta. Salí y me quedé en un rincón. El barón mantenía su porte altivo y sonreía mientras le hablaba con aquel tono que parecía situarlo por encima del bien y del mal. Ella me vio, bebió un sorbo y aprovechó para lanzarme una mirada. Entonces apareció Adelaida.

—¿Puedes venir un momento, querido? —dijo desde la puerta.

—¿Me disculpas? —le dijo Von Brütsner a Carla; le dedicó una cortés reverencia con la cabeza y se dirigió hacia su esposa.

Uno de los tres hombres que estaban en la terraza hizo ademán de acercarse a Carla, pero ella le miró con desinterés, se puso en pie y le dio la espalda. Vi que aquel hombre se preparaba para el asalto y me adelanté.

—Una noche preciosa —dije cuando ya estaba junto a ella.

El hombre me miró sorprendido y enfadado por mi intromisión, pero me reconoció, hizo un pequeño cálculo y se dio cuenta de que tenía todas las de perder, por lo que mi gesto bastó para hacerle desistir; regresó con sus amigos, hizo un comentario despectivo y provocador, que ignoré, y los tres se marcharon. Perro ladrador, poco mordedor, decía mi madre.

Carla volvió ligeramente la cara hacia mí, igual que la primera vez que nos vimos casi en aquel mismo lugar, y fijó de nuevo su vista en la oscuridad de la noche sin pronunciar palabra. Me apoyé en la barandilla y la contemplé. La luz de la terraza iluminaba su perfil; sobre el fondo negro se recortaban a la perfección su mentón y sus labios tentadores, aquella nariz pequeña y temblorosa y sus largas pestañas; el pelo se ondulaba con la ligera brisa y descubría una oreja de admirables proporciones que yo soñaba mordisquear con ternura. Junto a ella se me aceleraba el pulso.

—No fui a la ópera —dije.

—¿Perdió la oportunidad? —me preguntó mirándome y con las cejas alzadas.

—Sólo se pierde cuando no se puede obtener lo que se desea. De manera que no perdí nada.

Volvió a fijar la vista en las luces de la ciudad y respiró el aire de la noche. Aún hacía calor.

—Me siento incómoda —dijo—. Ha sido una estupidez presentarme vestida así. Ya me lo ha advertido papá, que todos se creerían con derecho a... —Dejó la frase en el aire. Se adivinaba que no deseaba seguir allí.

—Si le parece, puedo ordenar que traigan un coche hasta la puerta de atrás. Buscaré un chófer de mi absoluta confianza para que la conduzca hasta su casa o hasta donde desee.

—¿Sola?

Su pregunta era lo más parecido a una invitación, pero nunca hay que confiarse, tal como decía mi padre.

—¿Quiere que avise a su hermano?

Sus ojos se clavaron en los míos. Otro mensaje y otra invitación.

—No creo que abandone al barón y a su esposa —me contestó.

—Entonces, si me permite, yo la acompañaré.

No respondió. Se quedó mirando las atracciones y escuchando los gritos que llegaban desde las vagonetas de las montañas rusas mezclados con la música de la orquesta que tocaba en el interior. Quien calla otorga, decía mi madre. Le encantaban los refranes.

Fui en busca de Antonio y le di las instrucciones precisas para que se hiciese con un automóvil y lo llevase hasta la parte de atrás, hasta un pequeño rincón muy discreto y muy cerca de la puerta lateral. «Uno de los buenos», le dije. Luego regresé, pero al pasar por delante del Círculo de Extranjeros descubrí que Carla estaba charlando animadamente con la baronesa y tres hombres más. Sonreí divertido. Un juego muy típico en una mujer. Te pone el caramelo en la boca y te lo retira cuando ya has empezado a salivar.

Iba a dar media vuelta para abandonar el Círculo cuando oí junto a mí la voz de Bruno.

—Necesitaría una de las salas pequeñas para esta noche —dijo—. Parece que hay un empresario francés que busca emociones.

—¿Como el andaluz? —le pregunté con una sonrisa de complicidad.

—Éste es más tonto —me contestó sin mirarme. Después, en voz baja, añadió—: Y tiene más dinero. —Entonces volvió su rostro hacia mí. Se leía en su cara que había hablado más de la cuenta—. Que no falte un buen licor.

Lo observé. Estaba completamente sereno, cosa extraña en él. Luego me fijé en el barón, que estaba charlando con el empresario francés y bebía lo suyo. No había que ser un lince para ver su juego. En la partida con el andaluz, Bruno daba la sensación de ir de alcohol hasta las cejas y el barón se mantenía sereno. Ahora era al revés. Von Brütsner parecía muy alegre y yo le había visto beber un poco más de la cuenta. Seguramente perdería algo de dinero, el francés se dejaría hasta la camisa, Bruno se llenaría los bolsillos y el cuarto jugador sería como el afortunado a quien le toca un segundo premio en la lotería. Mientras, Boudineau haría la vista gorda. ¿Seguro que el secretario no era más que una garantía de que el casino mantenía las manos limpias y no participaba de las ganancias, excepto en el alquiler de la sala? Quizá sí, pero ¿y él? ¿Tampoco participaba? La verdad: empezaba a dudarlo seriamente.

—Le diré a Jean Louis que lo prepare todo. ¿Las señoras también se quedan?

—Creo que no. La baronesa quiere ir a bailar y la señorita Torres no se encuentra bien del todo y ya ha insinuado que quizá se retire —dijo.

No había dicho mi hermana o Carla, sino la señorita Torres, lo que significaba que él, naturalmente, no me consideraba de su posición ni de su círculo ni de su confianza.

—¡Ah! —exclamé y busqué a Carla con la mirada—. Pues parece muy animada.

—Todas las mujeres tienen un don especial para el teatro. Lo llevan en la sangre —me dijo, como una gran revelación—. Pueden estar muriéndose y aparentar que no sucede nada o todo lo contrario. Según convenga.

—Y en este caso, ¿qué es?

Me miró y luego miró a Carla.

—Con la señorita Torres nunca se sabe. Además de un don especial para el teatro posee la facultad del misterio. Sus ojos expresan lo que quiere en el momento que quiere y con quien quiere. Y puedo asegurarle que es más que convincente —me dijo, y me dejó.

Abandoné el Círculo para dar una vuelta y controlar que todo estuviese perfecto. Me encontré con Jean Louis frente a la entrada del pequeño teatro y le informé de los deseos de Bruno.

—¿Ya ha hablado con *monsieur* Boudineau? —me preguntó.

—Espero que lo haga usted. Yo me dedico sólo a la seguridad.

—¿No se queda?

—Esta noche se quedará Néstor.

La verdad era que no tenía el menor interés en ver cómo desplumaban al empresario francés. Ya conocía su juego.

En la galería me detuve para hablar con Néstor y comunicarle que aquella noche le tocaba servicio extra.

—¿Está dispuesto el automóvil? —oí que preguntaba la voz de Carla a mis espaldas.

—No se preocupe, señor Pons. Me ocuparé de todo —me dijo Néstor, y se retiró discretamente.

—Creí que ya no lo necesitaba —le dije a Carla.

—¿Nos vamos? —preguntó, y sin darme tiempo a contestar dio media vuelta y se dirigió en busca de la puerta lateral.

Salimos al exterior. Antonio había dejado el automóvil justo donde yo le había indicado, pero él no estaba. ¡Bien por el chico! Había escogido el Hispano Suiza.

—Iré a buscar un chófer —dije.

—Tengo prisa —me contestó.

—Entonces, conduciré yo —dije, al tiempo que abría la portezuela de atrás y la invitaba a subir.

—Prefiero ir delante —me replicó—. Es una experiencia que aún no he probado.

Cerré la portezuela y abrí la de delante. Ella entró; como llevaba falda pantalón no tuve que recogérsela para no pillársela al cerrar. ¡Lástima! Siempre es una oportunidad para tocar un tobillo.

Arranqué y abandonamos el casino para bajar la larga cuesta de La Rabassada.

—¿Adónde? —pregunté.

—Al Carrer Córcega, entre la Rambla de Catalunya y el Passeig de Gràcia.

—El barón estaba muy animado —dije, a modo de comentario.

—Demasiado —contestó, tajante.

—Según me ha informado su hermano, la baronesa sentía deseos de ir a bailar. La pregunta es qué sucederá cuando entre tal como va vestida.

—Adelaida sabe muy bien cómo manejar las situaciones complicadas. Entrará acompañada por tres o cuatro hombres y nadie se atreverá a otra cosa que no sea desnudarla con la mirada —dijo, y añadió en voz más baja—. Lo que le complace mucho.

—¿Usted no baila?

—Hoy no es mi día.

—Pero ¿le gusta?

—No me desagrada —contestó, y entornó los párpados.

Iba a intentar un acercamiento, pero su actitud me frenó. Resultaba evidente que no deseaba mantener una conversación, así que durante un buen rato permanecimos en silencio, hasta que las luces de la ciudad ya estaban sobre nuestras cabezas. Durante el trayecto la miré en diversas ocasiones, pero ella seguía con los ojos entornados y descansaba. Pensé en el comentario de su hermano. ¿Fingía? Imposible saberlo.

Barcelona dormía y las calles estaban desiertas. Por lo menos, sería un agradable paseo en automóvil. Me gusta conducir.

—Una ciudad solitaria es muy triste —dije cuando ya estábamos en la Diagonal y ella había abierto los párpados.

—A veces la soledad es muy agradable. Y el silencio, también —me contestó.

De sus palabras deduje que continuaba prefiriendo el silencio y no volví a abrir la boca hasta llegar a nuestro destino.

—¿Dónde desea que la deje?

—Es aquí. Ese portal —me dijo.

Detuve el automóvil y me apeé para abrirle la portezuela. Había resultado un trayecto muy curioso. Ambos en silencio. Yo con la mirada puesta en la carretera; ella con los ojos cerrados. Parecíamos un matrimonio que regresa cansado tras una larga velada, quizás aburrida. No obstante, yo había disfrutado. Sentir su presencia, oler su perfume, oír su respiración y rozar su brazo de vez en cuando representaban un extraño placer. Era la primera vez que estaba dispuesto a hacer todo aquello sin esperar nada a cambio, aunque me atraía con una fuerza casi irresistible; cuando nuestros rostros, por cualquier circunstancia, estaban un poco cerca, me asaltaba un inmenso deseo de besarla.

—¿Le apetece tomar una copa? —me preguntó cuando la acompañaba hasta el portal y daba un par de palmadas para avisar al sereno—. Es lo menos que puedo hacer para agradecerle su caballerosidad.

—Sería un placer —respondí.

Era una curiosa invitación procedente de alguien que casi no te ha dirigido la palabra en todo el rato y que dice que no se encuentra bien. Pero, como es natural, no iba a negarme. ¡Ni mucho menos! De nuevo pensé en las palabras de su hermano. ¿Fingía? Prefería pensar que, tal vez, había descansado en el automóvil y se había recuperado.

Al poco apareció el sereno golpeando la acera con su palo y haciendo sonar su manojo de llaves. Durante ese corto espacio de tiempo la contemplé y ella no apartó sus ojos de los míos.

—Buenas noches, señorita Torres —la saludó el sereno con una inclinación de la cabeza.

Si hubiese tardado quince segundos más, no habría podido resistir la tentación de besarla.

Rebuscó entre las llaves y escogió la del portal.

—¿Puede echarle un vistazo al coche? —pregunté, mientras deslizaba una peseta en su mano.

—No se preocupe. Cuando usted regrese, el coche seguirá aquí —me contestó haciendo desaparecer la peseta en su bolsillo.

Entramos y escuché el sonido de la llave al cerrar de nuevo. La escalera estaba iluminada por luces de gas.

—Nunca tomo el ascensor. Me produce un sentimiento desasosiego —dijo Carla cuando yo me dirigía a abrirle la puerta —. No se preocupe. Vivimos en el principal.

—Durante un tiempo he vivido en un quinto piso y sin ascensor —repliqué.

La escalera era amplia y me permitía subir junto a ella. Alcanzamos el rellano y tiró de la campanilla. Al poco se abrió la puerta y apareció una doncella.

—¿Ha tenido una buena noche, señorita? —preguntó la muchacha.

—Sí. Gracias, María. ¿Aún está levantado el señor?

—Su padre está en la sala, leyendo, como siempre —informó María, mientras tomaba mi sombrero y lo colgaba de la percha del recibidor.

El piso era enorme. Sólo el recibidor era como casi la mitad de mi apartamento. Daba a un patio interior que estaba separado por una cristalera de colores, a través de la que se adivinaban plantas. La doncella abrió la puerta de enfrente y apareció un ancho pasillo flanqueado por cinco puertas. Al fondo había luz.

—Mi padre padece insomnio y se pasa las noches leyendo —dijo Carla—. Mi madre, por el contrario, duerme como un lirón.

Entramos en una sala grande, decorada con madera noble y bien iluminada. Había una mesilla baja de mármol y cristal y con las patas labradas. Ella sola ocupaba más espacio que la de mi comedor con las ocho sillas que yo había conseguido en la subasta, y estaba rodeada por dos sofás y cuatro butacas de cuero negro y brillante. En una de ellas había un hombre de pelo gris, con bigote y anteojos.

—Hola, papá —dijo Carla, y le dio un beso en la mejilla—. Te presento al señor Víctor Pons. Es el director de seguridad del casino de La Rabassada.

«Director», había dicho Carla. Director de seguridad sonaba bien. ¡Por supuesto que sí! Mucho más que jefe.

Su padre me miró un instante y de nuevo se dirigió a su hija.

—Ya te he advertido de que no puedes ir por ahí vestida de esta manera —replicó él, tras chascar la lengua y negar con la cabeza.

—El hecho de que la haya acompañado hasta aquí no tiene nada que ver con su forma de vestir —me apresuré a aclarar.

—¿Seguro? —preguntó mirándome por encima de sus anteojos.

—Tiene usted mi palabra, señor Torres.

—Siéntese, joven —dijo, señalando una de las butacas que tenía delante de él.

—¿Puedo retirarme ya? —oí que decía María en voz baja.

—Deja la llave del portal en el recibidor —contestó Carla.

—¡Anda!, por lo menos sírvele al señor Pons algo de beber —exclamó su padre.

—¿Qué vas a tomar, Víctor? —me preguntó.

Me quedé de una pieza. Acababa de tutearme y me había llamado por mi nombre de pila.

—Tomaré lo mismo que tú —reaccioné.

Se dio la vuelta y se dirigió a una mesa donde había copas, vasos y botellas. La vi escoger una botella de coñac y escanciar dos copas. Las sirvió con mucho estilo. Luego tomó una en cada mano, regresó, me ofreció una, removió la otra, bebió un sorbo y se la entregó a su padre mientras se sentaba en el brazo del sillón y pasaba su brazo por encima de su hombro.

—Por un momento creí que iba en serio, eso de beberte una copa de coñac —dijo el señor Torres.

—Ya sabes que con un sorbo me basta.

Durante un buen rato estuvimos charlando. Él estaba leyendo *Los tres mosqueteros*, de Alexandre Dumas. Era la tercera vez que leía aquella novela, me informó. Discutimos sobre esa obra, que yo también había leído, y reímos al recordar algunas de las aventuras relatadas por el gran escritor galo. De vez en cuando miraba a Carla, que sonreía divertida.

—Es muy tarde —dijo el señor Torres, casi una hora después, cuando notó que su hija empezaba a bostezar.

—Siento haberme extendido tanto —le respondí.

—Por mí, me quedaría toda la noche. No es frecuente encontrar a alguien con quien poder hablar de buena literatura.

—Te acompañaré para abrirte el portal —me dijo Carla.

—No es necesario que te molestes. Seguro que el sereno aún está vigilando el automóvil.

—¿Ha venido en automóvil? —preguntó el señor Torres—. ¿De qué marca?

—Un Hispano Suiza.

—¡Oh! Dicen que es de una elegancia exquisita.

—Lo es —afirmé con convicción.

—¿Lo tiene aparcado aquí delante?

—Justo frente al portal.

El señor Torres se levantó entusiasmado y se dirigió al balcón.

—Porque voy en bata y no puedo bajar, pero soy un apasionado del progreso —me dijo—. Dicen que en los Estados Unidos de América ya hay más de medio millón de automóviles circulando por sus carreteras. Y dicen que en un futuro cada familia tendrá uno. ¿Es difícil conducir uno de esos artilugios?

—Se requiere un poco de práctica. Nada más. ¿Nunca lo ha probado?

Meneó la cabeza y puso los ojos en blanco.

—Mi esposa se ha quedado en el tiempo de las calesas y no soporta los automóviles. Considera que es una moda pasajera. Donde haya un buen par de caballos, que se quiten los motores. ¡No sabe ni de qué habla!

—Papá, es muy tarde y Víctor está cansado. Además, el sereno se ha hartado de esperar y se ha ido.

—Si quiere, un día puedo venir con uno de los automóviles y lo probamos —me ofrecí.

—Joven, le tomo la palabra —me contestó.

Nos acompañó hasta el recibidor y me dio un fuerte apretón de manos. Se veía a la legua que el señor Torres era un buen hombre, alejado por entero de los estirados clientes del casino. Parecía mentira que Bruno fuese su hijo.

Al llegar al portal, Carla abrió la puerta. Su rostro estaba iluminado por la débil luz de la escalera y por la que llegaba de la farola de la calle.

—El viernes, día 15, debuta Raquel Meyer en el teatro Arnau y tengo un amigo que puede conseguirnos unas buenas localidades. ¿Te apetecería ir? —le pregunté.

—En casa tenemos teléfono. El número es el 5423. Llámame mañana. Hoy ya es muy tarde y me duele la cabeza.

—Ha sido una velada muy agradable —le dije.

Sonrió, se llevó dos dedos a los labios, los besó y luego rozó con ellos mi mejilla.

¡Ni el beso de la esposa del ingeniero en la terraza del casino ni todas las noches que había pasado en la cama de Manuela, incluida aquella en la que me puso a parir, ni todas las aventuras del mundo! ¡Aquella caricia fue muchísimo más! Por un instante regresé a los mejores tiempos de mi infancia, a los recuerdos más tiernos, a las conversaciones con mi padre, a las caricias de mi madre, a los paseos por la playa, a mis excursiones por el bosque y a los confines del universo. Aquella mujer me volvía loco, pero no hice el menor gesto por ir más allá. Tenía sobre mí un poder inaudito.

—Cuando amas, el mundo se detiene. Cuando sientes entre tus brazos a la mujer que ha de ser tuya por toda la eternidad, el universo estalla. No hay mayor fuerza que la de la pasión. ¿Comprendes? —me decía mi padre—. Todo hombre lo siente una vez en su vida. ¡Sólo una! Y nunca más. El resto son aventuras, que pueden resultar increíbles o que pueden acabar en relaciones duraderas para toda la vida, pero no son lo mismo. Las mujeres deberían saber eso. ¿Comprendes? Porque ellas son esa mujer para ese hombre una vez en la vida. ¡Sólo una! Y nadie les arrebatará esa gloria. ¿Comprendes?

El día que pronunció estas palabras miraba hacia lo lejos. Lo recuerdo muy bien. Fue una de las pocas ocasiones en las que me preguntó tres veces seguidas si le comprendía. Y en aquel instante, en el portal de la casa de los Torres, cuando la puerta ya se cerraba, sólo en aquel instante, le comprendí, porque cuando le había dicho que sí, años atrás, no sabía ni de qué me estaba hablando. Hay cosas que hay que vivirlas y sentirlas muy dentro para saber de qué se trata.

Vi que la puerta se cerraba, pero esperé unos segundos para dirigirme al automóvil, entrar y arrancar. Lo dejaría en el garaje y me iría a casa tranquilamente. La noche invitaba a pasear y yo me sentía contento, feliz... ¡Eufórico!

6 - BRUNO

—¿Cómo fue ayer?

—El gato salió escaldado y se quedó sin ratón, y el ratón fue mucho más listo y se comió el queso —me contestó Néstor.

—A ver, a ver. Anda, cuéntamelo todo, pero despacio, que esto parece que tiene mucha miga —dije.

—El barón, el señor Torres, el *monsieur* de turno y un italiano que se había sumado a la partida convinieron que dejarían sobre la mesa quince mil pesetas cada uno de ellos y que no podían meter ni un céntimo más. El juego terminaba cuando uno de ellos lo perdía todo o cuando lo decidían de mutuo acuerdo. Y no se podía prestar dinero. Ésa fue la norma que propuso el francés, que no tenía un pelo de tonto y que había decidido poner un límite y asegurarse de que no jugaba contra treinta mil pesetas.

—¿Quince mil cada uno? —exclamé, y silbé.

—¡Tal como suena! Sobre la mesa había sesenta mil pesetas —dijo Néstor, silbando y asintiendo repetidas veces—. Empezaron a jugar al póquer descubierto y el francés ganó un poco y luego perdió. El italiano iba a la par. Una hora después, el francés propuso abandonar el póquer y jugar al siete y medio; alegó que no le gustaba la forma de barajar de *monsieur* Boudineau. El barón y el señor Torres refunfuñaron un poco, pero finalmente aceptaron. Cortaron a la carta más alta y le tocó ser banca al señor Torres. El francés siguió perdiendo hasta que tuvo una racha de suerte y se hizo con la banca. A partir de ese instante, todo cambió y al cabo de un par de horas más dejó seco al barón y casi seco al señor Torres. El italiano se retiró contento, con unos pequeños beneficios.

—¿Y *monsieur* Boudineau, qué dijo cuando el francés le echó de la partida?

—El francés no tenía pelos en la lengua, pero *monsieur* Boudineau es muy hábil. No entró en la discusión, sino que simplemente sonrió y se retiró con elegancia, aunque se le veía muy tocado. Al acabar la partida, me ordenó que le acompañase hasta su casa y durante todo el viaje no dijo ni esta boca es mía —me contó Néstor.

—No es fácil tragarte el orgullo.

—Tampoco es fácil sentirte cazado —replicó.

—¿Qué insinúas?

—El francés era un maestro manejando la baraja. Lo estuve observando; parecía tonto, pero no lo era. Movía los dedos con una finura..., ¡madre mía! —exclamó—. Nunca había visto nada parecido. Y me temo que empezó a hacerlo cuando descubrió que los demás le estaban pasando la mano por el lomo.

—¿*Monsieur* Boudineau? —pregunté, alzando una ceja.

—Yo no le vi hacer nada raro, pero la mirada que le dirigió el francés y su forma de reaccionar... —respondió, y ladeó la cabeza y frunció los labios—. Según he podido saber, en otro tiempo *monsieur* Boudineau fue crupier. El otro día se lo oí comentar a Jean Louis.

—Vaya, vaya... —murmuré. Ahora ya no me sorprendían tanto sus habilidades con las cartas.

Poco después me encontré con Boudineau y con Jean Louis. El secretario actuaba como si nada hubiese pasado. Acabó de dar sus instrucciones y vino a mi encuentro.

—¿Qué tal? ¿Cómo va todo? —me preguntó.

—De momento hay calma —le respondí.

—Mis fuentes de información dicen otra cosa —me replicó —. Apuntan a que la guerra de Marruecos va a provocar una huelga general en toda España.

—No tendrá éxito. UGT y CNT no se ponen de acuerdo y hay un buen número de obreros que no lo ven claro —me atreví a vaticinar, gracias a la información que había recibido de mis contactos—. De todas formas, aquí podemos estar tranquilos. El casino se encuentra apartado y los huéspedes están seguros en el hotel.

—Si aparecen piquetes en la puerta, nos quedaremos solos —dijo muy serio.

—Si hay huelga general, ni los tranvías ni las calesas circularán. Nadie subirá la cuesta a pie para plantarse delante de un parque de atracciones. Barcelona es muy grande y los piquetes tienen espacio de sobra para organizar sus actos de demostración de cara a la galería, para que la prensa tome buena nota —repliqué con seguridad.

Antes de subir a La Rabassada había ido a ver a uno de mis informadores, que me había contado que nadie veía clara aquella huelga. Ni los de la CNT ni los de la UGT ni los partidos ni el propio Gobierno civil. Se había hablado demasiado y las fuerzas del orden ya estaban sobre aviso. Buena parte de los patronos ya se habían trabajado a los obreros y la situación no pintaba bien. Se entiende que no pintaba bien para hacer una huelga.

—Menos mal que el director es previsor y ya ha ordenado hacer acopio de víveres y llenar la bodega.

Sonreí. Estragué era muy listo. Actuaba antes de que se lo pidiesen y lo hacía con sigilo, pero procurando que quien tenía que enterarse no se perdiese ni un detalle. ¡Bien! Y si se producía una huelga general, ¿qué podía hacer yo? ¿Acaso alguien pensaba que era el encargado de evitar las huelgas en Barcelona?

—Es una buena medida —le contesté—. Esperemos que mis informadores no se hayan equivocado.

—Sí —asintió, y se quedó unos momentos en silencio—. El que se quedó ayer..., Juanes..., ¿no?

—Néstor Juanes —le recordé.

—Eso es. Pues no..., no es el más apropiado para estos casos.

—¿Por qué? ¿Hubo algún problema?

—¡No, no! Sólo que no da la talla para situaciones como la de ayer. Los clientes eran de mucha relevancia y él desentonaba un poco. Se le notaba demasiado. Preferiría otro. No sé..., el que se quedó el primer día, por ejemplo.

—¿Pedro Nieto?

—¡Ése! —exclamó, señalándome con el dedo—. Es más discreto, viste mejor, no es tan expresivo y se le nota menos.

—Hablaré con él. Pero tenga en cuenta que, si se hace cargo de todas las veladas, habrá que pagarle un extra.

—No hay problema. No le cuente nada al otro. Páctelo usted mismo y tome dinero de su caja particular —me dijo en un tono que procuraba quitar importancia al tema; después se alejó.

Eso era consecuencia de la mala leche que le quedaba de la noche anterior, por más que pretendiese disimular. Néstor debía de haber hecho algún gesto que no se le había pasado por alto a Boudineau. Bueno, si se sentía más cómodo con Pedro, no costaba nada complacerle, aunque yo confiaba más en Néstor. Sólo en un aspecto tenía razón Boudineau: Pedro era mucho más discreto y menos expresivo. Nunca me habría relatado lo que había sucedido la noche anterior con tanto detalle. Simplemente habría dicho que el francés había ganado, que el italiano se había quedado a la par y que los demás habían perdido. Posiblemente, si yo no se lo hubiese preguntado, ni siquiera habría mencionado el incidente con Boudineau.

A media tarde llamé a Carla por teléfono. No estaba, me informó María, la doncella. La encontraría a la hora de cenar, sobre las ocho. Me pasé toda la tarde pensando en ella y contando las horas, los minutos y los segundos hasta que dieron las ocho.

—Papá dice que no es prudente salir de noche, tal como están las cosas —me dijo, cuando por fin conseguí hablar con ella.

—Irás con un experto en seguridad —le contesté.

—Aun así…

—Taxi de puerta a puerta y regreso. Tu padre no tiene que preocuparse por nada. Respondo de tu seguridad con mi vida.

—¿Con tu vida, nada menos? —exclamó, sorprendida por la frase.

—Con toda mi vida —repetí, contundente.

—Siendo así…

—Pasaré a recogerte a las siete. Buscaré un restaurante apropiado para la ocasión.

Cuando colgué me sentía en la gloria. Saldría con ella y esta vez no sería sólo para acompañarla a casa, como un chófer, sino que cenaríamos juntos, iríamos al teatro y pasearíamos por Barcelona.

Al día siguiente, martes, se declaró el estado de sitio en Bilbao. Parecía como si la guerra de Marruecos hubiese saltado el Estrecho para invadir la Península. Boudineau me esperaba cerca del guardarropa; por la cara que ponía me olí la tostada. Seguramente me pediría que montase guardia las veinticuatro horas del día para evitar que alguien asaltara el casino o que un loco tirase una bomba o incendiase el hotel. Los que tienen dinero se asustan enseguida, pero mi interés, en aquel momento, se hallaba muy lejos, en el Carrer Córcega y en el viernes día 15.

—No he recibido ninguna noticia, pero volveré a ponerme en contacto con mis informadores —le dije.

Abandoné el casino y me dirigí al Poble Sec, al bar La Graella, que frecuentaba el Troncho, mi amigo de infancia, que se había convertido en uno de los cabecillas de la UGT. Necesitaba confirmar que mi información era buena. Esperaba que siguiese con sus costumbres, aunque hacía tiempo que no le veía. El tipo de la barra me dijo que seguía siendo un buen parroquiano.

Menos mal que no tuve que esperar demasiado para verle llegar. Seguía tan gordo como siempre, con su cara sonriente, la gorra, la chaqueta y su eterna camisa de cuadros.

—¡Coño, Víctor! —exclamó al verme—. Me habían dicho que te iba muy bien y veo que vistes como un dandi. ¿Qué haces por aquí? ¿Te has perdido?

—Casi —le contesté, mientras recibía su abrazo—. De vez en cuando me gusta volver a ver a mis amigos.

—¿De vez en cuando? —preguntó, y soltó una carcajada—. ¿Cuánto hace que no nos vemos? ¿Dos o tres años?

—Sí, por ahí va la cosa, pero tú no pierdes la tripa aunque te maten —respondí, y le pegué una palmada en el buche, que parecía un tonel.

—Esto hay que celebrarlo —dijo. Me agarró por los hombros—. ¡Paco, pon un par de vinos! —gritó—. Qué sean del tinto, ¡eh! —añadió.

Primero fueron un par, luego otros dos y acabamos con casi toda la botella mientras recordábamos los viejos tiempos y los antiguos amigos, algunos ya fallecidos, otros casados y un par en la cárcel. Uno por motivos políticos y el otro por tener las manos demasiado rápidas.

—¿Eso de la huelga va en serio? —le pregunté cuando le vi de lo más animado.

—¡Qué más quisiera! —exclamó. Prosiguió tras bajar la voz—: La mitad de mis vecinos dicen que no van a ir, que ya no pueden aguantar más y que necesitan mantener a sus hijos. ¿Sabes que los cabrones de los amos ya han empezado a señalar a los que se irán a la calle si hay huelga? ¿Y sabes a quién han señalado? A los más débiles, a los sumisos, a los cagados. ¿Comprendes la jugada? Después del desastre de la Semana Trágica, hay muchos que tienen miedo y los amos lo saben.

—O sea, que puede fracasar... —sugerí.

—Si de mí dependiese, te juro que me los comía a todos, pero esto pinta muy mal.

—Bilbao...

—¡Los de Bilbao se han equivocado, hombre! —me cortó, casi a voz en grito, e hizo un gesto con la mano para espantar una mosca imaginaria—. Se han echado a la calle sin encomendarse ni a Dios ni al diablo y ahora quieren extender la huelga a toda España. Estas cosas hay que prepararlas con tiempo, en silencio, no como esos idiotas que se han creído que... —Cortó la frase y levantó la mano para golpear a alguien, también imaginario. Quizás a todos los responsables de la huelga de Bilbao.

Seguimos charlando y bebiendo hasta que nos cansamos y nos despedimos a la puerta del bar. Estaba claro que sólo un milagro conseguiría aunar todas aquellas fuerzas desperdigadas y convertirlas en una única para que la huelga surtiese efecto. De manera que mis informaciones se ajustaban muy bien a la realidad.

—La huelga va a ser un fracaso absoluto —le dije a Boudineau aquella misma noche.

—Esperemos que no se equivoque —me respondió, muy serio.

El viernes día 15, tal como ya había anunciado, no fui a trabajar. De vez en cuando me tomaba una jornada de descanso. Estuve en casa, me di un baño, ordené el comedor, hice la cama... En fin, que nunca se sabe cómo puede acabar una velada. Cuando menos, los hombres no lo sabemos nunca. En cambio, las mujeres siempre saben lo que va a suceder. ¡Claro que sí! Ellas son las que sueltan amarras, fijan el rumbo y manejan el timón. En ese tema nosotros somos simples marineros, por más que nos creamos alguien.

A las siete en punto, el taxi se detuvo frente al portal de la casa de los señores Torres y yo me apeé de un salto.

—Aguarde aquí —le ordené.

La portera de la casa me miró de arriba abajo y dio su aprobación, porque no me detuvo ni me preguntó adónde iba. El traje oscuro y la corbata seguramente le habían parecido adecuados.

Subí la escalera y llamé a la puerta. María tardó un poco en abrir y cuando lo hizo me condujo hasta la sala que ya conocía, en donde había una mujer de unos cincuenta años, elegante, que me miró distante. La madre, supuse de inmediato.

—¿Usted es el señor Víctor Pons? —me preguntó.

—Sí, señora Torres —asentí, y le dediqué una pequeña reverencia con la cabeza.

—Acérquese, joven —me ordenó—. Deseo verle bien la cara.

Obedecí sin rechistar y me sometí a la tortura de su mirada inquisidora. No tuve más remedio que sonreír y aguantar el tipo.

—¿Va usted armado? —me preguntó de pronto.

Me quedé mudo. ¿A qué venía aquella pregunta?

—Por mi profesión poseo permiso de armas —respondí, cuando me repuse de la sorpresa.

—Pero ¿lleva algún arma?

—Sí, señora.

—Muéstremela.

Dudé durante unos segundos. ¿La sacaba y se la mostraba? No, mejor no. Así que me abrí ligeramente la americana y dejé que echase un vistazo a la culata de la semiautomática. Lo único que buscaba era comprobar que lo que yo le decía era cierto.

—¿Sabe usarla? —siguió con su interrogatorio.

—Como ya le he dicho, tengo permiso de armas. Y eso incluye el saber emplearla.

—¿La ha usado alguna vez?

¡Santo Dios! Aquello era peor que un tercer grado de la Guardia Civil. ¿Qué podía contestarle? Porque la siguiente pregunta sería: «¿Contra quién?». Y, a partir de esa información, me temía que quisiese entrar en detalles.

—¡Mamá! —exclamó Carla, que acababa de aparecer por la puerta—. ¿Cómo se te ocurre preguntar esas cosas?

—En los tiempos que corren hay que saber con quién andas —respondió la señora Torres.

—Víctor es director de seguridad —replicó Carla.

Ya era la segunda ocasión que le oía presentarme como director de seguridad. Cada vez me resultaba más evidente que el título de director era agradable a los oídos de la gente de cierto nivel. Tendría que pensar en ello muy detenidamente.

—Si es así… —respondió la madre.

—Pero si te lo he dicho, mamá...

—Sí, pero más vale asegurarse —replicó, y entonces me miró—. ¿No cree usted, joven?

Pobre mujer, pensé. Pero me había pedido ayuda y no podía dejarla en la estacada.

—Por supuesto, señora —respondí—. Hoy en día hay mucho desaprensivo suelto por esos mundos de Dios.

—¿Lo ves?

—Sí, mamá —dijo Carla con resignación—. ¿Nos vamos? —me preguntó.

—Cuando gustes —le respondí.

Ella se dirigió a su madre y la besó en la mejilla.

—No quiero que regreses muy tarde —dijo la señora Torres.

—En cuanto acabe el teatro la traeré directamente a casa —intervine, le dediqué otra reverencia con la cabeza y me acerqué a ella, que me tendió la mano—. Ha sido un gran placer, señora Torres —le dije, y le besé la mano.

—Cuide de ella, y si tiene que usar eso... —señaló mi axila con el dedo—, hágalo.

—No creo que sea necesario, pero si llega el caso no dudaré en hacerlo. Respondo de ella con mi vida —dije por segunda vez en unos días.

—Es lo menos que se espera de un caballero.

Al llegar a la puerta del piso nos alcanzó la doncella.

—La señora Marta pregunta si cenará fuera o si le preparo algo para cuando regrese —preguntó.

—Cenaré fuera —contestó Carla.

—Una mujer increíble, tu madre —le dije cuando estábamos sentados en el restaurante La Pineda, situado en el

Carrer Ferran y que aquella noche estaba lleno a rebosar. Menos mal que se me había ocurrido reservar mesa.

—A veces se pone un poco pesada —me contestó.

—Es lógico que se preocupe por su hija.

—Más le valdría preocuparse por su hijo —replicó, y se quedó mirando hacia la puerta.

Seguí la dirección de su mirada y me encontré con Bruno, que llegaba acompañado de una mujer muy atractiva que vestía con cierto desparpajo y que se reía de sus ocurrencias. El hermano de Carla nos vio, levantó la mano y, haciendo caso omiso del *maître* que le comunicaba que el restaurante estaba lleno y que no podía procurarle mesa, agarró a su acompañante por el brazo y se vino directo hacia nosotros.

—¡Hola, hermanita! —exclamó en voz alta para que el camarero que venía a buscarle siguiendo las indicaciones del *maître* se detuviese—. ¿Qué tal, señor Pons? —me saludó a mí, y luego miró al camarero—. Nos sentaremos aquí.

—Estamos cenando —dijo Carla.

—Ya lo he visto —sonrió Bruno, y me miró—. Pero a Víctor seguro que no le importa que os hagamos compañía —aguardó un instante para ver mi reacción.

¡Vaya! Acababa de dejar de ser el señor Pons para convertirme en Víctor. Interrogué a Carla con la mirada. El mensaje era muy claro: si he de echarlo, lo haré.

—La cuenta la pago yo y no regatearé con el vino —dijo Bruno.

—Querida Carla, llevas un vestido precioso —soltó la mujer que le acompañaba.

—Más vale que se sienten o Bruno acabará dando un espectáculo —dijo Carla, con resignación, mirando al *maître*, que se había situado junto a ella—. Víctor, te presento a Susa.

—Ustedes mandan, señores —aceptó el pobre hombre, también resignado, e hizo un gesto con los dedos para que el camarero añadiese dos cubiertos a la mesa y buscase un par de sillas.

Susa se sentó enseguida, mientras Bruno se dirigía a saludar a un par de amigos que había visto al fondo.

—Cuando acabemos de cenar nos vamos a ver a Raquel Meyer —dijo la amiga de Bruno.

—¡Qué casualidad! Nosotros también —exclamó Carla, y no precisamente con alegría.

—Dicen que está divina...

Y se pusieron a hablar y a hablar mientras yo me centraba en la sopa de pescado y escuchaba en silencio, hasta que llegó Bruno y todo cambió. A partir de entonces todos nos dedicamos a escuchar lo que él deseaba decir. Lo más divertido fue que, a pesar de llamarme por el nombre de pila, siguió tratándome de usted. Quedaba claro que yo no era de su clase.

¡En fin! Una cena deliciosa, como para no olvidarla. Y el resto, hasta llegar al teatro Arnau, incluso fue mejor.

Bruno hizo llamar un taxi, que nos esperaba a la puerta de restaurante. Salimos y él se apresuró a abrir la portezuela de atrás para que entrasen las damas.

—Ahí detrás no cabemos los cuatro —me dijo—. Amigo Víctor, le ha tocado sacrificarse e ir junto al conductor.

Entró y cerró la portezuela.

Respiré hondo y ocupé mi puesto. Me habría gustado horrores romperle aquella cara de niñato estúpido. Durante todo el trayecto le oí hablar y hablar; y a Susa, reír y reír. No podía participar de la conversación porque el taxi era de los que llevaba un cristal de separación.

Al llegar a la puerta del teatro, Bruno saltó y ayudó a Susa a descender para dirigirse rápidamente a la entrada. El mensaje era: «¡Chico, paga el taxi!». Pagué y entonces me di cuenta de que Carla no se había apeado. Alargué la mano hacia el interior del taxi. Ella la tomó y, al mismo tiempo que se levantaba del asiento, tiró de mí para que entrase la cabeza y me besó en la mejilla.

—Eres un encanto —me dijo, mientras se retiraba, me observaba, sacaba el pañuelo que yo llevaba en el bolsillo superior de la americana, me limpiaba el carmín que había quedado en mi mejilla y volvía a ponerlo en su sitio.

Todo en apenas unos segundos, con una elegancia exquisita y una sonrisa que iluminaba su cara. De nuevo se me aceleró el pulso. Porque la acera estaba abarrotada de gente y el taxista no dejaba de mirarnos, que si no...

Menos mal que Susa y Bruno tenían localidades muy alejadas de las nuestras, en un lateral, mientras que las que yo había conseguido estaban en el centro de la sala. No nos perdimos detalle del extraordinario debut de la Meyer. Bueno, yo sí me perdí muchos detalles, porque no dejaba de observar a Carla: aquel perfil, aquella nariz y aquellos labios. Me pasé todo el tiempo imaginando que la abrazaba y la besaba.

Cuando acabó el espectáculo aplaudimos a rabiar, hasta que las palmas de las manos nos dolían. Me sentí de maravilla.

Tras dos bises se hizo el silencio, el telón cayó definitivamente y la gente fue saliendo despacio, mientras comentaban la actuación y dedicaban elogios a una mujer capaz de hacer estallar un escenario con su poderío y su gracia. Yo, por mi parte, pensaba en que por fin podría estar a solas con Carla, y eso no tenía precio.

—Me apetecería una taza de café —dijo ella, cuando conseguimos alcanzar la puerta del teatro.

—¿En las Ramblas? —sugerí.

—Mejor en la Plaça de Catalunya.

Los que salían de la sala se amontonaban en la acera para conseguir un medio de transporte. De manera que no sería fácil, pero si echábamos a andar por la Avinguda del Paral·lel, seguro que encontrábamos un taxi. A aquella hora muchos se acercaban a la zona de los teatros.

—¡Carla! Mira a quién me he encontrado —oí gritar a Bruno.

¡Maldita sea! No nos dejaría en paz ni un instante. Me volví y le vi en compañía del barón Von Brütsner y de su esposa, que se acercó y besó a Carla en ambas mejillas.

—Nos vamos a tomar unas copas —dijo Adelaida Campillo, la baronesa.

—Estoy muy cansada y deseo irme a casa —contestó Carla.

—¿Y este joven, quién es? —preguntó, observándome con curiosidad y luego mirando a Carla.

—Es Víctor —contestó ella.

—¿No nos hemos visto antes?

—Es el encargado de la seguridad del casino de La Rabassada —intervino Bruno.

—Director de seguridad, si no te importa —le corrigió Carla, mirándole con cierta dureza.

—Perdón. *Directoooorrr* —dijo Bruno, alargando la última sílaba y poniendo los labios bien redondos mientras hacía vibrar la lengua al pronunciar la erre.

Le habría partido la cara.

—Te acompañaremos. Otto ha traído el Rolls —dijo Adelaida.

—No cabremos todos. Ya tomaremos un taxi —sonrió Carla.

—Sí que cabemos. Conduce Otto —replicó Bruno.

¡Santo Dios! Otro viaje junto al conductor, pensé. Pero no. Esta vez me equivoqué. Bruno, el eterno maestro de ceremonias, me acomodó en la parte de atrás, en un pequeño asiento que miraba hacia los pasajeros, mientras él se sentaba entre Susa y Adelaida. A Carla la situó en el asiento delantero, junto al barón.

«¡Qué hijo de puta que eres!», pensé. ¡Pero no como mi padre y como yo, sino de los de verdad!

Hubo un cierto instante, cuando enfilábamos la Gran Via en busca de la Rambla de Catalunya, que estuve a punto de saltarle al cuello y estrangularlo, cuando empezó a gastar bromas estúpidas sobre mi persona y mi cargo en el casino. Faltó el canto de un duro, pero el muy desgraciado tenía la inmensa habilidad de saber cortar justo a tiempo y cambiar de conversación cuando detectaba que la cuerda ya estaba demasiado tensa.

Llegamos a la puerta de casa de los señores Torres e hice ademán de apearme y abrirle la portezuela a Carla, pero Bruno me detuvo.

—Al barón se le da muy bien abrir la puerta a las mujeres —dijo, sonriendo—. Además, tenemos que acompañarle a usted hasta su casa.

El muy cabrón deseaba saber dónde vivía yo o quizá, lejos de Carla, seguir provocándome hasta que perdiese por completo la paciencia. Sí, seguro que le interesaba más la segunda parte que la primera. Sin embargo, no se iba a salir con la suya, porque Carla esperó pacientemente hasta que el barón la ayudó a bajar y, en lugar de dejar que la acompañase hasta el portal, se volvió, abrió la portezuela de atrás y me miró sonriendo.

—Has prometido a mamá que responderías de mi seguridad con tu vida, y un caballero que hace semejante promesa acompaña a la mujer hasta el portal y se asegura de que llega perfectamente a su casa, ¿no crees? —dijo.

—¡Oh! ¿Mamá le ha obligado a prometer semejante cursilada? —exclamó Bruno, y estalló en una sonora carcajada.

—No me ha obligado a nada. Para mí ha sido un placer. Y no querría, por nada del mundo, que me lo echase en cara —respondí.

—Un caballero que promete algo, tiene que cumplirlo —dijo el barón, que esbozó una media sonrisa.

—Sí, pero sólo los caballeros están obligados a cumplir su palabra —intervino la voz de Bruno a mis espaldas, mientras se reía, y la sangre se agolpó en mis sienes.

Estuve a punto de dar la vuelta, pero Carla se colgó de mi brazo y me asió con fuerza. El mensaje era: no vale la pena. De manera que no me detuve ni volví atrás ni le partí la cara.

—Le esperamos —dijo el barón.

—No es necesario. Seguro que Víctor quiere saludar a papá —dijo Carla, cosa que le agradecí infinitamente.

Les vi partir y me quedé más tranquilo. Si hubiese dejado que me acompañasen a casa, aquella historia habría acabado muy mal.

Iba a dar unas palmadas para llamar al sereno cuando Carla sacó del bolso la llave del portal y me la entregó. Abrí y ella entró. Saqué la llave y entré, pero ella me impidió que cerrase.

—Siento que todo haya ido así —me dijo.

—Me cuesta entender el humor de tu hermano —le contesté.

—No es humor. Es mala leche y despecho. Ayer tuvo una bronca con papá, que le recrimina que se pasa el tiempo divirtiéndose y no atiende a los negocios.

—Te acompaño y así tu madre verá que soy un hombre de palabra.

—Mi madre ya hace rato que está durmiendo. Mejor nos despedimos aquí.

—¡Bien! Ha sido una noche...

—Especial —acabó la frase ella, riendo.

—Para mí, muy especial —asentí, serio.

Dejó de reír y me miró a los ojos.

—Entonces, la despedida también tiene que ser especial —dijo, y me rodeó el cuello con sus brazos, ofreciéndome sus labios.

7 - RÍOS REVUELTOS

Nadie sabe cómo llegó tan deprisa, pero la noticia entró en Barcelona como un reguero de pólvora y se esparció por toda la ciudad. Zaragoza se había sumado a la huelga general de Bilbao, aquel mismo sábado 16 de septiembre. Llegué al casino y reuní a todos mis hombres. Haríamos turnos y no dejaríamos el casino solo ni un instante. Había que proteger a nuestros huéspedes.

—¿Y el parque de atracciones? —preguntó Antonio.

—No es de nuestra incumbencia. Si tienen que cerrarlo unos días, que lo cierren y se acabó. Si hay huelga general, los tranvías no funcionarán y no acudirá nadie. Lo que interesa de veras es, en primer lugar, el casino, y luego el hotel, porque en él se aloja parte de nuestros clientes. Algunos de ellos son muy importantes. ¿Queda claro?

—¿Dónde nos situamos nosotros? —preguntó Pedro.

—Dos en la puerta del rosetón. Y con vosotros que se queden los conductores de los coches. Que podáis desplazaros rápidamente hacia el hotel o hacia el casino y que siempre quede por lo menos un par de guardia en la puerta principal. La lista de turnos la encontraréis en el despacho de arriba. ¿De acuerdo?

Subí, confeccioné una lista con todos los horarios, hablé con los del hotel para que nos reservasen una habitación en la que mis hombres pudiesen descansar y a media tarde llamé por teléfono a casa de los señores Torres para disculparme con Carla. No podría ir a buscarla al día siguiente, domingo, por la mañana, tal como habíamos quedado. Ella no estaba y le dejé el recado. ¡Dios! ¿Por qué nunca salen las cosas como has planeado?

Por la noche, aproveché unos momentos de soledad y volví a llamar. Había ido a cenar a casa de sus tíos, me informó la doncella. Le dejaría el recado, me prometió.

Al día siguiente, domingo, se respiraba un ambiente tenso, aunque el parque seguía funcionando y los tranvías llegaban regularmente. Sin embargo, los clientes se mostraban nerviosos y se alteraban por cualquier cosa. Varios de los clientes habituales de Barcelona no se presentaron. Las noticias aconsejaban a la gente que no saliera de sus casas pasadas las siete de la tarde; decían que para el día siguiente, lunes, se estaba preparando algo gordo. ¿Qué querían decir con «algo gordo»? ¿Qué sucede? ¿No hay nadie capaz de llamar a las cosas por su nombre? ¡Algo gordo! Cómo si esas dos palabras lo dijesen todo.

—Hay reuniones en el Gobierno Civil —dijo Boudineau, muy preocupado.

—Lo tenemos todo controlado —procuré tranquilizarlo.

—Alguien del consejo de administración ha pedido que nos envíen soldados, si es necesario.

—Los soldados en la puerta del casino no contribuirán, precisamente, a mantener la calma. Son muy poco discretos —me quejé.

—Se han pedido policías, pero don Manuel Portela, nuestro flamante gobernador civil, ha contestado que lo mejor que podemos hacer es cerrar el casino, porque es un problema para la ciudad —replicó.

—Don Manuel no es muy amigo del juego, pero de ahí a negarnos protección... Sin embargo, el ejército da idea de estado de sitio o de guerra.

—Sea como sea, hay que garantizar la seguridad de nuestros clientes —sentenció—. O podemos nosotros o pedimos ayuda. ¿Entendido?

Le miré a los ojos. Estaba asustado. Aquel hombre no había vivido ninguna situación como aquélla en toda su vida. Yo, en cambio, me había criado y me había movido por barrios que él no se atrevería ni a pisar, incluso andaba de noche por los muelles, y en alguna ocasión me había visto envuelto en algún altercado en el que se había escapado algún disparo. No me preocupaba la aparición de piquetes. Yo hablaba su mismo lenguaje y podíamos entendernos.

Hasta al día siguiente no conseguí localizar a Carla. Cuando por fin la tuve al teléfono, me comunicó que su padre le había dicho que la quería en casa a partir de les siete de la tarde.

—¿Qué tiene de particular esa hora? —pregunté.

—Es cuando los obreros regresan a sus casas —me contestó.

—Las huelgas se hacen en horas de trabajo, no cuando vuelven a casa —repliqué, divertido. Se notaba que la gente de dinero no conoce en absoluto las costumbres de los obreros.

—Deja que pase esta situación, que se calme un poco.

—De acuerdo. Te llamaré en cuanto acabe todo.

Dos días más tarde llegó la noticia de que Madrid había suspendido las garantías constitucionales en todo el territorio nacional. Al mismo tiempo apareció la noticia de que el *Olimpie*, el mayor de los transatlánticos que existía, al abandonar el puerto de Southampton para dirigirse a Nueva York había chocado contra un crucero de la armada real británica, el *Hamke*, y a punto había estado de producirse una tragedia de dimensiones colosales, puesto que en él viajaban dos mil personas.

Al día siguiente, el 21, me vestí con mayor discreción, con un traje viejo y una gorra y me dirigí a La Graella para intentar hablar con el Troncho. Tuve que esperar casi dos horas; al final le vi entrar sudando, casi corriendo.

—¿Qué sucede? —le preguntó Paco, el de barra.

—Ponme un vaso de vino —dijo él—. Que sea tinto, ¡eh!

—Por fin vas a rebajar esa tripa —dije cuando me acercaba.

—¡Coño! No te veo nunca y en pocos días dos veces —exclamó—. ¿Has dejado el casino o estás de huelga?

—Parece que tienes problemas —dije sin contestar a su pregunta.

—¡Que son idiotas, hombre! —gritó, alzando las manos en señal de desesperación—. Les he dicho que la van a cagar, que se van a encontrar más solos que la una y que nos están esperando, y no se dan cuenta.

—¿Cuántos van a ir a la huelga?

—¡Cuatro desgraciados! —exclamó—. Son idiotas. Mañana no va a pasar nada.

—¿Estás seguro?

—Tan seguro como que me llamo Paquito Barroso.

—¿Por qué has entrado corriendo, entonces?

—Porque nos están buscando a todos y no puedo acercarme a mi casa. Ya han caído unos cuantos y antes de mañana habrá unos cuantos más en el calabozo. Yo me tomo este vino y desaparezco hasta el domingo que viene. ¿Cómo quieres que haya huelga si los principales están encerrados? Y no los soltarán hasta que les venga en gana. ¡Son idiotas! ¡No hay garantías constitucionales! Mira que se lo he dicho, ¡eh!

Se bebió el vaso de un solo trago, pagó y desapareció. Aguardé un poco. No me convenía que me viesen con él. Salí a la calle, que estaba desierta; poco después aparecieron dos policías y me pidieron la documentación. Me identifiqué como detective privado, me saludaron y me dejaron tranquilo.

Regresé al casino y me encontré con Jean Louis, que procuraba aparentar una calma inexistente.

—Dicen que será mañana —me informó—, la huelga general en toda España.

—La huelga fracasará —me atreví a decir.

—¿Cómo lo sabe?

—Los principales cabecillas ya están en el calabozo y la mayor parte de los obreros no la secundará.

—¡Dios le oiga! —exclamó.

—No es Él quien tiene que oírnos —repliqué.

El día 22 amaneció sereno, excepción hecha de un par o tres de nubes que cruzaban el cielo. Me levanté temprano y bajé a la calle. Era un viernes como otro cualquiera y la gente iba al trabajo. Vi que abrían los comercios y que todo parecía normal. Tomé el tranvía y me dirigí a la Avinguda de la República Argentina, delante del salón Craywinckel, desde donde arrancaba la línea que me llevaba hasta la puerta del casino. Las calles no presentaban ningún aspecto diferente del de cualquier viernes de cualquier semana.

Subí al tranvía e intercambié un par de frases con el conductor, que ya me conocía por haberme visto muchos días tomarlo y realizar el mismo trayecto. Todo seguía normal.

—Parece que todo está muy tranquilo —comenté.

—Sí, eso parece —me contestó.

Subimos la cuesta sin ver nada fuera de lugar y llegué a la puerta del rosetón, en donde montaban guardia Mario Calvo y José Costes, acompañados por dos de los conductores de los automóviles.

—¿Cómo va todo? —pregunté.

—De momento no pasa nada —me contestó Mario—. Antonio está dentro, junto al guardarropa, y Pedro ha ido al hotel.

—¡Bien! Andaré por ahí, moviéndome. Avisadme si sucede algo. ¿De acuerdo?

Entré. No había demasiada gente, pero también era muy temprano para ello. Al cruzar la galería miré por el ventanal para observar el parque de atracciones. Las vagonetas de la montaña rusa bajaban a una velocidad que hacía gritar a sus pasajeros, igual que las del *Water Chute*. Tampoco había muchos visitantes, pero seguían apareciendo, aunque con timidez.

Hacia el mediodía nos llegó la noticia. La huelga había sido un rotundo fracaso en toda España. Respiré aliviado.

A primera hora de la tarde me encontré con Boudineau, que vino a saludarme.

—Le felicito. Sus canales de información son extraordinarios —me dijo—. Jean Louis me ha contado que usted le había dicho que no habría huelga.

—Es normal. El Gobierno de Madrid ya había tomado cartas en el asunto y la clausura de los locales obreros, más la prohibición de la CNT, más la suspensión de las garantías constitucionales han hecho recapacitar a más de uno. Sin embargo, seguiremos en nuestros puestos hasta que tengamos la seguridad absoluta de que no va a suceder nada.

—Ha hecho usted un gran trabajo —me felicitó de nuevo.

—Para eso se me paga —le contesté. Nunca hay que dejar pasar la oportunidad de dejar muy claro que vales, cuando menos, lo que te pagan.

El día 23, sábado, apareció en toda la prensa la noticia del fracaso de la movilización general en toda España; el día 24, domingo, fue el tema de conversación en todos los bares y tabernas de la ciudad; el 25, lunes, ya habían menguado mucho los comentarios; y el 26, martes, la noticia quedaba sustituida por otra de mayor calibre: en la base naval de Tolon, a bordo de un acorazado llamado *Liberté*, se había producido una terrible explosión en la bodega donde guardaban la munición, como consecuencia de la cual se había hundido el barco; habían muerto más de ciento cincuenta soldados y aún quedaban cuarenta heridos graves. Una tragedia como no habíamos visto otra igual. Parecía que el mar estaba revuelto, porque aún estaba caliente la colisión entre el *Olimpie* y el crucero *Hamke*.

Sin embargo, entre tragedia y tragedia, habíamos puesto el punto final a una huelga que quedó en intento.

Lo bueno de trabajar en un lugar como el casino es que te permite estar al tanto de la situación mundial. Con el Gordo, lo único que importaba era saber lo que sucedía en el puerto y quién planeaba qué. El resto formaba parte de otra galaxia. En cambio, el Círculo de Extranjeros y las salas pequeñas eran lugares de información y de discusión, además del hotel, cuyo vestíbulo también se convertía en lugar de reunión. Allí se comentaba, por ejemplo, que la situación en Trípoli, con la guerra entre los turcos y los italianos, tenía una repercusión directa en ciertos valores de la bolsa y en la posibilidad de rentabilizar determinados negocios. Por esa razón, todas las grandes fortunas estaban tan pendientes de las noticias, porque en ello les iba la economía.

Por aquel hotel habían pasado personajes de mucha relevancia. Se supone que atraídos por la publicidad que hablaba de una situación privilegiada, con un entorno de pinos, sano y apacible, sin rival en toda Europa. Y ahí llegaban muchos matrimonios en busca de unos días de descanso: mientras ellas tomaban las aguas que presentaban como litioso-cabono-magnesiadas, paseaban por los jardines botánicos llenos de plantas procedentes de todas partes o se deleitaban escuchando la orquesta Tziganes, dirigida por el maestro Frank Bertrand, ellos se dejaban caer por el casino y charlaban con los demás hombres o jugaban un rato. Todo bajo un aspecto idílico en el que no parecían existir los numerosos conflictos que ocupaban las páginas de los diarios.

Entre los huéspedes del hotel había un ruso, llamado Nikolai Brogoniev, que también era cliente del casino. El tipo una tarde hizo las maletas y se largó sin despedirse de nadie. Al verle partir con tanta prisa se me ocurrió preguntar y Estragué me contó, en un alarde de casi efusividad y comunicación, que Brogoniev había recibido un duro golpe en el sitio que más le dolía. Había realizado fuertes inversiones en Libia y la guerra que acaba de estallar entre italianos y turcos por la ocupación de Trípoli ponía en peligro buena parte de su fortuna. Así es como empecé a interesarme mucho más por el universo de la economía. Pero ahora ya no era para poder seguir las conversaciones de Bruno y de sus amigos, de las que me veía excluido, sino con la intención de invertir mis pocos ahorros y convertirlos en una fortuna.

—A río revuelto, ganancia de pescadores —le había oído decir a mi padre en multitud de ocasiones.

En eso estábamos de acuerdo, pero el problema es saber dónde echar las redes o la caña. En mi caso caña, más que redes. Y no podía preguntar a nadie del casino, evidentemente. De manera que le estuve dando vueltas y más vueltas y sólo encontré un nombre que, dentro de lo que cabe, me parecía seguro. El señor Torres, el padre de Carla. Y también sería una buena ocasión para verla y quedar con ella. La situación se había calmado bastante.

—Quisiera hablar con el señor Torres, por favor.

—No se retire —me contestó la voz de María, que ni siquiera había preguntado quién llamaba. Me había reconocido.

Poco después oía la voz del padre de Carla, clara y fuerte.

—Discúlpeme que le moleste, pero necesito consejo.

—¿De qué tipo? —me preguntó.

—Financiero. Tengo algún dinero. No es que sea mucho, pero me gustaría invertirlo correctamente.

—¡Muy bien joven! —exclamó—. Es una sabia decisión. ¿En qué puedo ayudarle?

—No conozco a nadie y he pensado que quizás usted...

—Venga a verme mañana por la tarde.

Colgué. Esperaba que le comentase mi llamada a su hija y que ella se hiciese la encontradiza.

Al día siguiente, la doncella tomó mi sombrero y me hizo pasar a la sala, en donde ya me esperaba el señor Torres. Nos sentamos, charlamos un rato, comentamos la situación y recordamos los momentos de tensión que había vivido la ciudad. Él tenía intereses en el mundo de la construcción y una huelga podía resultar nefasta. Finalmente me tendió una hoja de papel doblada.

—En el banco Hispano Colonial, donde tengo buenos amigos, le abrirán una cuenta y le asesorarán sobre el mejor modo de invertir su dinero —me dijo—. Ahí tiene la dirección y el nombre de la persona con la que tiene que hablar.

—Ya le advertí que no es mucho dinero.

—¿Acaso cree que mi familia siempre ha tenido posición? Mi abuelo llegó a Barcelona con cuatro pesetas, pero tenía empuje y ganas. La fortuna es para quien sabe buscarla.

—Saber, no sé si sabré, pero ganas no me faltan —le dije
—. Y no tengo la menor intención de acabar mis días siendo el
responsable de la seguridad de un casino.

No me había atrevido a utilizar el título de director. Carla
siempre me presentaba así, pero yo sabía que no era cierto.

—Hace muy bien. Un casino no es el lugar más adecuado,
si desea fundar una familia.

Me metí el papel en el bolsillo y seguimos hablando
durante unos minutos más, hasta que me disculpé porque tenía
que cumplir con mis obligaciones.

—Le agradezco mucho su ayuda —le dije cuando me
tendió la mano para despedirse.

—Ya sabe dónde me tiene. Si necesita algo más, no dude
en pedírmelo —me contestó, e hizo sonar una campanilla.

Al instante se presentó María, la doncella.

—Acompañe al señor —ordenó.

Seguí a la muchacha hasta el recibidor y tomé el sombrero
que ella había dejado en la percha.

—¿Te ha tratado bien mi padre? —oí que decía la voz de
Carla—. ¿Quizá mejor que yo?

La doncella nos miró y desapareció discretamente, para
dejarnos a solas.

—Dije que cuando todo se hubiese calmado, te llamaría,
pero no he podido resistir más y he buscado una excusa para
venir. Menos mal que has aparecido, porque me iba con el
corazón encogido y lleno de tristeza.

—¡Oh! —exclamó—. ¿Y por qué no has preguntado por mí?

—No me atrevía a hacerlo. Me daba miedo pensar que no
estabas y no quería que tu padre se diese cuenta de mi interés
por ti, que es mucho mayor de lo que nadie puede imaginar.

—¿Tan grande?

—Durante el día he de hacer verdaderos esfuerzos para
apartar tu imagen, y no lo consigo. Bueno, ahora que te tengo

delante, debo decirte que he pensado que podríamos buscar un restaurante que no conozca tu hermano, porque necesito oír tu voz —le dije.

Sonrió como nunca le había visto hacer. Mi sinceridad la había sorprendido muy gratamente. Y hasta podía jurar que la había conmovido. No me extraña, porque había puesto toda mi alma en cada palabra. Abrió la puerta, despacio, y se apartó para dejarme salir, aunque yo tenía pocas ganas de hacerlo.

—Hoy no puedo, pero el sábado iré al casino y no me quedaré mucho rato —me dijo, poniendo su mano en mi pecho y deteniendo mi ímpetu por besarla, mientras me empujaba hacia fuera.

—Reservaré mesa para entonces.

—El único restaurante que no conoce Bruno es tu casa —me contestó, soltó la presión de su mano contra mi pecho, me dio un beso rápido en los labios y dijo—: Hasta el sábado. —Me empujó y cerró.

Me quedé sin saber cómo reaccionar. La sorpresa final había sido mayúscula; me la imaginaba apoyada, justo detrás de aquella puerta.

Cuando llegué a la acera, mi mente se puso en marcha, frenética. Tenía que hablar con Matías para que Encarna, su mujer, limpiara a fondo y cambiase las sábanas, y darle algo de dinero para que me consiguiese un pollo y lo cocinara como Dios manda, bien relleno; y que lo preparase en su casa, para evitar los olores. Además le pediría que me comprara unos pasteles, café y un par de velas. ¡Oh! ¿Y de primer plato? ¡Lo que se le ocurriese! Poco me importaba en aquel momento.

Los días siguientes sirvieron para que el hotel, el parque de atracciones y el casino recuperasen la normalidad. El sábado, a las siete de la tarde, vi llegar a Bruno acompañado por el barón

Von Brütsner, pero no vi ni a Carla ni a Adelaida. Me acerqué para saludarlos; Bruno me dedicó una pequeña inclinación de cabeza y entró en la sala de juego. Eso fue todo. El barón, por su parte, me dio la mano y me preguntó cómo estaba. Le contesté que bien, asintió con su natural elegancia y ahí acabó nuestra conversación.

Esperé hasta las diez, y procuré no alejarme mucho de la puerta de entrada, pero Carla no apareció. Llamé a su casa, pero no contestó nadie. Finalmente, hacia las once, el barón y Bruno se dispusieron a marcharse. Entonces, el hermano de Carla me vio y se llevó la mano a la frente, mientras hacía chascar la lengua.

—¡Qué cabeza la mía, Víctor! —exclamó—. Carla me ha pedido que le dijese que ha tenido que acompañar a mamá a Salamanca, a ver a nuestros tíos, y que no vendría. ¿Acaso habían quedado?

—Sí —contesté—. Tenía que darle algo.

—Si me lo da a mí, se lo haré llegar.

—El problema es que me lo he dejado en casa.

—Entonces, mejor que no haya venido. No se ha perdido nada —dijo, y sonrió con su mejor expresión cínica.

—Mucho mejor —le contesté—. ¿Tardará mucho en regresar?

—Nunca se sabe. Tía Luisa es muy acaparadora —me contestó, y rió como una hiena.

Hay algunos que tienen mucha suerte. Si no fuese el hermano de Carla, el día menos pensado le partiría el alma. Y aun así, no descartaba tal posibilidad.

Aquella noche cené pollo, y a la mañana siguiente desayuné pollo. He de reconocer que Encarna era una cocinera de primera. Eché la sopa por el excusado; los pasteles me parecieron demasiado y se los regalé a Matías.

—¿No le gustaron? —me preguntó.

—El pollo estaba tan bueno que era imposible llegar a los postres. Felicite a Encarna de mi parte y que les aproveche.

—Siempre a su servicio, don Víctor.

¿Qué podía hacer excepto esperar?

Si septiembre había resultado un mes muy movido, octubre empezó de forma muy similar. El día 5, las tropas italianas ya se habían hecho con Trípoli, ciudad que vio morir ahorcados a los principales cabecillas árabes. Poco después, el día 9, aparecía la noticia de que en diversas ciudades de China había estallado una revolución que pretendía destronar al emperador y establecer una república. Mientras, en Marruecos, las luchas proseguían y los heridos se multiplicaban.

—Ha llegado una carta para usted —me dijo Estragué—. La tiene la señorita Lucía.

—¿Una carta?

—Viene de Salamanca, creo —me contestó.

El corazón me dio un vuelco.

Se lo agradecí y tuve que hacer un gran esfuerzo para no echar a correr. Subí las escaleras y me encontré con Lucía, que estaba pasando a máquina un informe.

—El señor Estragué me ha dicho que había una carta para mí —dije.

—Sí, señor Pons —me contestó, abrió su cajón, sacó un sobre, me lo entregó y dijo—: Quizás debería usted comunicar a la persona en cuestión que ésta es su dirección de trabajo y que las cartas personales es mejor mandarlas a la dirección particular.

Di la vuelta al sobre. En el remitente sólo figuraban las iniciales «C. M.» y Salamanca.

—Lo tendré en cuenta —le respondí mirándola y dedicándole una sonrisa, tributo obligado a su extraordinaria eficiencia y a su no menos extraordinaria perspicacia.

Me aparté, le di la espalda, rasgué el sobre y extraje la carta. Las manos me temblaban. Ni siquiera me reconocía a mí mismo. ¿Aquél era yo? Parecía un pobre muchacho excitado, ni un lejano reflejo del niño de diez años que fue capaz de robar una cartera y de aguantar las bofetadas de la policía sin inmutarse. O el joven que le mintió al Gordo para conseguir una licencia de detective o el hombre que se llevaba una mujer a casa, pasaba un rato agradable y luego ni se acordaba de ella.

Su letra era femenina y redonda; rezumaba elegancia. En la carta me pedía disculpas y me decía que todo había sido muy precipitado. Su madre era así. Y ella no había podido discutir. No sabía cuánto tiempo permanecería en Salamanca, pero podía escribirle. Y me daba su dirección.

Doblé lentamente la carta y descubrí que estaba sonriendo.

—¿Son buenas noticias? —oí que preguntaba Lucía.

¡Vaya, vaya! Sacaba a relucir su curiosidad femenina.

—Son noticias —le contesté.

—¡Ah! —exclamó.

Y ya no dije nada más.

Mientras bajaba las escaleras pensaba que sí, que Carla era la mujer que yo había escogido. ¡Sin duda alguna! Y ahora me daba cuenta de que, en el fondo, era un romántico.

Dos días más tarde, casi ya había anochecido, me encontraba en la sala de juego de la ruleta cuando se escuchó un sonido sordo que procedía del jardín y que yo identifiqué de inmediato. Se produjo un pequeño alboroto. Algunos de los jugadores se levantaron inquietos.

Ya iba a salir cuando apareció Pedro y me informó en voz baja, al oído, de que había ocurrido un accidente.

—¡Damas y caballeros! No sucede nada. No se preocupen —aproveché para decir en voz alta, cuando vi que algunos clientes recogían su dinero y se aprestaban a marcharse—. Me acaban de comunicar que es el neumático de un automóvil, que ha estallado —añadí, sonriendo—. Tenemos un pequeño taller ahí detrás, cerca del jardín y, a veces, cuando se repara una rueda, el parche no queda bien sujeto y salta al hincharlo. Procuraremos que no se repita.

Escuché suspiros de alivio y algunas risas. Sin embargo, el encargado de mesa me miró. A él no podía engañarle tan fácilmente. Le devolví la mirada y nos entendimos muy bien. Apartó sus ojos de mí, los dirigió a los clientes, exhibió una amplia sonrisa y exclamó:

—¡Hagan juego, señores!

Era un profesional.

Acompañé a Pedro al jardín. Varias personas intentaban atisbar por encima del hombro de Néstor, que impedía que pasasen. Seguí a Pedro hasta un rincón en donde Mario se hallaba junto a un cuerpo tendido y medio vuelto. A un par de pasos había una pequeña pistola del veintidós.

—Se ha disparado en la cabeza —me informó Mario—. Se ha apoyado el cañón en la sien y pum. El muy desgraciado ha acertado de lleno y ha muerto en el acto.

—¿Quién es? —pregunté, antes de agacharme y buscarle el pulso en el cuello.

—José Luis Peña, el hijo de un empresario que ha venido por aquí algunas veces. Mal asunto.

Mario tenía razón. No tenía pulso. Aquel desgraciado había acertado a la primera y se había volado los sesos. Era un hombre de unos veinticinco años, moreno y apuesto.

—¿Quién lo ha encontrado?

—Un matrimonio que, más que encontrarle, casi lo han presenciado. La pobre mujer ha estado a punto de desmayarse —

dijo Mario—. Como *monsieur* Boudineau no está, los hemos conducido al despacho del señor Estragué.

—Haced que todo el mundo abandone el jardín.

—¿Avisamos a la policía? —preguntó Pedro.

—Esperad a ver si consigo localizar a *monsieur* Boudineau. Por lo menos que esté al corriente —respondí.

—Mal asunto —oí que repetía Mario, cuando ya me dirigía al despacho del director.

Llamé, escuché la voz de Estragué, que me daba su permiso para entrar, abrí la puerta y le vi de pie junto a una butaca en la que una mujer de unos cuarenta años se tomaba una copa de... ¡anís!

¡Santo Dios! ¿A quién se le ocurre darle una copa de anís? Lo que procede en estos casos es una buena copa de coñac, para que se rehaga y retome el color.

—¿Me disculpan un momento? —le preguntó a un hombre de unos cincuenta años que estaba junto a la mujer.

Estragué vino hacia mí, me sacó fuera y entornó la puerta.

—Les he convencido para que no respondan a las preguntas de ningún periodista —me dijo—. En cuanto al muerto, parece ser que hace dos días perdió una suma muy importante de dinero y que hoy venía con la intención de recuperarlo, pero tampoco ha sido su día de suerte.

—¿Sabe dónde puedo encontrar a *monsieur* Boudineau?

—Está cenando con dos miembros del consejo de administración. Tengo el teléfono. Iba a llamarle, pero antes he preferido solucionar el tema de la discreción de este matrimonio que tengo en el despacho.

Asentí. Estragué era inteligente y sabía determinar qué asuntos eran prioritarios.

Boudineau se puso como una fiera cuando le conté lo sucedido.

—Las normas son claras: no se permiten armas en el interior del casino. Los porteros y el personal de seguridad son expertos en detectarlas, pero no podemos registrar a todos nuestros clientes para ver si van armados; además, un veintidós pequeño es fácil de disimular —intenté explicarle.

—Deshágase del cuerpo, escóndalo, entiérrelo, quémelo, pero que nadie lo vea, o mañana aparecerá la noticia en toda la prensa y el gobernador civil se nos echará encima y nos machacará.

—¿Cómo dice? ¿Se da cuenta de que se trata del hijo de un empresario que es cliente del casino, que además lo ha encontrado una pareja y que ya lo ha visto demasiada gente? Y, por si fuera poco, ¿acaso me pide que haga algo ilegal? —le contesté con firmeza.

—¡No, no, por supuesto! Discúlpeme —reaccionó de inmediato—. Es la sorpresa, que me ha trastornado. Lo que quiero decir es que hay que intentar por todos los medios que no se divulgue, que no salga en los periódicos.

—Hemos conseguido la palabra de honor del hombre que ha descubierto el cuerpo de que no hablará con la prensa.

—Algo es algo, aunque no basta —le oí murmurar—. Esto nos va a costar un montón de dinero —dijo, y colgó.

Era la hora de cerrar. En cuanto los clientes abandonaron las mesas de juego y las luces se apagaron, nos pusimos manos a la obra.

Fue una noche bastante larga. Primero llegó la policía y se hizo cargo de todo. Luego se presentó el padre del muchacho y aquello fue un drama. Tuvimos que calmarle. Suerte que era un caballero y que incluso nos agradeció que hubiésemos tenido el detalle de ir a buscarle. La pareja que se había encontrado con el pastel hizo su declaración, interrogaron a los encargados de las mesas, a los porteros, personal de seguridad y a algún camarero. ¡En fin! Lo normal para un caso como aquél.

Yo esperaba la llegada de la prensa, pero no apareció nadie. Me extrañó mucho. Una noticia de aquel calibre mueve a los periodistas.

Finalmente retiraron el cadáver y la policía se marchó.

Al día siguiente leí la prensa, pero no había la menor referencia al desgraciado suceso. Entonces entendí a Boudineau cuando dijo que aquello iba a costar una fortuna.

—¡Qué horror!—exclamó Lucía cuando le pedí que me anunciase a Boudineau—. Los pobres que se lo encontraron y...

—Sí, muy desagradable —le contesté, cortando su momento de expansión emocional.

Me anunció por el interfono y escuché que Boudineau daba su permiso para que entrase.

—No nos hemos librado del todo —me dijo cuando cerraba la puerta—. Don Manuel Portela ha cargado la escopeta y ha disparado. ¡Menos mal que tenemos un buen contacto en Madrid! Pero sólo por esta vez. Ya nos han advertido de que si vuelve a suceder algo parecido, se acabó el casino. ¿Queda claro?

—¿Y qué podemos hacer? —le pregunté.

—Impedirlo a toda costa. Vigilen el jardín, todos los rincones, tengan los ojos bien abiertos, para ver si detectan un arma... ¿Me ha entendido?

—Perfectamente —respondí, asintiendo.

Discutir con aquel hombre, en aquel estado, era absurdo e inútil. Nos convertiríamos en hadas madrinas y ángeles de la guarda, aunque todos sabíamos que si alguien decidía matarse de veras, lo haría. Si no disponía de un arma, tenía todo un parque de atracciones para intentarlo. Otro caso son los profesionales del suicidio, aquellos que siempre se están matando, pero nunca mueren, o que lo preparan todo para que siempre llegue alguien en el último instante y los salve. Cuando tenía seis años, en el barrio había un caso de ésos. El hijo de la Camila había intentado quitarse la vida en un montón de ocasiones, hasta que un día calculó mal y su madre tardó más de la cuenta en regresar. La pobre se había entretenido charlando con una vecina, a cincuenta pasos de su casa, y se lo encontró tieso. Nunca supe a ciencia cierta cómo se había matado, porque circulaban muchísimas versiones y cada cual contaba una historia diferente: desde que se había colgado hasta que había ingerido un veneno o que se había abierto las venas.

Aquella noche escribí a Carla. No le conté nada de lo sucedido, por supuesto. Le decía que no podía vivir sin su presencia y que deseaba volver a verla cuanto antes. Puse en aquel papel palabras que jamás habría imaginado que fuese capaz de pronunciar. Las veía aparecer milagrosamente, mientras mi mano se movía sobre aquella hoja blanca e inmaculada que, de pronto, se convertía en un pálido reflejo de unos sentimientos que, por más que me esforzaba, no conseguía plasmar con toda la riqueza que me habría gustado. No, por más que lo intenté, me resultó imposible hallar un vocabulario capaz de mostrar hasta qué punto mi corazón sufría y mi mente se extasiaba con el recuerdo de su mirada. Mis sentidos, justo en el instante en que cerraba los ojos, recordaban la suavidad de sus manos y de sus mejillas, el calor de sus labios, el perfume de su piel y el sonido de su voz.

Me metí en cama casi al amanecer, pero no dormí. Me levanté temprano y me fui a visitar a mi padre. Curiosamente, aquel día estaba muy bien, con la cabeza clara. Incluso vi que tenía un libro al alcance de la mano. Gertrudis había ido a comprar al colmado de más abajo. Así que me animé y le conté lo sucedido.

—Ya te advertí que un casino no es el mejor sitio para nadie que se precie. El juego no es bueno.

—Lo sé, padre. Por esa misma razón he abierto una cuenta en el banco Hispano Colonial y he empezado a ahorrar para invertir en bolsa —le contesté.

—Inversor... Eso ya es otra cosa, porque saben conseguir que los demás roben para ellos —dijo, y se quedó callado un instante, meditando. Luego, preguntó—: ¿Y casarte, cuándo?

—Un día de éstos.

Me miró fijamente.

—¿De veras?

—Es posible.

—¿Es de buena familia? Tráela un día para que la conozca —me pidió con una gran sonrisa, pero la borró enseguida—. No. No le digas que tienes padre. Mejor le dices que he muerto.

—¿Por qué?

—¿Recuerdas que yo le decía a tu madre que un día tú serías alguien?

—Sí, lo recuerdo.

—Estás en el buen camino, pero para conseguirlo tienes que romper con todo tu pasado y soltar el lastre que te impide volar. ¿Comprendes?

—Pero...

—No, no, no —me cortó—. No quiero discutir. Un padre tiene que saber que su hijo será todo lo que él no pudo ser y apartarse de su camino. Es la mejor herencia que puedo darte. En todo caso, un día, sin que ella lo sepa, me la enseñas. ¿Comprendes?

—Sí, padre.

—¿Cómo es?

Sonreí.

—Cuando la tengo cerca me recuerda el olor de los pinos en mitad de la montaña, como cuando íbamos a Collserola y respirábamos aquel aire fresco, mientras cerrábamos los ojos. Es una perpetua mañana de primavera, con una sonrisa que es la luz más intensa, capaz de cegar los ojos de un hombre…

—No sigas, no sigas, que me pones la miel en la boca, y puede que el día que la vea te la quite—me dijo, alzando la mano—. Tu madre decía que eras un poco bruto, pero yo siempre he creído que eres un romántico.

Se quedó callado y sonriendo. Miró al techo y respiró hondo.

—Anda, ayúdame a levantarme —me dijo de pronto.

Obedecí y me indicó que quería ir a la habitación. Le acompañé y entró apoyándose en el armario. Abrió la puerta y señaló con el dedo el segundo cajón. Lo abrí. Estaba muy desordenado. Había ropa arrugada y papeles, todo revuelto.

—No, no. Sácalo y déjalo sobre la cama —me ordenó.

Lo saqué y lo deposité sobre la colcha. Él, con mucho esfuerzo, se sentó junto al cajón, removió entre los papeles y la ropa y acabó encontrando lo que buscaba: un sobre. Me lo entregó.

—Es una carta. La escribí ya hace muchos días, pero mi cabeza no es lo que era y ya me olvido de todo. Es para ti, pero no puedes leerla ahora. El día que yo muera, la abres y la lees. ¿Comprendes? —dijo. Me miró muy fijamente y repitió—: El día que yo muera. ¿Comprendes?

—Así lo haré.

—Prométemelo.

—Te lo prometo.

—¡Bien! —Asintió y señaló el armario—. Anda, vuelve a dejar el cajón en su sitio.

—¿No sería bueno ordenarlo un poco?

—¿Para qué? Cuando vuelva a meter la mano quedará igual que ahora...

Aun así, intenté ordenar un poco aquel desaguisado antes de devolver el cajón a su sitio. Entonces llegó Gertrudis.

—Cierra el armario, que no vea nada esa mala bruja —me dijo mi padre.

—Gertrudis es una buena mujer —le contesté.

—Me vigila todo el tiempo y creo que me roba —me replicó alzando el dedo índice.

Ya no dijo nada más. Le acompañé hasta el patio y lo dejé allí, en silencio, con la mirada fija en la carbonera.

—Si seguimos así, no aguantaré —me dijo Gertrudis, cuando me despedía—. Me grita y me trata como si fuera una ladrona. No deja que entre en su habitación si él no está. ¿Cómo puedo hacer la cama, entonces? Y se pasa el día aquí, en el patio, con la vista puesta en la carbonera. El otro día fui a coger algo de leña y se puso hecho una fiera. «¡De ahí no! —me gritó—. ¡De al lado, le he dicho!» Y por poco...

—Tenga un poco de paciencia con él. Es muy mayor...

—Sí, pero a veces me ha levantado la mano. Lo que sucede es que yo no se lo he consentido. ¿No se queda usted a comer?

—No. Me esperan —me excusé.

Necesitaba compañía y aire fresco; al salir de casa de mi padre, como ya era casi las dos de la tarde, me fui a visitar a Manuela, que ya habría acabado su jornada en el taller.

Me abrió la puerta y me sonrió. Entré. Su abuelo estaba como siempre, sentado y mirando por la galería.

—No te esperaba para comer, pero tengo verdura y puedo alargarla un poco. También tengo un par de huevos; como el abuelo no puede comer te los puedo cocinar a ti. Por el hígado, ¿sabes? —me dijo Manuela.

—Me va bien la verdura.

—¿Y los huevos? ¿Cómo te los hago?

—Tortilla.

Comimos, hablamos un poco y al acabar Manuela acompañó a su abuelo a hacer las necesidades y luego lo sentó de nuevo en la galería.

Yo no sabía lo que estaba haciendo allí. Todo el tiempo había pensado en Carla. Aquel piso, Manuela y su abuelo ya formaban parte de un pasado que se alejaba deprisa. Como el pasado de mi padre, que había comprendido que yo empezaba una nueva vida, con otros horizontes. Por esta razón me había dado la carta.

Manuela recogió la mesa, me miró y sonrió. Entonces se quitó el delantal y se dirigió hacia la habitación. Yo tardé en moverme. Por un lado, deseaba ir; pero, por el otro, me daba cuenta de que aquella situación era absurda. Sin embargo, no podía dejarla de aquella manera. Así que decidí levantarme y entrar en la habitación.

Cuando llegué, ella ya estaba bajo las sábanas y su ropa sobre la silla. Me sonreía. Me desnudé despacio y me acosté.

—Si cierras los ojos puedes soñar que estás con ella —me dijo, cuando le puse la mano entre las piernas.

—¿Con quién? —le pregunté, cuando fui capaz de reaccionar.

—Hace muchos días que no vienes, al llegar ni siquiera me has dado un beso en la mejilla, durante la comida estabas en otro mundo y ahora has tardado demasiado en contestar —dijo, sonriendo—. Te he pescado.

—Nunca dejaré de…

—No, si a mí no me importa —me cortó—. Sabía que un día esto llegaría, que conocerías a otra mujer y que algún día, aunque jures lo contrario, dejarás de venir. Sólo quiero que sepas que siempre estaré aquí. Ya ves, con el abuelo no puedo moverme.

—Me disgusta...

—No te esfuerces —me cortó de nuevo—. Durante todos estos años me has ayudado. ¿Qué habría sido de mí, cuando me quedé con el abuelo y sin trabajo, si no llego a dejar que te metieses en mi cama? Habría acabado como muchas otras, abriendo las piernas a cada paso y cobrando dos reales. Soy puta, pero de un solo hombre.

—Nunca has sido puta ni nunca lo serás. Ni se te ocurra volver a decirlo —casi grité, con rabia.

Ella sonrió y me abrazó.

—Contigo me siento mujer. ¡Anda! Cierra los ojos y déjame hacer.

Manuela era única, como no había otra, y no se merecía aquello. Por eso pensé en ella, sólo en ella, y no cerré los ojos, sino que me volví, la miré, la obligué a tenderse y me dediqué en cuerpo y alma a satisfacerla por completo.

Esta vez, fue Manuela la que acabó durmiéndose. Me levanté sin hacer ruido, me vestí, dejé sobre la cómoda una buena cantidad de dinero, todo el que llevaba encima, y me marché. Pensé que posiblemente nunca más volvería a meterme en su cama.

8 - NO HAY UNO SIN DOS

El día 22 de octubre quedaron restablecidas las garantías constitucionales en toda España y respiramos aliviados. Aquello ponía fin a una situación que no gustaba a nadie. Imagino que el Troncho salió de su escondite y se presentó en La Graella para pedir, con su enorme vozarrón, un buen vaso de vino..., ¡Que sea tinto, eh!

Yo recibí carta de Carla. En mi respuesta le había dado mi dirección personal. De manera que esta vez me la entregó Matías, una mañana, cuando salía. En ella me contaba que se aburría en Salamanca y que deseaba regresar, pero que su madre se lo tomaba con calma, porque Barcelona la agobiaba. Aunque no lo decía explícitamente, entre frase y frase podía leer que también me añoraba, lo que me llenaba de alegría. Me juré que, si hubiese podido, habría ido a buscarla. Luego, cuando la pasión del momento se desvaneció, me di cuenta de que aquella mujer me tenía sorbido el seso como nunca lo había conseguido ninguna otra. Incluso tenía que hacer esfuerzos para apartar su imagen de mi mente y centrarme en mi trabajo. ¿Qué habría hecho si hubiese podido? ¿Me habría presentado en su casa? ¿Con qué excusa? Y luego, ¿qué? ¿La raptaba? ¡Lo que puede provocar una mujer en el cerebro de un hombre! Si no me curé, cuando menos sentí cierto alivio visitando a Manuela, que me acogió con alegría. Ella creía que, después de haberle dejado tanto dinero sobre la cómoda, no me vería nunca más. Y es que había como para tomárselo por una despedida, cosa que no estaba muy lejos de mis intenciones, si Carla hubiese regresado enseguida. Sin embargo, somos volubles y no queremos perder lo que consideramos que es nuestro. Manuela era mía, yo la había ayudado y, por lo que sabía, nadie más calentaba su cama. Todas mis buenas intenciones se fueron al traste, mi agradecimiento por ser como era y por tratarme como me trataba se adormeció y volví a utilizarla. Era un recambio que siempre funcionaba. ¿Por qué iba a prescindir de semejante regalo del destino? Ella aceptaba la situación. No hacía preguntas. Era como un perrillo que ya se ha acostumbrado a lo que tiene y a lo que le da el amo y se mostraba agradecida sólo por poder hablar con alguien y recibir un poco de cariño. El mundo es así y no soy yo quien lo va a cambiar.

En fin... El desgraciado incidente del suicidio del joven que se quitó la vida en los jardines poco a poco quedó olvidado. Nadie lo mentaba y la vida entró en una rutina propia de la calma que se produce tras una tempestad. Durante aquellos días supe que Bruno y su amigo Von Brütsner habían desplumado a unos cuantos inocentes más que habían caído en el truco del jugador bebido. Lo malo era que parecía que le estaban tomando gusto; lo que antes constituía casi una diversión, ahora se estaba convirtiendo en una costumbre que se repetía cada semana. Boudineau seguía asistiendo como garantía de juego limpio. ¡Vivir para ver!

Así transcurrió el mes de octubre, con absoluta calma, sin que tuviésemos noticias del gobernador civil y sin que le diésemos motivos para que se acordara del casino y retomase su animadversión hacia una actividad que él consideraba vacía, estúpida, negativa e impropia de seres inteligentes. Éstas eran sus palabras cuando se refería a un vicio que traía consigo prostitución y violencia, según él todo un azote para una ciudad que pretendía ser una de las perlas del Mediterráneo. La pregunta era: ¿cómo puedes pretender pescar una perla sin mojarte?

A comienzos de noviembre, la cantidad de clientes se duplicó, sobre todo venían extranjeros, que eran los verdaderamente interesantes, y los del consejo de administración se mostraban muy satisfechos. El esfuerzo realizado en la remodelación del hotel, en la construcción de parque y en la apertura del casino había merecido la pena; tal como iban las cosas, podrían recuperar la inversión y amortizar el gasto en apenas cinco años. Eso decía Boudineau. A partir del momento en que todo estuviese amortizado, a contar los beneficios. Todo gracias al casino. El hotel cubría gastos y el parque era deficitario, pero lo que se recaudaba sobre las mesas de juego daba para soportar esas pérdidas y para mucho más. No era de extrañar que Boudineau se pusiese como se puso cuando el gobernador civil vio la posibilidad de cargar la escopeta y enarbolar la bandera de la castidad, la templanza y de todas las virtudes que se le ocurriesen.

La segunda semana de noviembre me trajo la mejor noticia que podía esperar. Carla me anunciaba que regresaban a Barcelona. La carta llegó casi al mismo tiempo que ella, porque la vi aparecer acompañada por la esposa del barón. Estaba muy hermosa, con un vestido verde y un abrigo blanco, que se quitó despacio al llegar al guardarropa, desde donde me miró, me sonrió y me hizo un ligero gesto con la cabeza para indicarme que luego nos encontraríamos en el mirador. Jean Louis se apresuró para saludarla y para manifestarle lo hermosa que estaba y cuánto la habíamos echado en falta. Adelaida tomó a Carla por el brazo y se dirigieron al Círculo de Extranjeros.

Aguardé pacientemente casi una hora, ocupándome de que todo estuviese en perfectas condiciones; finalmente me dirigí al mirador. Carla aún no había salido. Me situé en un extremo, desde donde podía controlar la puerta y observé a la gente que se extasiaba con el espectáculo del parque de atracciones. Unos minutos más tarde, un tiempo que se me hizo eterno, apareció ella con una copa de champán en la mano. Me vio, sonrió y vino hacia mí. Demasiada concurrencia para besarla, pensé. Y ella captó mi pensamiento, bebió un sorbo de su copa y me la tendió, dándole la vuelta para que la marca de sus labios quedase frente a mí. ¡Qué astuta! Era una forma de besarla. Bebí un sorbo, procurando que mis labios abrazasen por completo la marca dejada por ella y se la tendí. Ella la tomó, le dio la vuelta y bebió otro sorbo.

—Creí que iba a volverme loco —le dije.

—Tenemos una cena pendiente —me contestó.

—Sí, pero hoy el restaurante está cerrado por falta de suministros. La última vez que abrió, el único comensal se lo comió todo y hoy no se esperaban clientes.

—¿Y el jueves, estará abierto?

—Todo el día y toda la noche.

—Entonces quisiera hacer una reserva para las siete —me dijo, dedicándome la mejor de sus sonrisas—. Mesa para dos. El menú lo dejo en manos del chef.

—Tomo nota.

Bebió otro sorbo y me tendió de nuevo la copa. La cogí y ella levantó ligeramente la barbilla, alargó sus labios, me lanzó un discreto beso y regresó al interior.

Poco después la vi salir acompañada de un grupo de clientes muy alegres. Entre ellos estaban el barón Von Brütsner y su esposa Adelaida. Bruno no había acudido. Aquella noche no había partida.

*** ***

El lunes, día 13 (mal día), Boudineau llegó muy nervioso y se fue directamente a su despacho, casi sin saludar a nadie.

—¿Qué le sucede? —pregunté a Jean Louis.

—Todo apunta a que los resultados de las elecciones municipales de ayer no serán de su gusto —dijo.

—¿Ya se sabe el resultado, tan pronto? —pregunté extrañado.

—Quien tiene que saberlo lo sabe de sobra.

Estuve todo el tiempo dando vueltas y controlando que todo estuviese en orden y hacia las nueve de la noche le vi aparecer por el casino. Soplaba.

—¿Ya se ha enterado del desastre? —me preguntó.

—Aún no.

—No está claro si ganarán los regionalistas o los seguidores de Lerroux —dijo—. El recuento va muy ajustado; tanto pueden ganar los unos como los otros.

—¿Y a nosotros qué nos conviene más?

—¡Los regionalistas, por supuesto! —exclamó con un gesto que mostraba lo evidente de la respuesta—. Ya les conocemos y todo está pactado. Si ahora ganan los otros, tendremos que volver a negociar, y los lerrouxistas son intratables. No hacen más que pedir y pedir; son capaces de dar alas al gobernador civil para que prohíba el juego.

—¿Cuándo se sabrá el resultado final?

—Dentro de unos días —me contestó, y desapareció.

*** ***

—Una cena deliciosa y una velada magnífica, pero tengo que irme —me dijo, acurrucada en mi pecho.

Respiré hondo y la abracé con fuerza.

—Me vas a romper —se quejó.

—No quiero que te vayas.

—Son casi las diez, y entre vestirme, una cosa y otra, no llegaré a casa hasta las once, por lo menos. Bruno nunca llega antes que yo. Es un pacto tácito. Así papá se queda tranquilo y no pregunta si hemos estado juntos o no. Si él apareciese antes que yo, preguntaría y Bruno le diría que no me ha visto en toda la tarde. Entonces se asustaría y sería capaz de llamar a la policía.

Encendí la luz y la miré. Ella se soltó y se apartó ligeramente.

—Date la vuelta —me dijo.

—¿Qué haga qué? —pregunté sorprendido.

—Que te des la vuelta. Me voy a levantar y estoy desnuda.

No hay quien entienda a las mujeres. Estaba desnuda, pero es que la había desnudado yo, y ahora me pedía que no la mirase. Abrí las manos con las palmas hacia el techo, incapaz de entender nada.

—Por favor —dijo, y abrazó la sábana contra su pecho.

Me di la vuelta y esperé. ¿Qué es lo que podía ver ahora que no hubiese visto antes? Oí el roce de la ropa y me la imaginé vistiéndose. Aquello me excitó hasta un extremo increíble.

—Ya puedes levantarte, si es que te vas a comportar como un caballero y me vas a acompañar a casa.

Me di la vuelta. Ella ya se abrochaba el vestido. Yo seguía excitado y me daba vergüenza levantarme de aquella manera, pero es que no había forma de relajarme.

—Ahora eres tú quien tiene que darse la vuelta —se me ocurrió decir.

No replicó. Me dio la espalda y siguió abrochándose el vestido. Me levanté y entonces ella se volvió y me miró divertida.

—Sólo quería saber si lo había conseguido —dijo, sin apartar sus ojos del motivo de mi apuro.

Me sentí ridículo, pero ella se acercó, me agarró por las nalgas, se apretujó contra mí, me besó, se soltó y se dirigió hacia la puerta del dormitorio antes de que pudiese reaccionar.

—Te espero fuera.

Cuando estaba cerrando la puerta del apartamento, ella me puso la mano en la entrepierna y asintió sonriendo.

—¡Vaya! Aún dura.

—Si quieres podemos aprovecharla.

—Guárdala para otro día.

Tomamos el ascensor y aproveché el trayecto para besarla. Llegamos a la calle y empezamos a andar en dirección al Passeig de Gràcia. No eran muchas calles y la noche resultaba agradable. Me contó cosas de Salamanca, de su madre y de su tía, lo que había hecho, lo aburrido que había resultado ir cada día de visita a casa de parientes que veía una vez al año, sin ninguna fiesta a la acudir. Su tía era de misa diaria y en casa a las ocho para cenar como Dios manda. La escuchaba y me parecía un ángel. Aquella nariz, tan personal, que temblaba de vez en cuando, me tenía extasiado.

El paseo hasta el Carrer Córcega duró poco más de media hora, pero a mí se me antojó un santiamén. Casi no había tenido tiempo de saborearlo cuando ella abrió el bolso y me entregó la llave del portal. La cogí con tristeza, la introduje en la cerradura y le di la vuelta lentamente, intentando alargar unos segundos más su presencia.

—¿Cuándo te veré de nuevo? —le pregunté.

—La semana que viene hay un concierto extraordinario en el Palau de la Música, el miércoles. Papá es un enamorado de Johann Sebastian Bach. No se pierde ni una sola ocasión para escuchar alguna de sus obras —me dijo.

—Vendré a buscarte.

—No —negó con la cabeza—. Mejor nos encontramos por casualidad. Yo siempre le acompaño a esos conciertos, porque a mamá le producen jaqueca y supongo que no le sentaría bien que me fuese contigo y le dejase plantado.

—Entonces no romperemos las tradiciones —le dije.

Empujé la puerta mientras me apartaba para dejarla entrar y le devolvía la llave.

—Hasta el miércoles.

Me agarró por la corbata, me atrajo hacia ella y me besó. Cuando intenté abrazarla, me empujó, me miró divertida y cerró la puerta.

¡Dios! Su desparpajo, su naturalidad, su risa, su voz, su... ¡Cómo me gustaba aquella mujer!

*** ***

No había sucedido nada fuera de lo habitual. Había sido una tarde como cualquier otra. El casino iba viento en popa y estaba lleno de clientes. Había visto a muchos de los habituales, entre ellos a Bruno y al barón. Seguro que estaban buscando a algún incauto que se dejase desplumar. Ahora hacía un rato que no les veía.

Eran casi las diez. Yo había estado dando vueltas, como de costumbre, y controlando a mis hombres; en aquel momento me encontraba cerca de una de las salas de juego.

—¡Víctor! —me llamó Jean Louis. Me volví—. *Monsieur* Boudineau me ha dicho que hable con usted y que le pida que me acompañe.

—¿Adónde?

Me agarró por el brazo, mientras sonreía y se acercaba a mí, como quien le hace una confidencia a un amigo.

—Tenemos un problema —susurró, tenso, pero sin perder la compostura.

Asentí. Su sonrisa, aunque amplia, siempre era profesional y carente de toda emoción, pero ahora yo diría que incluso se había quedado helada.

Me condujo hasta uno de los pequeños despachos insonorizados que servían para mantener una conversación discreta, lejos de los ojos y de los oídos de los demás. Pedro Nieto estaba en la puerta, guardándola.

—No ha entrado nadie, señor Pons —me dijo.

Le miré, pero no pregunté nada, sino que dejé que la abriese y entré deprisa seguido por Jean Louis. Apenas se cerró la puerta a nuestras espaldas, descubrí la escena.

—Éste es el problema —dijo Jean Louis, que apuntó hacia el escritorio con la barbilla, sin atreverse a hacerlo con el dedo.

Observé la cabeza que reposaba sobre una enorme mancha de sangre que cubría casi la mitad de la superficie de la mesa y que empezaba a caer por el borde. Me acerqué despacio, procurando no ensuciarme, y le tomé el pulso, aunque no hacía falta. El agujero en mitad de la coronilla, entre la mata de pelo rubio, indicaba que se había disparado en la boca, en el paladar. El cuerpo aún no estaba frío del todo; así pues, no hacía demasiado que había sucedido. Levanté la vista y busqué el agujero de bala hasta que lo encontré en la pared que el cadáver tenía a su espalda. Mentalmente calculé la trayectoria. El disparo se había producido mientras estaba sentado.

—¿Cómo ha sido? —pregunté.

—No lo sabemos. Nieto lo ha encontrado así —contestó Jean Louis.

—Dígale que entre; usted quédese fuera, vigilando, para que no tengamos más sorpresas —le ordené.

Me quedé quieto, mirando aquel cuerpo inerte. Fueron apenas quince segundos. Justo el tiempo que Jean Louis tardó en llegar a la puerta de la sala, abrirla, salir y decirle a Pedro Nieto que entrase. Quince segundos en los que sólo existimos el muerto y yo. Nadie más.

¿Cuántas ideas, pensamientos e imágenes cruzan por nuestra mente en quince segundos? Pueden ser pocos o muchos, quizá centenares o incluso miles, aunque parezca increíble. Todo depende de las circunstancias.

Miré la mata de pelo rubio manchada de sangre, en la coronilla, en el lugar exacto por donde había salido la bala; luego vi el revólver en su mano y, de pronto, mi mente se puso a trabajar a una velocidad de vértigo. Apenas quince segundos y desfilaron por mi mente imágenes, rostros, conversaciones, situaciones..., todo lo que nos había conducido hasta aquel instante, y me di cuenta de que mi futuro estaba en manos de aquel pobre desgraciado. No exactamente en sus manos, sino en las decisiones que yo tomase en los próximos minutos. Pero él era la clave de todo.

—¿Qué desea jefe? —oí que decía la voz de Pedro Nieto, y regresé a la realidad del momento.

Quince segundos y todo había quedado claro. Hay momentos en la vida en los que tomar una decisión rápida y acertada puede conducirte al lado adecuado de la frontera que hay entre el éxito más espectacular y el mayor fracaso, entre la riqueza y la pobreza, entre ser alguien o seguir siendo un don nadie. Tuve aquel pensamiento, aquella certeza absoluta, con una claridad meridiana, y sonreí. ¡Claro que sonreí! Una baraja de naipes únicamente contiene cuatro ases y sólo una vez en la vida los cuatro caen en tus manos, juntos, para formar un precioso póquer. ¿Quién sería ser tan estúpido de dejar pasar semejante oportunidad? Yo no. ¡Por supuesto!

Miré a Nieto, que estaba a mi lado. Le prefería a él. Era un hombre joven, treinta y dos años, había estado cinco en la policía, pero según me había contado, no le había gustado y se había dedicado a hacer de guardaespaldas de un político que no era trigo limpio. Cuando empecé a buscar gente, su nombre apareció de inmediato. Sabía manejar una pistola, era un chico discreto y muy despierto. Así que le hice una oferta y él la aceptó.

—Si nadie oyó el disparo significa que la puerta estaba cerrada, y que una de estas puertas está cerrada implica que el despacho está ocupado, por lo que nadie tiene que entrar. ¿Por qué entraste, entonces? —le pregunté.

—No he sido yo, señor Pons —me contestó—. Ha sido Francisco, uno de los camareros, que llevaba unas copas al despacho de al lado, pero al ver la puerta cerrada ha supuesto que era aquí. Así que ha llamado, ha entrado y se ha encontrado con el pastel.

—¿Para quién eran las copas?

—Para el señor Torres, que ha ocupado el otro despacho con el barón Von Brüstner y el señor Miranda.

—¿Qué hacían ahí dentro? ¿Jugaban?

—No. Parece que hablaban de negocios y que se lo estaban pasando bien, porque reían.

—¿Dónde está el camarero?

—Lo he acompañado al despacho de *monsieur* Boudineau —dijo—. He creído que lo más acertado era apartarlo de la escena…, y como hoy no está el señor Estragué…

—Buena idea. ¿No ha hablado con nadie más?

—No ha podido.

—¡Bien! ¿Quién es? —pregunté, señalando al cadáver.

—No sé su nombre, pero no es de por aquí. Jean Louis le ha visto en el Círculo de Extranjeros. Dice que es italiano.

—¿Has examinado su documentación?

—He preferido no tocar nada. Sé muy bien cómo hay que comportarse en casos como éste —me dijo con una sonrisa de suficiencia.

Sin apenas mover el cadáver, metí la mano por debajo de la americana y busqué la cartera. La encontré en el bolsillo interior, la saqué, la abrí y examiné su contenido. Doce pesetas, un billete de tranvía y documentación a nombre de Lucca Bonatesta, ciudadano italiano, de Montalbano. ¿Dónde estaba Montalbano? No había nada más.

Volví a dejarla en el bolsillo y seguí examinando cuanto podía sin mover nada de su sitio. Llevaba una pitillera plateada, no de plata, con cigarrillos franceses, y dos cajas de cerillas. Una comprada en el estanco y otra que había cogido del hotel. No tenía llaves. En un bolsillo del pantalón guardaba calderilla y en el chaleco tenía un reloj de bolsillo con una cadena de plata en el interior en cuya tapa había una inscripción con unas iniciales: «*LB – MP il mio eterno amore*».

—Es italiano. No hay duda —dije, y asentí con la cabeza. El reloj seguía funcionando correctamente—. Aún queda un rato para cerrar el casino. Hasta entonces, nadie debe saber nada de esto y nadie puede entrar aquí. Te hago responsable de todo. Ni una palabra a nadie. Y nadie es nadie. ¿Queda claro? —le dije, y él asintió.

Abandonamos la pequeña sala y, antes de dirigirme al despacho de Boudineau, hablé con Jean Louis para darle las mismas instrucciones y ordenarle que se moviese con absoluta discreción entre el personal para averiguar cuáles habían sido los pasos del muerto.

—Estaré arriba —le dije.

Cuando ya enfilaba la escalera que ascendía a la planta superior, escuché las risas que se escapaban del pequeño teatro, en donde actuaban un par de cómicos muy graciosos. Son situaciones esperpénticas. Por un lado, la risa; por el otro, el silencio de la muerte. El tal Lucca ya no se reiría nunca más.

Me detuve, hice una seña a uno de los botones y le ordené que buscase a Antonio y que le diese el recado de que le esperaba en el despacho de *monsieur* Boudineau. Era urgente.

Subí la escalera. Lucía ya se había marchado. Llamé a la puerta del despacho de mi jefe y tras escuchar su voz abrí y entré. Estaba de pie. Seguramente había estado andando todo el tiempo, tenso y preocupado, y se había detenido al oír que llamaba para ordenar que entrase. En una de las butacas que había frente al escritorio se sentaba Francisco Urdiel, un hombre de unos treinta y cinco años que vestía pantalón negro y chaqueta blanca, el uniforme de los camareros. Sostenía en sus manos una copa de brandy. La impresión tenía que haber sido de primera, aunque la había soportado bastante bien. No había roto nada y había tenido el coraje de cerrar la puerta y avisar a los de seguridad.

Le pregunté qué había sucedido. Su relato coincidió punto por punto con lo que ya me había explicado Nieto. El pobre se había equivocado de puerta, la había abierto, había visto el cuadro y ya está. No había tocado nada. Ni siquiera había entrado. Apenas había andado diez pasos cuando literalmente había tropezado con Nieto. Le había puesto al corriente en dos palabras y el de seguridad, con muy buen criterio, le había ordenado llevar las bebidas al despacho de al lado, mientras él entraba, echaba un vistazo, se daba cuenta de que se trataba de un extranjero y después le acompañaba hasta el despacho de Boudineau.

—¿Le había visto antes? —pregunté a Francisco.

—Hasta esta noche, no, señor. Apostaba en la ruleta de los caballos y creo que iba perdiendo.

—¿Tanto dinero ha perdido como para suicidarse?

Oímos que llamaban a la puerta.

—Debe de ser Antonio —dije, y me dirigí a abrir.

Acerté. Puse a Antonio al corriente de la situación y le ordené que me trajese a Julián, el que aquella noche estaba a cargo de la ruleta de caballos, y a Jean Louis. Julián no tenía por qué saber nada de nada. Antonio asintió.

—Aún faltan unos minutos para cerrar —me dijo.

—Que lo sustituyan —se me adelantó Boudineau.

Antonio me miró y yo hice un ligero gesto con la cabeza, asintiendo. Si Boudineau no sabía cuál era su sitio, mis hombres lo tenían muy claro. Él es mi jefe, pero yo soy quien controla la situación. Antonio asintió levemente, salió y cerré la puerta.

—¿Mejor? —pregunté a Francisco.

—Sí, muchas gracias, señor Pons —me contestó, y dejó la copa sobre la mesa.

—Supongo que tiene muy claro que nada de lo que suceda en esta casa debe salir fuera de estas paredes. ¿No es así?

—Por supuesto, señor Pons —contestó Francisco, poniéndose en pie de un salto—. Pueden confiar plenamente en mí —añadió mirándonos a ambos, alternativamente—. Yo diré lo que ustedes quieran que diga.

Le puse la mano en el hombro y volví a sentarlo dedicándole una sonrisa y dándole un par de palmadas en la espalda.

—No, no, de ninguna manera. Usted dirá lo que tenga que decir. No lo que nosotros queramos —le corregí, y borré mi sonrisa—. Lo único que deseamos es que escoja con mucho cuidado sus palabras para que lo que diga no perjudique en nada a la empresa. ¿Me explico con claridad?

En público hay palabras que nunca deben pronunciarse. Otra cosa es en privado, cuando sólo está el que habla y el que escucha. En aquellas circunstancias, como siempre pasa con las relaciones de pareja, tres son multitud, aunque el tercero fuese mi jefe, pues uno de ellos es testigo de lo que ocurre entre los otros dos.

—¡Bien! —dijo Boudineau—. Lo mejor será que espere en el despacho de al lado mientras tratamos este asunto.

Francisco asintió repetidas veces, dejó la copa sobre la mesa y se levantó.

—Llévese la copa. La impresión ha sido fuerte —le dije.

—Se lo agradezco, señor Pons —me respondió. Recuperó su copa antes de seguir a Boudineau hasta la pequeña puerta que daba al despacho contiguo, el que utilizaba el contable.

Una vez Boudineau hubo cerrado la puerta, regresó a mi lado.

—¿Qué podemos hacer? —me preguntó tenso y abrumado.

—Esperamos tranquilamente hasta la hora de cerrar —dije, procurando que mi tono quitase hierro al tema y ayudase a calmarlo un poco—. El hecho de haber descubierto el cadáver poco antes de las diez, a medianoche o en la madrugada ni añade ni quita nada a toda esta desgraciada historia. Una vez cerremos, llamamos a la policía y les contamos que hemos descubierto el cuerpo al hacer un último repaso de todo, como cada noche.

—¡Imposible! —exclamó—. Con aquel joven tuvimos mucha suerte, pero hay jugadas que sólo pueden hacerse una vez. En aquella ocasión logramos pararlos, pero mañana se nos echarán encima todos los periodistas de Barcelona. —Hizo una pausa y se mordió los labios—. ¡Santo Dios! Las elecciones municipales han acabado con un empate entre regionalistas y lerrouxistas. Puede suceder cualquier cosa.

—Pero, Salvador de Samà sigue como alcalde y está de nuestra parte. ¿No es así? —repliqué.

—Sí, pero ya veremos lo que dura, porque vistos los resultados, don Manuel Portela no tendrá más remedio que buscar un alcalde de consenso y seguramente, aprovechará la ocasión para situar a uno de los suyos. —Calló un instante, sopló con fuerza para quitarse la tensión de encima y me miró a los ojos—. Un escándalo como éste sería un cataclismo; don Manuel se nos comería crudos. No puede ser. Semejante desastre implicaría el fin del casino. Hay que buscar otra solución. La que sea.

—Hay demasiados testigos.

—Jean Louis nunca pondrá en peligro a la empresa, y Francisco es un camarero. En cuanto a Nieto y a Farreres, dependen de usted. Si todos nos ponemos de acuerdo, no saldrá nada en los periódicos —me dijo, muy nervioso. Resultaba evidente que intentaba pedirme algo y no se atrevía.

—Sólo hay una forma de conseguir que no haya noticia... —dije, hice un corto silencio, le miré a los ojos y añadí—: que no haya cadáver —hice otra pausa—, lo cual es imposible.

—¿Sabe qué sucederá si la noticia sale en todos los periódicos: los de aquí y los de fuera? Y eso será así, sin duda alguna, porque una guinda como ésta ocupará la primera plana y venderá muchos ejemplares. Además, ahora saldrá el otro caso, el del joven del jardín —replicó muy nervioso—. Le pagamos para que busque soluciones.

—Me pagan para que no haya problemas, no para hacer desaparecer un cadáver —dije, sin dejar de mirarle.

—Ponga precio.

¡Aquélla era la ocasión que esperaba! Mis razonamientos, durante los quince segundos dorados que me quedé solo con el muerto, habían sido plenamente acertados. Sentí un placer inmenso. Volvían a estar en mis manos, como cuando me ofrecieron el puesto, pero tenía que pensar muy despacio mi respuesta. Un póquer es un póquer y hay que saber apostar para que el otro ponga todo su dinero sobre la mesa.

—La solución dependerá de quién sea ese tal Lucca Bonatesta —dije, procurando ganar tiempo.

—¿Qué tiene que ver quién sea o quién deje de ser?

Iba a contestar cuando llamaron a la puerta. Boudineau casi pegó un salto. Estaba más tenso que una cuerda de un violín.

—Piense en lo que hemos hablado —me dijo deprisa, y miró hacia la puerta—. ¡Adelante! —gritó.

La puerta se abrió y uno tras otro entraron Jean Louis, Julián y Antonio. Señalé las dos butacas que había delante del escritorio; a Antonio le indiqué que permaneciese de pie, junto a mí.

—Esta noche ha tenido en la mesa a un hombre rubio, de unos cuarenta años, con pinta de extranjero... —dije, mirando a Julián.

—¡El italiano! —exclamó de inmediato.

—¿Cómo sabe que era italiano?

—Por sus expresiones.

—¿Cómo jugaba? —pregunté.

—Mal. Muy mal —contestó él, hizo una mueca con los labios y negó con la cabeza—. Se le notaba enseguida que no es un asiduo de los casinos. Movía mucho las manos, jugueteando con las fichas, y observaba los caballos como si fuesen de verdad. También miraba hacia la puerta de la sala, como si esperase a alguien.

—¿Ha perdido mucho dinero?

—Unas doscientas pesetas, más o menos.

—Dice que miraba hacia la puerta. ¿Quizá se le notaba muy inquieto?

—No paraba de contar las fichas que le quedaban. Hasta que ha perdido la última; le ha costado lo suyo depositarla sobre la mesa. Ha esperado cinco tiradas para decidirse. De pronto ha lanzado la ficha sobre la mesa y casi se ha levantado sin esperar el resultado. Parecía que ya daba por hecho que ésta no era su noche.

—¿No sería que había visto a alguien entrar por la puerta?

—A tanto no llego. Tengo que estar muy atento a lo que sucede sobre la mesa y a su alrededor, pero mis capacidades no dan para controlar toda la sala. Además, se ven muchos como él, ansiosos. Es gente que no deja de mirar hacia la puerta. No me pareció un tipo especial. Muchos de los que apuestan se sienten culpables y temen que aparezca algún conocido. No sé si me explico.

—Se explica muy bien —le dije, sonriendo—. ¿Le pareció que estaba preocupado?

Vi que se removía en la butaca. Seguro que tanto interrogatorio estaba empezando a ponerle nervioso. Se frotaba las manos.

—Es difícil... —dijo, sopló y negó de nuevo con la cabeza—. Nunca se sabe a ciencia cierta lo que pasa por la cabeza de un hombre. Cada uno es diferente y reacciona de distinto modo. A veces parece una cosa y luego es otra... —dijo. Se había puesto en guardia.

—Pero ¿usted qué opina? ¡Vamos, hombre! Arriesgue un poco —le animé casi riendo y abriendo las manos—. ¿Se pasa el día junto a una mesa de juego y es incapaz de apostar? —Se me ocurrió hacer un chiste.

Julián rio un poco forzado.

—¡Por el amor de Dios! —reí abiertamente y miré a los demás— Somos nosotros... —exclamé, y señalé a Boudineau, a Jean Louis y a Antonio—. ¡No pasa nada, hombre!

Sopló de nuevo, respiró hondo, sonrió y dijo:

—Si tuviese que apostar, me inclinaría por calificarlo como un curioso.

—¿Un curioso?

—Sí. Alguien que se comporta como un niño que entra por primera vez en una pastelería y no sabe dónde poner los ojos.

—O alguien que ya lo ha perdido todo y le da igual cien que uno —intervino Boudineau—. Cuando se llega a un extremo, puede suceder cualquier cosa.

«¡Imbécil!», pensé. Julián le miró, luego me miró a mí, preocupado, pero yo sonreí, distendido. Encogió los hombros al tiempo que abría las manos con las palmas hacia el techo. El pobre ya se había relajado un poco, pero ahora aquella estúpida reacción de Boudineau lo ponía de nuevo en guardia.

—Podría ser —dijo algo tenso—. ¿Ha sucedido algo?

Me reí como quien recuerda algo gracioso, no hilarante, sino simplemente simpático.

—¡No sufra más, hombre! —exclamé, y negué con la cabeza mientras esbozaba una sonrisa—. Parece ser que se ha quejado de que le han robado dentro del casino y quería recuperar su dinero. Sin embargo, yo creo que lo ha perdido todo y que no sabe cómo regresar a casa o al hotel y decírselo a su mujer —dije.

—¡Ah, es eso! —exclamó Julián, y su rostro se distendió de nuevo.

Aproveché para lanzar a Boudineau una mirada dura. Con ello bastaría para que se mantuviese callado.

—Eso cuadraría con el tipo —añadió Julián mientras soltaba una risita nerviosa, y me señaló con el dedo, mientras asentía diversas veces—. ¡Ya lo creo que sí! Seguro que es un tipo a quien la mujer le tiene bien agarrado por las pelotas.

—Gracias por todo —le dije.

Se levantó. Yo le puse la mano sobre el hombro y lo acompañé hasta la puerta del despacho:

—Y, por favor, discreción absoluta —añadí cuando le invitaba a salir—. Estas historias son miserias que no hacen ningún bien al casino. Se supone que aquí acude gente de mucha categoría a pasárselo bien y no un pobre hombre que va a recibir una bronca de su mujer por haber perdido unas pesetas...

—No se preocupe, señor Pons. Ya he olvidado esta historia.

Le di de nuevo las gracias y cerré. Miré a Boudineau y negué con la cabeza mientras chascaba la lengua. Le habría pegado un par de bofetadas, pero era mi jefe.

—¿Quién era el muerto? ¿Alguien importante? —pregunté a Jean Louis.

—No creo que fuera importante. Tan sólo era un tipo que ha venido a jugar. Me han informado de que casi no ha hablado con nadie. Ha entrado en el teatro, pero ha salido enseguida. Supongo que no entendía ni una palabra. Luego ha permanecido un rato, no demasiado, en el *music hall*, se ha dirigido al comedor, ha cenado el menú de cinco pesetas y no ha dejado ni una miga. Tampoco ha dejado propina. Se ha paseado por la terraza, ha tomado un par de copas y ha estado en el Círculo de Extranjeros. Finalmente ha entrado en las salas de juego. Ha estado paseando por todas las mesas hasta que ha decidido sentarse en la de la ruleta, donde ha perdido unas cincuenta pesetas, luego ha jugado a las cartas, al siete y medio. Tampoco le ha ido muy bien. Su última visita ha sido a la ruleta de caballos. Ahí las pérdidas han sido de unas doscientas pesetas. No representa ninguna fortuna desorbitada —concluyó Jean Louis.

—¿Ha hablado con alguien?

—Se le ha visto hablando con algunos clientes. No demasiado rato con ninguno en particular.

—¿Nadie se ha dado cuenta de que iba armado? —preguntó Boudineau a Jean Louis, que negó con la cabeza—. ¿Se han contratado porteros con experiencia, capaces de oler un pedazo de metal a cien metros y nadie ha visto nada? —Se volvió hacia Antonio, incrédulo—. ¿Y dentro, tampoco han visto nada los de seguridad? —Hizo una breve pausa hasta que él negó con la cabeza—. Siempre hay una arruga o la chaqueta cuelga más de un lado que del otro... o el bulto en el pantalón... —dijo, nervioso. ¡Ni que fuese un experto! Me miró fijamente—. ¡Se les advirtió de que esto no podía volver a suceder! —gritó.

—A mí no me ha dado la sensación de que la chaqueta estuviese especialmente cortada para ocultar un arma —dije. Me dirigí a Jean Louis—. ¿Cómo ha llegado hasta aquí? ¿Alguien lo ha visto?

—En tranvía. Los porteros lo recuerdan muy bien. Tienen una memoria de elefante. Ha llegado sobre las siete —dijo Antonio.

—¿Llevaba sombrero?

—Sí. Lo dejó en el guardarropa —dijo Jean Louis.

—Eso significa que aún tiene la ficha en el bolsillo —dije, e hice un ademán con la cabeza, al tiempo que miraba a Antonio y alzaba una ceja—. Seguramente está junto a la calderilla.

Asintió y salió para recuperar la prenda y hacerla desaparecer discretamente del guardarropa. Cuando se cerrasen las puertas del casino no quería que quedase un sombrero sin dueño. Cantaba demasiado. Ni que hubiese una ficha extraviada.

—Jean Louis, nada de lo que ha visto u oído esta noche tiene que salir de aquí. ¿Queda claro? —dije.

—Ustedes me conocen —respondió, ofendido. Se puso en pie.

—Nadie pretende mandar sobre su conciencia ni nadie pone en duda su lealtad. Es la reputación del casino la que está en juego. Pido discreción, mucha discreción, a todo el mundo, sin excepción. ¿Me comprende?

Asintió con energía. No había que explicarle nada más. Era un profesional.

Cuando hubo desaparecido, miré a Boudineau.

—Según parece no era nadie —me dijo, aliviado.

—Eso no significa nada. Sigue siendo un cadáver y alguien, tarde o temprano, se interesará por su paradero —repliqué.

Boudineau sudaba mucho. Le miré. Aquel hombre era muy poca cosa. Se alteraba por nada.

—¿Qué pide por...? —Dejó la frase en el aire. Le costaba pronunciar ciertas palabras.

Durante el tiempo que habían durado las conversaciones, había podido pensar en el precio y ya lo tenía claro. Carla, sin proponérselo, me había enseñado que en su mundo hay que saber escoger las palabras y mucho más los títulos. Jefe de seguridad era un título apropiado para tratar con los empleados, porque la palabra «jefe» siempre impone respeto. Jefe es el que manda. ¡Y punto! Sin embargo, en aquella Barcelona a la que ella quería pertenecer, la palabra «jefe» sonaba a bajos fondos o a encargado de algo. Así era como me veía Boudineau, como el basurero que se llevaría la porquería. Entre la gente de la alta sociedad barcelonesa nadie llamaba «jefe» a nadie. En cambio, «director» estaba más en consonancia con su lenguaje más refinado. Todos eran directores de alguna empresa, gabinete, departamento, concejalía, archivo, patronato, fundación...

—Verá, *monsieur* Boudineau, el título de director de seguridad dará más prestigio al casino que el de jefe, que queda un poco vulgar.

—Conseguiré que el consejo apruebe su nombramiento —respondió sin pensarlo ni un segundo.

—¿No tendrá que consultarlo con el señor Estragué? Él es el director del casino —le dije.

—El señor Estragué no será ningún obstáculo. Él dice amén a todo lo que aprueba el consejo de administración.

—Necesito ese nombramiento ahora, por escrito —le dije, sonriendo.

—No puedo hacerlo sin consultarlo —se quejó.

—Hoy en día disponemos de teléfonos —le sugerí, señalando su mesa.

—Ahora mismo los llamo —me contestó.

—Ya que va a llamarlos, le agradecería que también les comunique que, en ese documento, debe decir que, en caso de que en un futuro quieran prescindir de mis servicios, se me pagará el equivalente a dos años de salario, que naturalmente se incrementará de inmediato en un cincuenta por ciento —añadí.

—¿Se ha vuelto loco? —exclamó, con sus ojos fuera de las órbitas.

—Me pide usted que actúe en contra de la ley y eso tiene su precio —le contesté tranquilamente—. ¿No me diga que pagó menos por silenciar a la prensa con el otro desgraciado incidente?

—No lo aceptarán.

—Hagamos una cosa: yo ahora salgo y usted hace las gestiones que crea oportunas. Cuando acabe, me llama y me comunica su decisión. ¿De acuerdo?

—De acuerdo —respondió.

Abandoné el despacho y regresé a la pequeña sala donde estaba el cadáver. Pedro seguía de guardia en la puerta.

—¿Va todo bien?

—Toda está normal. Nadie sospecha nada.

Al cabo de unos minutos, el casino cerraría sus puertas. Yo había apostado muy fuerte por mis cartas y esperaba que Boudineau se diese cuenta de que todos los ases me habían venido a mí.

La gente fue abandonando las salas de juego, se dirigieron al guardarropa y recuperaron sus prendas de abrigo. Hablaban animadamente. Algunos reían y otros ponían cara de circunstancias. Poco a poco los clientes desaparecieron y quedó sólo la gente del casino: el personal de limpieza, los de seguridad y Jean Louis.

—Está ocupada —dijo Pedro, cuando una de las mujeres de la limpieza hizo ademán de dirigirse a la sala donde estaba el cadáver.

Poco después, Jean Louis se acercó a nosotros.

—*Monsieur* Boudineau desea hablar con usted —me dijo.

Asentí, esperé unos segundos y le vi recoger su abrigo y encaminarse hacia la puerta de salida. Él ya había hecho su trabajo y se marchaba. Ahora nos tocaba a nosotros, a los basureros.

Cuando llegué al despacho de Boudineau, me lo encontré sentado tras su mesa de trabajo. Había redactado dos documentos iguales, que me dio a leer. En ellos se decía que, a partir de aquel instante, mi puesto era el de «director de seguridad» y que mi salario quedaba incrementado en un treinta por ciento...

Le miré interrogante.

—Ya le he dicho que era mucho. O lo toma o le deja, pero no he podido conseguir nada más —me dijo, tajante.

No contesté. Seguí leyendo y encontré la cláusula que buscaba. En caso de ser despedido, recibiría el equivalente a un año y medio de salario. Volví a mirarle.

—¡Maldita sea! No me presione más —exclamó, mordiéndose los labios. Deseaba acabar con aquello lo antes posible—. Le hemos nombrado director de seguridad del casino y del hotel para justificar su aumento de salario y para evitar problemas con los otros dos directores. ¿No es suficiente?

Hice mis cálculos. Era mucho más de lo que tenía hasta entonces. Entre un cincuenta por ciento de aumento que ya había conseguido al acceder al puesto y ahora aquel treinta adicional, había aumentado exponencialmente mi salario en apenas unos meses. La verdad es que no podía quejarme. Y si me despedían la cantidad que tendrían que pagarme no era nada despreciable.

—De acuerdo. Lo dejaremos así —dije.

—Entonces, firme ahí abajo, por favor.

Firmé y le entregué una copia. La otra, firmada por él, la doblé y me la guardé en el bolsillo.

—¿Y ahora? —me preguntó.

—Necesitaré un coche cerrado —le respondí. Quedaba claro que aceptaba el encargo de solucionar el tema.

—Todos los coches los tenemos aquí. Ya sabe que desde las nueve y media de la mañana hasta las diez de la noche suben desde el Portal de l´Àngel y bajan continuamente, para traer a los clientes importantes, pero que a las diez ya se quedan aquí arriba y sólo se utilizan si algún cliente relevante lo desea. Luego se bajan todos al garaje —me contestó—. Excepto el Rolls Royce Silver Ghost y el Hispano Suiza, puede escoger el que quiera, siempre que lo devuelva en las mismas condiciones.

—No se preocupe, se lo devolveré bien limpio. También necesitaré a alguien que me eche una mano y que sea discreto.

—Llévese a Pedro Nieto.

—Prefiero a Antonio Farreres.

—Como quiera. Ahora ya es el director de seguridad —dijo, y levantó la mano como para indicar que me daba carta blanca.

—¿Y las horas extras?

—¿Qué horas extras? —preguntó.

—Éste es un trabajo que se paga al contado y no al final de la semana ni a fin de mes.

—¿Aún no tiene bastante?

—En esta obra hay otros actores —le contesté

¡Se había imaginado que le saldría gratis! ¡Vivir para ver! Me miró muy serio, se mordió los labios y preguntó:

—¿Cuánto?

—Unas doscientas pesetas. Cincuenta para Jean Louis, que olvidará todo lo que ha visto, cincuenta para Nieto, que limpiará el despacho hasta dejarlo como una patena, y cincuenta para Antonio, que me acompañará para deshacerme del cadáver.

—Eso suma ciento cincuenta —dijo mirándome fijamente, muy serio.

—Las otras cincuenta son para Francisco, el camarero —le respondí. Tal vez había pensado que me las iba a quedar yo.

—¡Ah! —exclamó. Miró al suelo. Si seguía mordiéndose los labios, acabaría por comérselos—. ¿No es demasiado por su silencio? —preguntó.

—Para un camarero es una pequeña fortuna; así tendrá muy presente lo que puede sucederle, a él y a los suyos, si abre la boca. ¿Comprende?

—¡Ah! —exclamó de nuevo—. Tómelo de su cuenta.

—No. —Negué con la cabeza—. Ha de ser al contado y de inmediato. Sin rastros.

Dudó, pero finalmente se dio la vuelta, abrió la pequeña caja fuerte que tenía escondida junto al mueble bar y me proporcionó el dinero. En un casino es muy fácil tener cajas escondidas. El dinero entra y sale con mucha facilidad. Me lo metí en el bolsillo sin contarlo y él agradeció la muestra de confianza. Lo que no sabía es que ya lo había contado al mismo tiempo que él, cuando lo sacaba de la caja. Son detalles y habilidades fruto de la práctica, la experiencia y el saber hacer.

Mi padre me había explicado que, en sus tiempos, cuando él tenía que comprar a alguien, nunca se quedaba corto ni regateaba, y que cuando le entregaba el dinero no olvidaba desearle que lo disfrutase en compañía de los suyos.

—En salud y en vida de los tuyos —decía.

Quedaba claro que su generosidad se extendía hacia su familia, tanto a la hora de pagar como a la hora de cobrar. Y todos entendían muy bien lo que quería decir con ello.

—Confío en usted. Encárguese de todo. Yo debo irme. Tengo un compromiso y ya llego tarde —dijo Boudineau, nervioso, tomó su sombrero y desapareció.

Su compromiso ineludible consistía en encerrarse en su casa y buscar un rincón donde esperar a que los demás le sacásemos las castañas del fuego.

El Rolls Royce Silver Ghost ni tocarlo. Y el Hispano Suiza tampoco. ¡Qué absurdo! Siempre era un placer conducir un automóvil como aquellos, elegantes y silenciosos, pero ninguno de ellos era adecuado para internarse en según qué sitios del bosque; de hecho, aunque Boudineau no me los hubiese vetado, no los habría utilizado. No fueron diseñados precisamente para correr el Rally de Montecarlo, la carrera que acababa de crearse en Europa aquel mismo año para que los diversos fabricantes probasen la resistencia de sus vehículos, sino que eran coches de grandes señores, con mucho lujo, más apropiados para un paseo. Los norteamericanos, por su lado, habían creado, también aquel mismo año, las 500 Millas de Indianápolis, carrera con la que pretendían competir con el Grand Prix de Le Mans, que ya llevaba cinco ediciones.

Finalmente me decidí por el Peugeot. Era más cerrado, con lo que nuestro bulto, que llevamos bien envuelto en una manta del hotel, podía pasar más desapercibido. Y era un automóvil más duro, para adentrarnos en el bosque sin ningún peligro.

Detuve el vehículo junto a la puerta trasera del casino, en el jardín. Antonio me esperaba escondido en la oscuridad con el paquete. Entre ambos lo metimos en el asiento posterior, tumbado y oculto. Tendríamos que darnos prisa o se nos quedaría rígido o, peor todavía, empezaría a soltar líquidos.

Pedro se quedó limpiando el despacho. Previamente yo había sacado la bala de la pared con la pequeña navaja que llevaba en el bolsillo del pantalón y me la había metido en el bolsillo de la chaqueta. También había buscado herramientas. Afortunadamente aún estaban haciendo retoques y pequeñas obras en el parque de atracciones y no fue difícil encontrar en una de las casetas un pico, una pala y un saco que también metimos en el coche.

Arranqué, me dirigí hacia el Tibidabo, pero poco después me detuve y me saqué el pañuelo del bolsillo.

—Será mejor que no sepas adónde vamos.

—¡Víctor, por favor! —se quejó ante lo que acababa de interpretar como una muestra de falta de confianza.

—¡No seas criatura! —exclamé—. Te hago un favor. Más vale que no sepas más de la cuenta —le dije e hice un movimiento circular con el dedo para que se diese la vuelta.

Lo hizo a regañadientes y le tapé los ojos con el pañuelo. Entonces arranqué de nuevo. Antes de llegar al Tibidabo torcí a mano derecha por un camino vecinal que conocía porque habíamos ido de excursión muchas veces con mi padre. A él le encantaba pasear por la montaña. Decía que le recordaba otros tiempos, cuando salía a cazar con su primo Giorgio. Conduje durante casi media hora, hasta que el camino se acabó y continué hasta unos pinos. Sabía que detrás de ellos había un pequeño claro. Allí nos detuvimos y liberé a Antonio del pañuelo.

—¡Joder! Si me dejas aquí estoy perdido —exclamó.

—Saca el pico y la pala, que tenemos trabajo.

Cavar un hoyo lo suficientemente grande para que cupiese aquel italiano no fue tarea fácil. Por lo menos hacía tres semanas que no llovía y la tierra estaba seca y dura; a pesar de que no hacía calor, acabamos sudando a mares. Menos mal que una luna creciente, más allá de la mitad, nos iluminaba.

—Más hondo —le dije.

—¡Joder!

—Deja de renegar y cava. ¿O es que quieres que lo desentierre algún animal del bosque?

—Se lo comerán y ya está —me contestó.

—Sí, y dejarán los restos para que se pudran, hiedan y atraigan a todo el mundo —repliqué.

Sopló y siguió cavando. Yo saqué la tierra hasta que juzgué que ya era suficientemente profundo.

—¡Cómo pesa el cabrón! —exclamó Antonio cuando lo sacábamos del coche.

—Pesa lo mismo que antes —le respondí—. Lo que pasa es que estamos cansados.

Lo llevamos hasta la boca del hoyo y allí lo solté. Antonio estuvo a punto de caerse.

—¡Avisa, hombre! —se quejó.

—Hay que limpiarlo —le dije.

Abrimos la manta y le vacié los bolsillos. No es que llevase gran cosa, pero no podía dejar nada que permitiese identificarlo si algún día lo encontraban. Luego le quité un anillo y eché un vistazo a la ropa. La camisa estaba bordaba y la chaqueta llevaba una etiqueta. Eso significaba que podía haber otras en el pantalón o en la ropa interior.

—Hay que desnudarle —dije.

—Pero ¿cómo quieres hacerlo, si ya está casi tieso? Y, además, nos pondremos perdidos. Lo enterramos y ya está.

—He dicho que hay que desnudarlo. ¿De acuerdo?

Antonio asintió de mala gana, sacó su navaja y nos pusimos manos a la obra.

Cuando te has acostumbrado, ya no sientes nada. Sólo son cuerpos. Nada más que carne y huesos. Mi padre, cuando yo tenía catorce años, me llevó a la morgue. Tenía un contacto que le dejó entrar para que yo pudiera familiarizarme con la muerte. Allí, entre cadáveres, me dio una gran lección.

—Cuando estés entre muertos, nunca utilices la imaginación. ¡Sujétala con fuerza! ¿Comprendes? Si no hay imaginación, no hay miedo. El miedo surge de tu interior, de lo que tú crees que pueden hacerte. Sin embargo, ya no pueden nada contra ti —me dijo, mientras yo casi me ensuciaba los pantalones—. ¡Anda, tócalos!

Me tomó la mano y me obligó a tocar aquella carne fría y dura. Tenía razón. No eran más que cuero, sin vida, sin aliento, sin calor, sin alma... Me los hizo tocar todos: los de niños y los de ancianos, los de hombres y los de mujeres, los que parecían dormidos y los que tenían el vientre abierto o la cabeza aplastada. Y luego me mostró los pedazos que utilizaban para estudiar anatomía: un brazo, una pierna, un cráneo, un pie, un corazón, un ojo, una oreja... Los tuve todos en mis manos, los contemplé, respiré hondo y, siguiendo sus consejos, dejé que mi mente se quedase en blanco. Eran simples objetos.

—Quienes tienen que asustarte son los vivos, no los muertos. ¿Comprendes?

Aquel italiano también era un simple objeto que se estaba quedando como una piedra, por lo que no tuvimos más remedio que utilizar la navaja para rasgarle la ropa y poder quitársela.

—Iba bien servido, el fulano —dijo Antonio, cuando le quitamos los calzoncillos.

—Tienes una buena navaja. Si te la quieres llevar a casa o regalársela a alguien... —respondí en tono jocoso.

—No, que luego comparan y sales perdiendo —soltó, y estalló en una carcajada—. ¡Lástima que no se la pueda cambiar!

Intentamos meter el cuerpo en el saco, pero no cabía, así que lo tiramos desnudo al hoyo, rasgamos el saco y cubrimos el cadáver. Echamos la tierra encima y finalmente lo cubrimos todo de maleza hasta que quedó bien disimulado. Allí nadie lo encontraría y poco a poco se descompondría lejos del interés de los animales salvajes. Ahora había que pensar en las respuestas, si es que alguien hacía preguntas. Lo mejor era buscar la historia más sencilla. Había llegado en tranvía, tal como podían afirmar los porteros, había cenado, había jugado, había perdido unas trescientas pesetas y se había largado en tranvía. ¿Quién lo había visto? Los porteros, algunos camareros, los encargados de las mesas de juego, algunos clientes, la chica de guardarropa...

¡Cuidado! Las chicas del guardarropa podían ser un problema. Recordarían haberle visto dejar el sombrero, pero no recogerlo. Bueno, pero había habido un cambio de turno, que es un momento en que la atención se relaja un poco, y el italiano podía haber recuperado su sombrero en ese instante. Por eso las chicas no lo recordaban. Como el sombrero no estaba y no faltaba ninguna ficha, ellas mismas se lo creerían.

—Es la primera vez que veo a alguien que se ha levantado la tapa de los sesos, pero… —dijo Antonio, que rompió el silencio de la noche, mientras el coche traqueteaba por el camino forestal y él, con los ojos vendados, procuraba no golpearse la cabeza con nada.

—Pero ¿qué? —pregunté animándole a seguir.

—Si te metes el canuto en la boca y disparas, lo lógico es que te caigas hacia atrás y que sueltes la pipa —dijo en tono reflexivo—. Sin embargo, el fulano estaba sobre la mesa y tenía el arma en la mano.

—El cuerpo recibe el impacto, choca contra el respaldo y vuelve hacia delante —le respondí. Me sentía cansado y esa explicación ya supuso un gran esfuerzo mental.

—¡Ah, claro! —exclamó.

Ahí acabó la conversación. Conduje en silencio hasta el Carrer Bailén. Detuve el auto delante de casa y vi que Antonio se había dormido. No le quité la venda para no despertarlo y le dejé que siguiese durmiendo mientras recogía el hatillo hecho con la manta que escondía toda la ropa del italiano.

«¡Mierda!», exclamé en mi interior. Tendría que haberme detenido al pasar por delante del casino y dejar allí el pico y la pala. ¿Qué podía hacer con las herramientas? No podía dejarlas en el coche. Decidí subirlas conmigo al piso y recé para que nadie saliese en aquel momento. Bajé de nuevo. Antonio seguía igual. Arranqué y conduje hasta el garaje del Carrer Muntaner, donde se guardaban los automóviles. Justo antes de entrar le quité el pañuelo de un tirón y se despertó. Dejé el automóvil y salimos. Ya estaba amaneciendo, y yo estaba agotado. La cara de Antonio era como para darle una limosna. Saqué las cincuenta pesetas y se las entregué.

—No hace falta.

—Sí que hace falta. Sabes muy bien cómo va esto —le repliqué.

—No me vendrán mal —sonrió, y se las guardó en el bolsillo.

—Vete a dormir y no te preocupes por ir a trabajar. Ya irás mañana. Es decir, no hoy. ¿Comprendes?

Ya había amanecido. Me dio las buenas noches, pero luego corrigió y me dio los buenos días. Se dirigió a la parada del tranvía para mezclarse con los que esperaban. Me sentía cansado, pero necesitaba respirar el aire de la mañana. Así que eché a andar.

Llegué al portal, en donde Matías pasaba la escoba. Le di los buenos días y él me miró con envidia. Seguramente pensaba que había pasado una noche loca. Sonreí, tomé el ascensor, llegué a mi rellano, abrí la puerta del apartamento, la cerré y me quedé apoyado en ella. Esos sencillos actos me habían parecido complicados y eternos, porque ya no podía más. Me dirigí al dormitorio y caí de bruces sobre la cama. Ni siquiera me desnudé. Únicamente me liberé del arma y la solté en el suelo porque se me clavaba en las costillas.

Mañana sería otro día. O aquel mismo día sería otro día. ¡Qué más daba!

Un rato más tarde me desperté. Algo me molestaba. Era el bolsillo de la americana, donde guardaba la pistola del muerto, su reloj y la bala que había sacado de la pared. ¡Maldita sea! Eso de los suicidios es como los champiñones. No hay uno sin dos. Además, en el otro bolsillo tenía la pitillera, el pasaporte, el resto de la documentación y la cartera. Tendría que deshacerme de todo ello para que nadie pudiese encontrarlo. «El puerto se ha tragado muchas historias y muchas cosas», pensé. Pero, ahora, tocaba descansar. Había sido una noche muy larga, pero también muy provechosa.

Sonreí feliz, me liberé de la americana y seguí durmiendo. ¡Menuda noche!

9 - EL COMISARIO

Al día siguiente no hubo el menor comentario. Como si nada hubiese sucedido. La pequeña sala había recuperado su aspecto inmaculado y su función. Lucía sonreía como cada día. Si la pobre se hubiese enterado, seguro que nos dejaba plantados. Estuvo a punto de hacerlo cuando se suicidó el anterior, porque eso de que la gente pudiese entrar armada en el casino no le ofrecía ninguna seguridad. Sin embargo, Estragué habló con ella y la convenció de que se trataba de un incidente absolutamente fortuito y sin visos de que pudiera repetirse nunca más.

Durante los días sucesivos, los clientes del hotel continuaron riendo, bebiendo y divirtiéndose, mientras que los que frecuentaban el casino salían con una expresión u otra en función del resultado de su juego. Hubo algunas apuestas que cortaban el hipo, pero Boudineau se ponía contento cada vez que una sala de juego se llenaba de curiosos que contenían la respiración mientras veían saltar la bola en la ruleta o esperaban a que el crupier destapase la carta siguiente, porque sobre la mesa había una suma que podía calificarse de verdadera fortuna.

Llegado el miércoles me dirigí al Palau de la Música. Había comprado una localidad de platea, bien situada en el centro de la sala, y preferí entrar en lugar de esperar en la puerta. Se habría notado demasiado. En cambio, si, por casualidad, en el descanso, me encontraba con Carla y su padre, parecería casi obra del destino.

Un par de minutos antes de comenzar les vi entrar y sentarse unas filas delante de mí, casi en un extremo. Carla me vio, pero disimuló muy bien y sólo esbozó una ligera sonrisa, que se podía haber tomado por una muestra de gratitud hacia el hombre que se levantó para dejarla pasar. Era evidente que nos habíamos leído el pensamiento. En cambio, su padre parecía contrariado.

La verdad es que nunca había escuchado música de aquel compositor, Johann Sebastian Bach, y me llevé una sorpresa mayúscula. Me gustó. Sí, señor. Y mucho.

Llegado el descanso, vi que el señor Torres se levantaba y salía. Ella, en cambio, se quedó sentada. ¿Qué hacer? Me pregunté.

Le estuve dando vueltas durante un minuto y al final decidí salir fuera y encontrarme por casualidad con el padre de Carla. Le vi fumando y me llevé una sorpresa. Había hablado con él en dos ocasiones y una de ellas fue larga de veras, pero no le había visto fumar y pensé que el tabaco y él no hacían buenas migas, pero ahora me daba cuenta de que se deleitaba.

—Señor Torres, ¿qué tal? ¿Cómo está? —le saludé.

—¡Hombre, Víctor! No sabía que le gustase Bach.

—Reconozco que estoy aquí por indicación de un buen amigo. No conocía a Bach, pero, hasta ahora, lo que he escuchado me ha dejado maravillado.

—Pues espere a oír la segunda parte —dijo agrandando los ojos.

En esta vida hay que saber hasta dónde puede llegar una mentira y a partir de donde se convierte en trampa mortal. Lo mejor era reconocer mi ignorancia antes de que se manifestase.

—¿No ha visto a Carla? —me preguntó.

—No. ¿Acaso está con usted?

—Acabo mi cigarrillo y entramos. Así podrá saludarla —me dijo—. Seguro que ella estará encantada.

—Aún no he podido darle las gracias por su gestión en el banco Hispano Colonial —aproveché.

—¿Le han tratado bien? —se interesó.

—Me han aconsejado que abra una cuenta y que vaya depositando dinero hasta que tenga una cantidad que se pueda manejar bien. Lo he hecho y voy ahorrando. Ahora casi parezco alguien importante —le contesté, riendo.

—Pues, si no lo es, lo será. ¿No es cierto? La base de todo es el ahorro. Por ahí se empieza, joven.

—Por mí no quedará.

Seguimos charlando hasta que se acabó el cigarrillo y entramos en la sala. Le seguí hasta la localidad que ocupaba Carla.

—Mira con quién me he encontrado —dijo el señor Torres.

—¡Víctor! —exclamó ella, tendiendo la mano.

—No sabía que compartieseis la afición por Bach.

—El verdadero apasionado es papá. A mí también me encanta, pero disfruto más viéndole a él —dijo con una amplia sonrisa.

—Disfruta tanto que a veces hace comentarios cuando estamos en el momento más delicado de la pieza —se quejó el señor Torres.

—¿Dónde te sientas? —me preguntó ella.

—Ahí atrás —dije, señalando mi localidad.

—Excelente sitio —alabó el señor Torres y bajó la voz—. Conozco la sala y sé que desde ahí puede usted ver toda la orquesta sin que nadie le moleste. Yo he tardado demasiado en despertarme y he tenido que conformarme con lo que he encontrado. Desde aquí me pierdo casi todos los detalles.

Así que aquél era el motivo de su enfado, pensé. Y me lancé.

—Si en lugar de una, tuviese dos localidades, gustosamente se las ofrecería —le dije.

Le vi mirar hacia mi localidad y dudar. Y Carla también se dio cuenta y aprovechó la ocasión.

—¡Anda, papá! Si quieres ir, ve. A ti te gusta controlar los violines, la percusión, las trombas… y ver la expresión de los músicos, y estoy segura de que Víctor, al contrario que tú, no se quejará si hago algún comentario sobre el peinado o la corbata de alguno de los intérpretes o del director.

—¡Ni hablar! —negó categóricamente el señor Torres—. A quien madruga Dios le ayuda. Es la localidad de Víctor y él…

—A mí no me importa —le corté, y también bajé la voz—. Confieso que suelo cerrar los ojos para escuchar mejor la música y sentirla muy dentro.

—¿De veras?

—Le doy mi palabra de honor.

No hizo falta insistir: la segunda parte del concierto me la pasé tomándole la mano a Carla. De la música ni me acuerdo. Creo que me gustó.

Acabado el concierto, ella dijo que hacía una noche muy agradable y que protegida por su abrigo no sentía frío, de manera que le apetecía subir por el Passeig de Gràcia y contemplar los escaparates. Su padre estaba feliz y no se negó. Al contrario, había podido disfrutar plenamente con todos los detalles de la ejecución de cada uno de los músicos de la orquesta y se volvía loco por tener a su lado a alguien con quien comentarlo. Los acompañé hasta su casa en un agradable paseo, que se fue alargando a medida que Carla se detenía para examinar algún aparador. Ella caminaba cogida del brazo de su padre, que se pasó todo el tiempo hablando de Bach. En poco más de un kilómetro de paseo recibí una lección magistral sobre el genio incomparable del compositor alemán, cuya existencia desconocía hasta aquel día.

Al llegar a la altura del Carrer Aragó, el señor Torres se detuvo un instante para encender un cigarrillo, momento que Carla aprovechó para soltar su brazo, adelantarse unos pasos y plantarse frente al escaparate de la tienda en donde yo había comprado las dos corbatas.

—¿Cuándo podré volver a verte? —le pregunté.

—Me apetecería merendar uno de éstos días.

—¿Dónde?

—En aquel restaurante tan íntimo del Carrer Bailén.

—¿Algo en particular?

—Chocolate con churros.

Iba a proponerle un día, pero el señor Torres se nos unió.

—¿Usted no fuma, Víctor?

—No. Mi padre no fumaba y yo tampoco.

—Pues yo tengo que aprovechar cuando salgo de casa, porque mi esposa se marea con el humo del tabaco —me dijo.

Seguimos andando y escuchando sus explicaciones sobre la música y su detallado repaso de todos los instrumentos y del papel de cada uno de ellos en la orquesta. Al llegar al portal de su casa, el señor Torres me tendió la mano y me la estrechó con fuerza.

—Ha sido un placer encontrarle, joven —me dijo.

—El placer ha sido enteramente mío —respondí, y miré a Carla, que me dedicó una ligera inclinación de cabeza y entró en el portal.

Cuando el señor Torres iba a cerrar la puerta oí la voz de ella.

—¿Es el veintisiete, cuando hemos quedado con los Vallés? —preguntó.

—No, el martes veintiocho —respondió su padre.

—¡Ah, sí, es cierto! El miércoles veintinueve he quedado para ir a merendar con unas amigas.

Y la puerta se cerró. Mensaje recibido.

*** ***

Decía mi padre que no hay lluvia que pase sin dejar el suelo mojado, ni rayo que caiga sin que luego llegue el trueno. «Y siempre es así —recalcaba—. No hay excepción, aunque la lluvia se retrase o el trueno tarde en llegar.»

El último lunes del mes de noviembre, a primera hora de la tarde, salté del tranvía frente a la verja del casino y descubrí un Peugeot aparcado en la puerta con un hombre al volante que vestía traje oscuro, corbata y un sombrero. Aquella escena me resultaba demasiado familiar y aquel tipo tenía una pinta de policía de paisano que echaba para atrás. Se quitan un uniforme y se visten otro. Lo llevan en la sangre.

Entré en el vestíbulo del casino con la tranquilidad de quien se supone que no sabe nada de lo que se cuece y saludé a los empleados con la misma naturalidad de cada día. Incluso con un poquito más de entusiasmo.

—Señor Pons, le esperan arriba —me dijo uno de los empleados—. Parece que ha venido la policía y que están preguntando por un hombre que ha desaparecido.

—¿Desaparecido, de dónde? —pregunté, mostrándome sorprendido.

—No lo sé, señor Pons.

—¿Dónde ha dicho que me esperan?

—En el despacho del director.

—¿Y *monsieur* Boudineau?

—Aún no ha llegado.

¡Vaya, hombre! No dejaba de ser curioso que el único día en que Boudineau se retrasaba fuera justamente el que aparecía la policía.

—Gracias... —Le señalé con el dedo mientras dudaba.

—Luis Cañas —dijo su nombre y sonrió.

—Gracias, Luis. —Le devolví la sonrisa y me dirigí a la escalera.

Sí. La ausencia de quien tomaba todas las decisiones, alguien que siempre llegaba puntual para controlar que todo marchase a la perfección, era algo bastante curioso.

Subí las escaleras y me encontré con Lucía. La pobre estaba algo pálida y alterada.

—¿Sucede algo? —me preguntó nada más verme.

Desde que había sido nombrado director de seguridad me trataba con mucha más deferencia; ahora ya tenía derecho a estar informado. Un director es un director.

—¿Por qué lo pregunta?

—Ha venido un comisario acompañado por un policía y hace rato que están reunidos con el señor Estragué. No ha pasado nada, ¿verdad? —dijo con una expresión casi de espanto.

¿Cómo podían haberla seleccionado para un trabajo en un casino? Seguro que era muy eficiente. No lo ponía en duda. Pero se asustaba ante cualquier situación.

—Que yo sepa, todo es normal —respondí con una sonrisa —. Creo que el señor Estragué deseaba verme.

—Me ha dicho que le estaba esperando. Un momento, que le anuncio su llegada —dijo, y pulsó el interruptor del interfono —. El señor Pons está aquí.

—Que pase, por favor —dijo la voz distorsionada de Estragué.

Nada más abrir la puerta del despacho del director me encontré con una cara que me resultaba más que familiar.

—Hola, Víctor. ¿Qué tal está? —me preguntó el comisario Roger Chapí.

«¡Santo Dios!», exclamé en mi interior. Era la última persona que esperaba ver allí: nos había tocado la lotería. Con el otro habíamos tenido suerte, pero ahora, con el comisario Chapí...

—Yo muy bien. ¿Y usted, comisario? —respondí con cordialidad.

Nos conocíamos desde hacía unos cuantos años y nos respetábamos mutuamente. Era un hombre muy duro, al que muchos temían. La primera vez que nos vimos fue cerca del puerto. Recuerdo que ese día yo iba con Paco Mir, un buen amigo. Delante de nuestras narices aparecieron dos hombres que cosieron a tiros a un tipo gordo que iba muy bien vestido y que prácticamente cayó a nuestros pies.

La impresión fue tan viva que nos quedamos de piedra. Reaccioné casi de inmediato y eché a andar deprisa, pero Paco no me siguió, sino que se acercó al pobre hombre que aún se movía ligeramente y se quedó mirándole como un idiota, con la boca abierta. Me di cuenta, regresé sobre mis pasos y lo agarré por la manga para sacarlo de allí, pero ya era demasiado tarde. Por culpa de su inocente estupidez nos vimos metidos en el fregado sin comerlo ni beberlo, porque aparecieron dos policías que andaban por aquellos barrios y nos retuvieron hasta que se presentó el comisario Roger Chapí para hacerse cargo de la escena del crimen.

El comisario era un tipo cuadrado que llegó en un coche y bajó con un puro medio comido en la boca y su sombrero negro de ala ancha, ladeado hacia la izquierda. Sus hombres le pusieron al corriente y nos miró.

—¡Eh, tú! —dijo, dirigiéndose a mi amigo.

Paco se señaló a sí mismo y arqueó las cejas.

—Sí, tú, ven aquí —le ordenó con la mano.

Paco hizo ademán de echar a andar, pero lo retuve por el brazo.

—No es a ti a quien llaman —dije, sin dejar de mirar al comisario directamente a los ojos—. Están llamando a un mozalbete, no a un hombre.

Vi que los músculos de su cara se tensaban y que su mirada se endurecía, pero no me amilané. Fue un combate visual que duró casi un minuto, pero que gané por puntos.

—Acérquense, por favor —soltó entonces, corrigiendo su tono.

—Vamos —dije yo, que eché a andar sin soltar el brazo de Paco y reteniéndole.

El pobre temblaba, pero yo tenía muy claro que no tenía que precipitarse ni dar la sensación de que nos volvíamos locos por agradarle.

Nos pidió que nos identificásemos; al ver mi licencia de detective privado, sonrió, me la devolvió y exclamó:

—¿Qué tal, Víctor? ¿Cómo está usted?

—Muy bien, comisario. Muchas gracias. ¿Y usted?

Desde aquel día, me llamaba por mi nombre, en una actitud que pretendía demostrar que estaba por encima de mí, pero al mismo tiempo me trataba de usted como deferencia y muestra de respeto. En justa reciprocidad, yo no le llamaba «señor comisario», sino «comisario», a secas. Estábamos en paz.

Dentro del despacho estaban el director, el comisario y un policía de uniforme que permanecía en pie, detrás de su superior.

—Tengo un problema y me gustaría que me echara una mano, amigo Víctor.

—Ya sabe usted, comisario, que siempre estoy a su entera disposición para lo que guste mandar —le respondí, mirando a Estragué.

—Estoy buscando a alguien que ha desaparecido —me dijo.

—¿Y en qué puedo ayudarle?

—Trabaja usted aquí, según tengo entendido. Es el jefe de seguridad, según acaban de informarme.

—El director de seguridad —le corregí; miré significativamente a Estragué, que ya había sido puesto al corriente de mi ascenso y que, tal como había vaticinado Boudineau, no había rechistado.

—El director —repitió. Ladeó la cabeza mientras torcía los labios en lo que pretendía ser una sonrisa—. Supongo que sigue teniendo licencia y que se acuerda de los viejos tiempos, de cuando buscaba información sobre personas que podían resultar interesantes para otras personas.

—Hay cosas que no se olvidan.

—¿Le suena el nombre de Lucca Bonatesta?

Me tomé mi tiempo para rebuscar en mi memoria, para que no creyese que no le dedicaba suficiente atención o que ya tenía la respuesta a punto.

—¿Es alguien importante? —pregunté sin responder a su inicio de interrogatorio.

—Un italiano muy querido en su tierra —dijo. Se volvió para mirarme directamente y añadió—: Muy añorado por su familia. Era de Montalbano.

—¿Acaso ya no lo es? —le pregunté.

—¿Sabe dónde está Montalbano? —dijo, ignorando mi pregunta en esta ocasión, aunque no le había pasado por alto mi reacción—. En italiano significa «monte blanco». Es un pueblecito que se encuentra en la isla de Sicilia.

Un escalofrío recorrió toda mi espina dorsal, de arriba abajo, aunque disimulé cuanto pude. Mi padre me había enseñado muy bien el lenguaje oculto de las palabras. Y en Italia la familia es la familia, sobretodo en ciertas zonas, como la isla de Sicilia. Aquél era un detalle con el que no había contado. No me había preocupado de averiguar dónde estaba el pueblo natal de aquel sujeto, sino que lo había evaluado en función de lo que había encontrado en su cartera y había echado a correr ofuscado por la posibilidad de obtener el premio mayor.

—Ahora que caigo, alguien, no sé exactamente quién, me dijo que un cliente se había quejado de que le habían robado la cartera en el casino. Hablé con..., con... —dije, simulando que rebuscaba en mi memoria e hice chascar los dedos—, ¡Julián! —exclamé—. Eso mismo, Julián, el encargado de la ruleta de caballos. Me contó que un italiano había perdido su dinero y se había marchado muy enfadado. Así que imaginé que todo era una invención de ese pobre hombre y no le concedí mayor importancia.

—¿Y cómo se llamaba ese cliente?

—Ni idea. Ya le he dicho que nadie vino a quejarse personalmente y que, por lo tanto, no me preocupé por ello. El que pierde siempre tiene una excusa y, si no la tiene, la busca o se inventa cualquier historia —respondí.

—Quizás alguien del casino lo haya visto —dijo, tras un silencio.

—No sé si ese italiano que se quejó y su hombre son la misma persona, pero lo que sí puedo asegurarle es que, si ha estado aquí, seguramente alguien lo recuerda —apunté—. Sería lo más normal, ¿no?

—Si desea interrogar al personal, puede utilizar este despacho —intervino el director—. Es más discreto.

—Sí, me gustaría hacerlo —aceptó el comisario.

Su trato era exquisito. Se notaba a la legua que había recibido instrucciones sobre cómo tenía que comportarse en un lugar al que acudía la flor y nata de Barcelona.

—¿Con quién desea hablar? —preguntó Estragué.

—¿Con quién tendría que hablar? —devolvió la pregunta el comisario, y me miró a mí—. Usted, Víctor, es quien maneja los temas de seguridad y conoce a todo el mundo.

—Si me lo permite, yo le recomendaría que empezase por los porteros y que continuase con los encargados de las mesas. Han sido escogidos expresamente por su memoria —le contesté—. También puede preguntar a los chóferes, por si se da el caso de que hubiese utilizado un automóvil de la casa. Las chicas del guardarropa y los camareros también suelen dar buen juego. A menudo hay un detalle que les llama la atención. Y, naturalmente, no hay que descuidar al personal de seguridad ni a los encargados de las atracciones.

—En resumen, todos —dijo, mientras soltaba una risita.

—Todos los que estaban ayer —respondí.

—No fue ayer cuando desapareció —replicó, mirándome.

—¿Ah, no? ¿Cuándo fue? —pregunté con candidez.

—Como detective, aunque privado, debería saber que para empezar a buscar a alguien han de pasar un mínimo de cuarenta y ocho horas y ya hace unos cuantos días que no le ven por ninguna parte —replicó condescendientemente, con el tono del maestro que enseña al alumno.

—Tenemos una lista con los nombres de los empleados y los días que han trabajado, día por día y turno por turno, e incluso de los clientes importantes que han acudido al casino —dijo el director—. Lo tenemos todo anotado, tal como señala la normativa.

—¡Estupendo! Empezaremos por ahí.

—Si ya no me necesita para nada... —dije.

—¿No le gustaría quedarse, Víctor? —preguntó mirándome.

—No veo qué interés puede haber en ello —le contesté.

—¡Qué lástima! Quizás podría echarme una mano. Ya sabe que tengo un gran concepto de usted.

—Si quiere me quedo, pero no le seré de gran ayuda. Ese cliente, si es su hombre, no vino a verme, y usted se sentirá más libre sin mi presencia.

—Como director de seguridad del casino y del hotel es usted el responsable absoluto de la integridad de los clientes —intervino Estragué, que hizo hincapié en mi cargo. Intuyó que se podía quedar sólo ante el peligro y era evidente que no le había sentado muy bien mi corrección—. Quizás debería quedarse, ¿no cree? —añadió.

—Visto de ese modo, será bueno que me quede —respondí sin apartar la mirada de él.

—Sí, es lo mejor —dijo el director—. Si me disculpan, yo tengo que dejarles. Hay asuntos que me reclaman y usted, señor comisario, queda en buenas manos.

¡Perfecto! Me pasaba el muerto y desaparecía. Siempre he dicho que Estragué era un hombre muy hábil.

—¿Podría usted enviarme a alguno de los de seguridad?— dije antes de que abandonase el despacho, y me volví hacia el comisario—. Nos servirá para que vaya en busca a los que desee interrogar. Ya sé que usted tiene a sus hombres, pero uno de los míos puede ser más efectivo, dadas las circunstancias, porque conoce a todo el personal de la casa. ¿Le parece bien, comisario?

—Muy acertado, Víctor.

—Tiene usted ahí fuera a la señorita Lucía —dijo Estragué.

—Sí, pero es mejor que se quede donde está. Así dispondremos de dos personas. Le ruego que le pida que confeccione una lista de todos los que trabajaron ese día. Así el comisario irá a tiro seguro —repliqué.

Ambos asintieron. No era mala idea.

—¿A quién le envío? —preguntó Estragué.

—A cualquiera. No sé…, a Pedro Nieto, por ejemplo.

Nos dedicó una ligera reverencia con la cabeza y salió del despacho. Al cerrar la puerta sonreí para mis adentros ante el juego del comisario, que siempre intentaba poner nervioso a su interlocutor: miradas, medias sonrisas, frases al vuelo… La verdad era que casi resultaba pueril.

Al poco, Lucía nos anunció que había llegado Nieto. Le rogué que le hiciese pasar y él fue el primer interrogado.

—Pedro Nieto… Tú eras policía, ¿verdad? —le preguntó el comisario nada más verlo, simulando que acaba de recordarlo en aquel preciso instante.

No me había equivocado y el comisario seguía siendo el mismo. Llegaba con la lección bien aprendida y ya sabía quién trabajaba en el casino y seguramente disponía de la lista entera de las personas que habían trabajado aquel fatídico día, y estaba al corriente de si alguno tenía antecedentes, de qué había hecho o dejado de hacer y de todo cuanto le concernía. Más valía no ocultarle nada que pudiese ponerlo en guardia.

—Sí, lo fui —respondió Nieto.

—¿Te tratan mejor aquí?

—Cuando menos, me tratan de usted.

Se hizo un silencio, que yo no rompí, aunque ganas de echarme a reír no me faltaron. Vi que los músculos de las mejillas del comisario se tensaban. Aquello debía de recordarle viejos tiempos. A partir de aquel momento, la conversación fue más fría, más impersonal y más profesional. Y lo mismo sucedió con los otros cuatro de seguridad: José Costes, Mario Calvo, Néstor Juanes y Antonio Farreres.

Afortunadamente, me gusta rematar bien los trabajos y al día siguiente del drama había reunido a todos los implicados para que sus respectivas versiones de los hechos no presentasen resquicio alguno. Yo ya sabía que como mínimo pasarían unos cuantos días antes de que empezasen a buscarlo y había procurado que todo cuadrase a la perfección. Sin embargo, creía que se habían olvidado del tema o que nadie había denunciado su desaparición. ¡Iluso de mí!

Lucía entregó al comisario una lista completa del personal que había trabajado aquel día y fuimos llamándolos uno a uno.

Tras todas las pesquisas, el comisario sacó en claro que un portero le había visto llegar; una de las chicas del guardarropa se acordaba de él porque siempre había creído que todos los italianos eran morenos y con el pelo negro, y, sin embargo, aquél se salía de la norma; los encargados de las mesas de juego lo recordaban perfectamente, incluso lo que había perdido; el *maître* del restaurante lo había conducido hasta una mesa situada en el lado de montaña; el propio Jean Louis le había visto en el Círculo de Extranjeros y más tarde creía haberle visto abandonar el casino...

—¿Cree haberle visto salir o le ha visto salir? —preguntó el comisario, que siempre buscaba la exactitud.

—Cuando ves a alguien que se dirige hacia la puerta con paso firme imaginas que es para salir, aunque antes de verle desaparecer hayas dirigido tu atención hacia otro lado —respondió Jean Louis, con extrema habilidad—. Por eso digo que creo que se marchó.

—¿Llevaba sombrero?

—Cuando llegó, lo llevaba puesto. Cuando le vi dirigirse hacia la puerta, no lo llevaba puesto, pero podía sostenerlo en la mano. No me fijé en ello. Supongo que lo llevaba, porque como no se ha encontrado ningún sombrero sin dueño en el guardarropa...

Luego empezó a preguntar a los porteros. ¿Cómo se había ido? Las explicaciones fueron que lo más probable es que se fuese en tranvía, aunque nadie lo recordaba con exactitud. De hecho, los porteros se fijaban más en los que llegan o en los que toman los coches que no en los que se van en tranvía.

—Señor Pons —me dijo Lucía en una pausa, entre dos interrogatorios—, son casi las ocho. Yo tengo que irme.

—Comisario, ¿desea interrogar a la señorita Lucía? Lo digo porque tiene que irse.

—Sólo quiero hacerle una pregunta. ¿Sabe usted algo?

—¿Sobre qué? —exclamó Lucía con cara de despistada.

—Ya me ha respondido. Gracias. Puede irse.

Nieto cerró la puerta y yo miré interrogante al comisario.

—Es la única que juraría que dice la verdad. Ni siquiera sabía qué estaba pasando cuando he empezado con los interrogatorios —me dijo.

—¿Acaso los demás no dicen la verdad? —pregunté.

El comisario sonrió, divertido, y negó con la cabeza.

—Todos, quién más quién menos, tenemos algo que ocultar. ¿No es cierto?

—Si usted lo dice…

Por fin les tocó el turno a los crupieres. Julián soltó el detalle de que el italiano se había quejado de que le habían robado la cartera y de que lo denunciaría a la policía.

—Es la frase típica de quien ha perdido y se siente fatal —explicó—. Por eso no le concedemos ninguna importancia.

La inmensa suerte fue que mencionó ese detalle como si él lo hubiese escuchado personalmente, y que se olvidó de comentar que se lo había dicho yo.

¡En fin! Que siguieron el guión con tanta perfección que ni el mejor sabueso del mundo habría encontrado la menor pista.

Y por si fuese poca fortuna, no habían llamado a Francisco Urdiel. No sería yo quien corrigiese semejante descuido, por lo que sonreí cuando despedí al comisario y quedé a su entera disposición por si necesitaba algo más. Sin embargo, la sonrisa duró muy poco en mis labios.

El muerto era de Sicilia y si, por desgracia, pertenecía a una de las familias importantes, la situación adquiría otro cariz. Los de la mafia no sueltan a su presa fácilmente.

—*Cosa Nostra* es mucho más que dos palabras. *Cosa Nostra* es lo que nos pertenece, lo que es nuestro, lo que forma parte de nosotros mismos, a lo que no podemos renunciar bajo ningún concepto. ¿Comprendes? —me había dicho mi padre—. Ten mucho cuidado si alguno de ellos se cruza en tu camino. Igual que en Calabria, donde manda la 'Ndrángheta, la Cosa Nostra tiene el respeto como lo más sagrado de este mundo; y lo que es suyo, es suyo y de nadie más. ¿Comprendes bien? —Ésa fue una de las pocas ocasiones en las que me preguntó, no sólo si había comprendido, sino si lo había comprendido bien. Y prosiguió—: Igual que la camorra napolitana o la 'Ndrángheta, si tocas sin permiso algo que les pertenece, les desafías; si no cumples la palabra dada, les estás insultando; si les robas algo que es suyo, atentas contra su honor; si mancillas a alguna de sus mujeres y no reparas el daño, estás listo; y si matas a alguno de los suyos acabas de cometer el peor de todos los pecados de este mundo. Todas estas ofensas se pagan muy caras. ¡Todas! Sin excepción. Porque si no te las hacen pagar, el deshonor es tan grande que pueden perder el respeto de las demás familias. Así que te perseguirán hasta el fin del mundo, hasta que se hayan cobrado la deuda a su entera satisfacción.

¡Dios mío! Tenía que averiguar quién era de veras el tal Bonatesta, si pertenecía a alguna familia y si se había suicidado o si le habían ayudado a hacerlo. De pronto había recordado las palabras de Antonio en el coche, cuando regresábamos a Barcelona: «Si te metes el canuto en la boca y disparas, lo lógico es que te caigas hacia atrás y que sueltes la pipa». Sí, eso era lo lógico, y no la respuesta que le di sobre que el cuerpo había rebotado. Si la sacudida contra el respaldo hubiese sido muy fuerte, se habrían caído hacia atrás, butaca y cuerpo. O, en todo caso, sucediese lo que sucediera, lo cierto es que el muerto no conservaría el arma en la mano. A menos que alguien le hubiese sujetado la cabeza, mientras le pegaba el tiro en la boca y luego hubiese echado el cuerpo sobre la mesa y le hubiese puesto el arma en la mano. No era fácil, pero alguien muy diestro, un profesional, podía haberlo hecho. Fuera como fuese, Antonio tenía razón. Aquello olía muy mal.

Respiré despacio, me froté la barbilla y los labios y reflexioné. Dos eran las preguntas fundamentales: ¿Quién lo había hecho? y ¿Por qué?

Había cogido la ropa del muerto, la manta con la que habíamos envuelto su cadáver y la cartera, lo había quemado todo en el patio de la casa de mi padre y había arrojado las cenizas a la acequia que había allí cerca. El reloj y el anillo los había lanzado al mar. El revólver del treinta y ocho con cinco balas limpias, sin la punta hueca ni estrías, me lo guardé. Ésta es una herramienta que puede ser útil algún día. Especialmente si no está marcada, y aquélla no lo parecía. Por otro lado, si la bala no se había quedado en el cuerpo, aunque lo encontrasen, no podrían determinar de qué arma se escapó, porque el casquillo vacío y la bala que le atravesó el cráneo y se incrustó en la pared, también los había arrojado al mar. De manera que el arma, la munición, el pasaporte y toda la documentación del muerto las guardé en la cocina, tras la baldosa que Pepe me había preparado para tal propósito. Nunca se sabe si una documentación puede ser útil.

¿De dónde había sacado el arma el tal Lucca Bonatesta? ¿Y cómo era posible que nadie la hubiese detectado cuando entró? Una treinta y ocho no se disimula tan fácilmente. En el caso del otro muerto, del suicida del jardín, fue con una veintidós.

No sabía si el comisario estaba al tanto de los progresos en materia de investigación y si disponía de los avances de las comisarías británicas, que utilizaban un sistema para identificar a los culpables gracias a las huellas dejadas por los dedos: las huellas dactilares. Según había podido leer el método se estaba extendiendo por toda Europa con rapidez. Mis huellas estaban en aquella arma y no sabía si, además de las del muerto, había otras. Ya era demasiado tarde para lamentarse.

¡En fin! Que según quién fuese Bonatesta, podía estar metido en un buen lío, a menos que, llegado el caso, fuese capaz de disponer de una buena explicación.

10 - ¡FELIZ NAVIDAD Y PRÓSPERO AÑO NUEVO!

Recuerdo que a mi madre se le iluminaba la cara el día de Nochebuena. Sí, parecía otra persona. Incluso el barrio parecía otro, si es que se podía llamar barrio a unas calles inexistentes llenas de polvo, totalmente irregulares, con subidas y bajadas, inclinadas, torcidas, sin aceras, con más agujeros que un colador, flanqueadas por casas que no seguían ningún orden y que daban paso a unas chabolas que se tenían en pie de puro milagro y que desaparecían cada vez que el cielo nos obsequiaba con una fuerte lluvia. Pero el día de Nochebuena las veía diferentes. ¿En qué? Quizás en la alegría que parecía flotar en el ambiente. Como la cara de mi madre que, de pronto, resplandecía, aunque el día anterior se hubiese quejado de aquel terrible dolor de riñones que, un día, de tanto hinchársele las piernas, pudo más que ella y se la llevó.

—Hay que dar gracias a Dios porque ha pasado otro año —me decía con una amplia sonrisa—. Hay que dar gracias a Dios porque cada año nos envía al Niño Jesús. Por eso hay que gritar bien alto: ¡Feliz Navidad!

—¡Amén! —respondía mi padre con una media sonrisa, que nunca sabía si era de alegría o de resignación.

Yo me quedaba pensando en cuál tenía que ser mi respuesta: ¿amén o feliz Navidad? Finalmente, tras dudar, miraba a mi madre, la veía sonreír y exclamaba:

—¡Feliz Navidad!

—¡Feliz Navidad! —repetía ella, que nos besaba a ambos y nos abrazaba. Primero a mi padre y luego a mí.

—¡Feliz Navidad, madre!

Y aquella noche cenábamos sopa de caldo de gallina con pasta y un pedazo de carne; al llegar los postres, sacaba dos barras de turrón, una de Jijona y la otra de Agramunt, que mi padre traía cada año. Mi madre siempre decía que el turrón de Agramunt era mejor que el de Alicante, porque tenía avellanas y pan de ángel. Nunca pude contradecirla porque murió antes de que yo probase el de Alicante. Tampoco le habría llevado la contraria, si éste hubiera sido el caso. Hablaba con tanta ilusión...

Acabada la cena, en la que sólo estábamos nosotros tres porque mi madre tenía a sus parientes lejos, muy lejos, en Bellver de Cerdanya, un pueblo del Pirineo que yo ni conocía, mi padre me servía un vaso de vino dulce que compraba expresamente para las fiestas en una tienda de Barcelona. Sólo en esas fechas me permitía beber, y siempre bajo su atenta mirada. Era un hombre tan espartano que servía los dos vasos —el suyo mayor que el mío—, tapaba la botella, se levantaba, la guardaba en la alacena que teníamos colgada de un rincón y volvía a sentarse. Yo tenía muy claro que no me quedaba más remedio que saborearlo hasta la última gota y me lo tomaba a pequeños sorbos, muy despacio, paseándolo por la lengua hasta que casi se evaporaba. Aún tengo impreso en mi memoria el regusto dulzón que dejaba en mi boca.

El día que cumplí dieciséis años, entré en un bar, pedí un vaso de vino y me lo tomé de un sólo trago. Ya era un hombre. Trabajaba, ganaba algo de dinero y podía acercarme a cualquier bar, escuchar que me trataban de usted, ordenar que me sirviesen un vaso y pagar. No volví a repetirlo hasta un año más tarde, cuando invité a mis amigos a una cerveza. Como mi padre decía:

—Beber por beber es estúpido. Entrar en un bar, pedir un vaso de vino y bebértelo tú solo es perder el tiempo.

A diferencia de mi padre, mi madre nunca me contó su historia ni me dijo quiénes eran sus parientes ni sus padres. Por esta razón nunca los he considerado míos; cuando hablo de ellos, me refiero a «los parientes de mi madre». Sé que tenía un hermano. El día que murió tuve la extraña sensación de que el mundo había empezado con ella y seguía conmigo, que antes que ella no existía nada y que todo lo que viniese después de mí, dependía enteramente de mí. Únicamente de mí.

—No vale la pena hurgar en el pasado, cuando no hay nada de qué vanagloriarse —me dijo mi padre, cuando le pregunté—. Tu madre era una santa. Y eso es lo que cuenta. Te quería más que a nada en este mundo y sólo vivía para ti. Tú lo eras todo para ella y ha muerto contenta. Sabe que su hijo será mucho más que ella, que un día se casará, fundará una familia, tendrá una casa e hijos, que irán a la escuela y se harán hombres de provecho. Quizás alguno de ellos llegue incluso a ser abogado.

Cada año, sin faltar ninguno, celebré la Nochebuena y la Navidad con mi padre, como siempre, como si mi madre no hubiese muerto. Llegaba el día 24 de diciembre por la tarde y mi padre ya había preparado la cena. Ahora, desde hacía dos, ya no cocinaba y yo traía la cena y la comida del día siguiente en una bolsa, sin olvidar los turrones. Él ya no comía del de Agramunt. Sus dientes no se lo permitían. En cambio disfrutaba mucho con el de Jijona, pero yo seguía trayéndolos por tradición y se los quedaba para obsequiar a Gertrudis o a alguien que le visitase. No es que viniese mucha gente, pero aún había algún viejo del lugar que pasaba y preguntaba por él. Entonces Gertrudis le pedía que entrase en el comedor o en el patio, donde mi padre pasaba las horas cuando el tiempo era bueno. El año anterior habíamos cenado una sopa de garbanzos que me había cocinado Manuela y pollo que había comprado en un bar en donde me conocían. Eran los únicos días en los que yo alteraba el programa. Primero pasaba por casa de ella, para que me cocinase, y luego me iba a ver a mi padre y dormía en casa para estar con él al día siguiente. En diversas ocasiones se me había ocurrido la idea de que nos uniésemos para pasar las Navidades, pero mi padre no quería abandonar su casa en una fiesta tan señalada.

—¿Cómo quieres que a mi edad cambie mis costumbres? —me dijo el día que se lo insinué—. Sería tanto como hacerle un feo a tu madre, que en paz descanse. Además, Manuela tiene su familia, tiene dos hermanos, y como decía tu madre: «Por Navidad, cada oveja en su corral». Si ella quiere venir, será bien recibida.

Pero en casa de Manuela había el problema de su abuelo, que cada día estaba más viejo, más callado, más perdido y más de todo para que cada vez fuese a menos. Ella me dio las gracias y me dijo que no, que las Navidades, como todos los días, eran para su abuelo. Así se lo había jurado a su madre en su lecho de muerte, y aunque hubiese hecho todo lo que había hecho con su abuela, con su madre y con ella, un juramento a un muerto es sagrado.

La verdad es que, a partir de la muerte de mi madre, empecé a preguntarme por qué nos deseamos feliz Navidad. No tiene que ser un día feliz. En realidad nunca lo fue enteramente para mí, aunque a mi madre le cambiaba el semblante y reía y cantaba, pero luego, cuando yo me iba a la cama, la oía suspirar y toda su alegría se desvanecía. Entonces yo cerraba los ojos y la escuchaba decir en mi interior:

—Hay que dar gracias a Dios porque ha pasado otro año. ¡Feliz Navidad!

—¡Amén! —oía repetir a mi padre, casi en sueños.

—¡Feliz Navidad! —exclamaba yo, también entre ensoñaciones, y me dormía.

—¿Dónde pasarás la Navidad? —me preguntó Carla, tres días antes de las fiestas.

—Tengo un compromiso.

—¿Algún día me contarás tus secretos?

Me quedé callado un instante. Desde que nos conocíamos había respondido con evasivas a sus preguntas sobre mi pasado, mi familia, mi infancia, mi juventud… Para ella no existía nada de eso. Mis padres habían muerto y no tenía hermanos. Tampoco tenía tíos ni tías ni primos. Mis padres también fueron hijos únicos. Eso es todo lo que le había contado. ¿Contado? No, mejor era decir que le había mentido.

—Es posible —le dije.

—¿Cuándo?

—Cuando tenga tiempo.

—A las mujeres nos gusta ser misteriosas, pero no nos gustan los misterios que no podemos descifrar.

—Algún día te los contaré, pero no ahora, por favor. Tengo que irme.

—Nos vamos a Tarragona, a la finca de tío Pablo —me dijo con un toque de melancolía—. Este año toca celebrar la Navidad en su casa.

A mí se me antojaba muy curioso que cuando hablaba de los suyos no decía mi padre o mi madre o mi tío o…, sino que eran papá, mamá, Bruno, tío Pablo…, sin el adjetivo posesivo. Su mundo era suyo, tan suyo que no necesitaba proclamarlo.

—¿Estarás aquí por el Cotillón? —me preguntó.

—Me toca trabajar. El casino y el hotel preparan una gran fiesta. Es la primera gran celebración desde el día en que se inauguró y quieren echar la casa por la ventana.

—Nosotros habremos regresado. Si puedo me escaparé y brindaremos por el nuevo año.

Me besó y la abracé con más fuerza que nunca. ¡No sabía ella hasta qué punto deseaba yo acabar con todos los misterios! Pero lo que más deseaba era no tener que separarnos nunca más, que el mundo se detuviese, que la sociedad cambiase por completo y que la Navidad fuese nuestra Navidad, suya y mía. Porque yo sí que necesitaba los posesivos para poder construir mi nuevo mundo.

—Feliz Navidad —susurró, cuando nuestros labios se separaron.

—Feliz Navidad —respondí con el deseo de que fuese la última vez que aquella frase sonase a despedida.

Por fortuna, aquel año la Nochebuena cayó en domingo y el casino cerró a las siete de la tarde.

Boudineau sólo había venido a controlar que todo fuese correcto y se había marchado enseguida. Apenas habíamos tenido tiempo de cruzar un par de frases.

—¡Feliz Navidad! —le había deseado.

—Esto no pinta bien —me había dicho, sin responder a mi deseo—. Dicen que al alcalde le queda sólo la Navidad y que no llegará a Año Nuevo en el cargo.

—¿Y se sabe quién lo sustituirá?

—Hay varios candidatos, pero el que más suena es Pere Molins.

—¿Qué tal es?

—De la cuerda de don Manuel Portela —había concluido mientras se ponía el abrigo. Después había repetido—: Esto no pinta bien.

—Feliz Navidad —insistí yo, sin tanto entusiasmo.

—Sí, eso mismo: feliz Navidad —me contestó con muchas menos ganas que yo, y salió para subirse al automóvil que le conduciría hasta su casa.

Poco después apareció Lucía. Llevaba puesto un abrigo nuevo.

—Precioso —dije—. ¿Es un regalo?

—Ya saben lo que dicen por aquí: quien por Navidad nada estrena, nada vale—me contestó.

—¿Puedo preguntarle dónde pasará las Navidades?

—Con mi hermana y mis tres sobrinos. Son un encanto y me quieren con locura. Soy la que les hago los mejores regalos.

La contemplé. La tía de los regalos. Imaginé. ¡Claro que la querían con locura!

—Feliz Navidad.

—¡Feliz Navidad, señor Pons!

La vi marcharse con sus andares vivos y su taconeo, mientras los camareros recogían a toda prisa, los crupieres hacían caja con las fichas, las chicas del guardarropa desaparecían un instante después de que se marchase el último de los clientes, los botones seguían el mismo camino y mis hombres se acercaban para darme el parte del día. Todo había ido sobre ruedas. ¿Qué podía haber pasado en la víspera del día Navidad? En días así la gente sólo piensa en llegar a casa y celebrar las fiestas.

—Venid un momento —les dije, y los conduje hasta una de las salas pequeñas, en donde nos esperaba una bandeja con un par de botellas de champán que había conseguido distraer de la bodega y unas copas.

Destapé el champán y serví las copas, que Antonio fue repartiendo.

—¡Feliz Navidad, jefe! —levantó su copa, cuando hubo repartido todas las otras.

—¡Feliz Navidad a todos! —brindé.

—¡Feliz Navidad! —corearon todos juntos.

Estuvimos charlando como compañeros durante un cuarto de hora. Mario fue el primero en despedirse; luego Néstor y Pedro, que se marcharon juntos. José se tomó otra copa antes de salir y Antonio se quedó un rato más.

—¿Adónde vas esta noche? —me preguntó.

Ahora ya me tuteaba, ya no teníamos que fingir. Estábamos solos.

—La pasaré con mi padre. Y mañana también.

—Hace tiempo que no le veo.

—Está viejo —le dije con cierta tristeza—. Muy viejo. Hay días en que la olla se le va y se repite más que un loro.

—Jode, eso de verlos envejecer, ¿verdad? —replicó—. Yo no he vuelto por allí desde que murió mi madre, y como mi padre vive en el piso nuevo... El barrio tiene que haber cambiado una barbaridad, ¿verdad?

—Algo ha cambiado, pero no creas que tanto. Delante de casa hay el mismo agujero. Más abajo ya no se forman tantos charcos cuando llueve y las chabolas se han apartado para dejar sitio a otras casas —le informé—. ¿Dónde pasarás la Navidad?

—En casa de mi hermana. Mi Estrella y ella han hecho las paces. Cosas de familia que la Navidad arregla. No vamos a estar peleados toda la vida por una tontería de los críos, ¿verdad?

—Verdad —asentí.

—Pues nada. Dale recuerdos a tu padre de mi parte y ¡feliz Navidad! —exclamó, y levantó la copa para brindar.

—Sí, lo haré. ¡Feliz Navidad! —respondí, y nuestras copas chocaron en el aire.

Aquélla fue la frase que más utilicé durante todo el día, hasta que tomé el tranvía. Cuando bajé, en República Argentina, oí la voz del conductor:

—¡Feliz Navidad! —me dijo con una sonrisa.

—¿Le queda mucho para acabar el turno? —pregunté.

—Aún me quedan unas dos horas. Estoy deseando que se acaben, ya me esperan en casa.

—¡Feliz Navidad!

Llegué a casa y me encontré al portero, que estaba sacando el cubo de la basura.

—Se da mucha prisa, hoy —le dije a modo de saludo.

—Han avisado que pasarán temprano. También tienen familia y quieren acabar pronto.

—Me parece muy justo. Son fiestas que hay que pasar en casa, con los nuestros.

—¡Feliz Navidad! —le oí exclamar cuando cerraba la puerta del ascensor.

Entré en casa, busqué una ropa más cómoda y más acorde con mi barrio de infancia y de juventud, me cambié y volví a bajar. Matías ya había cerrado una de las hojas del portal y los vecinos de arriba, los que, según el portero, eran más que amigos, entraron al tiempo que yo salía. Matías se apartó un poco.

Me metí la mano en el bolsillo, saqué dos duros y se los di.

—Feliz Navidad.

—¡Gracias, don Víctor! ¡Y feliz Navidad! —exclamó con entusiasmo, quitándose la gorra, dedicándome una reverencia con la mano abierta, procurando que los dos inquilinos se enterasen bien de la cantidad que le había dado.

—Está mal. Muy mal —me dijo Manuela cuando le pregunté por su abuelo—. Se ha pasado el día en la cama y respira..., ¡ay!, no sé ni cómo respira. ¿Cómo está tu padre?

—Me parece que también ha enfilado la recta final, aunque no le veo tan apurado como a tu abuelo.

—Hoy no...

—¡Manuela, por favor! No he venido a eso, sino a verte, a recoger la comida y a desearte felices fiestas.

—Es sopa de albóndigas. He conseguido carne de buena calidad y la he picado yo misma.

Le acaricié la mejilla y ella me tomó la mano y la besó. La abracé. ¿Qué sería de ella cuando le faltase el abuelo? Con él allí, aunque pareciese una carga, tenía obligaciones y se mantenía viva, pero cuando se quedase sola... Mi madre me lo decía a menudo, cuando me hablaba de la señora Felisa, la que vivía tres casas más abajo:

—¡Mírala! —La señalaba con la barbilla—. Ahí donde la ves, era un torbellino de mujer que se paseaba tiesa como un ajo. Tenía a dos hijos, a su marido y a su madre, a su cargo. Los tres hombres trabajaban en la fábrica. Un día se le marchó el mayor, a Guadalajara. Luego se fue el pequeño. Se casó y se marchó a Sabadell, a una fábrica textil. Pero ella seguía tiesa como un palo. Un día su marido enfermó y se murió. Pero ella tenía a su madre, muy mayor, y la cuidaba. A todas horas se quejaba del trabajo que le daba y decía que el día que se quedase sola, otro gallo le cantaría. Pero el día que su madre murió y ella se quedó sola, se vino abajo como un árbol al que le cae un rayo encima.

Al observar a la señora Felisa, que andaba con la espalda encorvada, no podía ni imaginar que aquella mujer, un día, anduvo tan erguida y con tanto desparpajo que traía de cabeza a más de uno. La pobre tenía que haber sufrido lo suyo. Cada dos por tres aparecía algún policía que venía a buscar a su hijo mayor, que ya había tenido problemas antes, hasta que se marchó a Salamanca, decía mi madre. Aunque todos en el barrio sabíamos dónde había ido en realidad; el nombre de aquella ciudad se lo habían sacado de la manga para hacernos creer que no estaba en la cárcel.

—Feliz Navidad —le dije a Manuela, y le puse doscientas pesetas en el bolsillo del delantal.

No protestó, como hacía en otras ocasiones cuando consideraba que la cantidad de dinero era excesiva. Creo que ella era consciente de lo que podía suceder y ya había empezado a ahorrar. Me abrazó y me estrujó casi con lágrimas en los ojos.

—Feliz Navidad —dijo, y me dio un beso en la mejilla, como a un hermano, no en los labios, como habría hecho con un amante.

Pasé la Nochebuena con mi padre. Había traído de todo. Incluso champán francés. Gertrudis se había ido a casa de sus hijos. Era normal. Descorché el champán para la cena y mi padre me sirvió un vaso y él se sirvió otro. El suyo lo llenó un poco más que el mío. En casa no había copas. Nunca habíamos tomado champán. Luego intentó taparla de nuevo, pero el corcho se había hinchado y no entraba.

—Busca ahí, en el cajón de la mesa. Seguro que hay un tapón de vino.

Busqué por todo el cajón y no encontré nada.

—No es problema. Lo fabricamos y ya está —le dije.

Tomé el corcho del champán y fui cortándolo con el cuchillo hasta conseguir ajustarlo y que entrase. Mi padre asintió, se levantó despacio y guardó la botella en la pequeña alacena, la que aún colgaba en un rincón, como siempre hacía cuando yo era un niño y me servía el vaso de vino dulce.

—Hay que saborearlo —me dijo.

—Muy despacio —le contesté sonriendo.

Estuvimos charlando y comprobé, tal como él me había dicho unas semanas atrás, que su cabeza ya no era lo que había sido. Se repetía y me preguntaba por cosas que yo ya le había explicado cuatro o cinco veces. Pasada la medianoche le metí en cama y salí a tomar el fresco.

El barrio había cambiado. La gente había envejecido y los jóvenes se marchaban. Vi a la señora Felisa, que cerraba la puerta de su casa y la saludé con la mano. Ella me devolvió el saludo levantando ligeramente la cabeza, apoyada en su bastón. ¡Qué vieja estaba! Y su casa había perdido el encalado blanco, que era su orgullo. «¡Lástima!», pensé. También podía haberla invitado a cenar o a comer al día siguiente, aunque lo más seguro era que el día de Navidad lo pasase con alguno de sus hijos. ¡Dios! Tenía la sensación de que me estaba despidiendo de aquel barrio, que mi saludo a la señora Felisa era el preludio de un final.

El martes me tocaba trabajar; Gertrudis regresaría para hacerse cargo de todo. En dos ocasiones había vuelto a quejarse del trato que recibía de mi padre. Recuerdo que mi madre siempre decía que hacerse mayor es complicado. ¿Para quién? Me preguntaba yo en aquellos momentos. ¿Para el que se hace mayor o para los que lo rodean?

Procedente de algunas de las casas se podía oír el sonido de las risas. Es un desastre cuando la fiesta sólo está fuera. Anduve durante casi una hora. ¿Qué estaría haciendo Carla? Riendo junto a los suyos, brindando con champán y quizás bailando. Nunca, desde que nací, me había sentido tan sólo. Me detuve, contemplé la calle llena de agujeros y respiré hondo. Ya era hora de irse a la cama.

Oí que alguien gritaba a lo lejos: «¡Feliz Navidad!».

«¡Feliz Navidad!», pensé.

*** ***

La gran inocentada de aquel año llegó justo el día 28 de diciembre, como es preceptivo, pero de la mano de quien menos cabía esperar. El grupo de los radicales, que no había conseguido revalidar el poder en las elecciones al Ayuntamiento de la ciudad, en el último día de su mandato aprobó conceder la administración de la electricidad pública a la empresa privada Barcelonesa de Electricidad, con la que ellos tenían fuertes vinculaciones. Aquello fue un escándalo que precedió y deslució la toma de posesión del nuevo alcalde, el excelentísimo señor Don Joaquim Sostres Rey, que el gobernador civil Manuel Portela nombró para sustituir a Salvador de Samà Torrents. Sonreí al enterarme de la noticia. Aún recordaba el entusiasmo del alcalde saliente cuando pronunciaba su discurso en la cena de gala de la inauguración del casino. Mi vaticinio se había cumplido y su futuro como edil de la ciudad había resultado corto. No sé si muchos le habían deseado feliz Navidad, pero al nuevo alcalde muchos le desearían: ¡felices fiestas y próspero Año Nuevo!

—Ha sido una sorpresa —me dijo Boudineau.

—¿Buena o mala? —le pregunté.

No me contestó. Se mordió los labios, dio media vuelta y subió la escalera para dirigirse a su despacho. «Mal asunto», me dije.

Se había pensado en todo. Incluso habían dispuesto estufas en la terraza y en el mirador para que la gente pudiese salir a contemplar la vista sin necesidad de que las damas tuviesen que coger el abrigo. Pero el día amaneció gris y a media tarde cayeron cuatro gotas que nos hicieron temer lo peor.

—Se han hecho un montón de reservas; tantas que no sé si seremos capaces de darles cabida —me dijo Jean Louis—. Confiábamos en que podríamos utilizar la terraza y el mirador, pero ahora... —Levantó la vista al cielo con una mirada implorante—. *Monsieur* Boudineau está que echa chispas.

—¿No se podrían poner unos toldos? —pregunté.

—No hay tiempo para ello.

Boudineau sólo pensaba en el dinero, en cómo conseguir que el negocio fuese rentable y supongo que se lamentaba porque sólo cobraba veinticinco pesetas por persona y podría haber cobrado el doble y no tener problemas. Él se había negado a que alquilasen los toldos. De manera que ahora pagaba su mala leche con todos.

Entré en el comedor. Los camareros no paraban quietos ni un instante y los decoradores de la sala seguían colgando guirnaldas. A mí lo único que tenía que preocuparme era que nadie se desmandase. Si resultaba un éxito o un fracaso, era asunto de los directores, tanto del hotel como del casino.

Me fui al casino y vi a Estragué, que controlaba que todo estuviese a su gusto. Habían decorado el vestíbulo, la sala de actos, el teatro y hasta la escalera, pero las salas de juego las habían respetado sin añadirles ningún adorno. Ahí no querían confeti ni tiras de papel ni nada que estorbase. La idea era mantenerlas cerradas durante toda la cena, hasta que diesen las doce campanadas, que coincidirían con la entrada del año 1912, el duodécimo año del siglo XX. Para muchos jugadores, la coincidencia de las doce campanadas para despedir el año viejo y recibir otro acabado en doce resultaba premonitoria; no podían perderse semejante ocasión. De manera que algunos verían en la ruleta la posibilidad de ganar fácilmente apostando al número 12 o a sus múltiplos, el 24 y el 36, y otros se precipitarían para jugar a las cartas. No en vano hay doce cartas en cada palo. Por otro lado, el año acababa en domingo, que es el séptimo día de la semana, aquel en que Dios descansó. El 7, tradicionalmente, es un número de la suerte. Mi padre decía que es número de la suerte porque representa el domingo, que es el día de fiesta semanal. Muchos también verían en esa coincidencia su talismán de la fortuna y apostarían fuerte por el 7 y por sus múltiplos, y por el 31, el del último día del año. Tampoco faltaría quien apostase una de cada siete jugadas y dejase pasar las otras seis. Había para todos los gustos; en aquellos meses, había presenciado situaciones increíbles. Al final, el único que de veras ganaba era el casino. Todos los demás, tarde o temprano, acababan perdiendo.

Boudineau estaba al corriente de todas esas estupideces y supersticiones de los que se acercan a las mesas de juego, por lo que había dado órdenes para que, una vez pasada la medianoche, así como los brindis, los gritos, las alegrías, los abrazos y los besos, y ya cuando hubiera empezado el baile, abriesen discretamente las salas. La euforia del momento ayuda a dejar sobre la mesa sumas que en otros momentos ni se nos ocurriría sacar del bolsillo. Tampoco haría falta anunciar nada, los jugadores ya estarían atentos. Ya había corrido la voz.

A las ocho de la tarde repartí a mis hombres entre la puerta de entrada, el guardarropa y la entrada del comedor. Era un día demasiado señalado como para que se nos escapase el menor detalle. Si alguien pretendía entrar armado no se lo iba a poner fácil. José y Mario harían la primera inspección, justo en la entrada; Pedro, que tenía mucha experiencia, se quedaría conmigo junto al guardarropa para detectar cualquier bulto sospechoso cuando la gente se quitase el abrigo; y Néstor y Antonio darían el último repaso en el momento en que los comensales entrasen en el comedor. Boudineau nos había repetido, por lo menos cien veces, que sería un desastre que alguien hiciese una tontería en un día como aquél.

Los clientes empezaron a llegar. Venían alegres. Algunos de ellos ya llevaban más de una copa en el cuerpo. Es normal.

Seguramente habrían comido opíparamente en su casa o en la de algún pariente o amigo y ya habrían descorchado unas cuantas botellas. Luego, con el café, el coñac no habría faltado. Me situé a un lado; Pedro, al otro. Debíamos cubrir todos los ángulos. Nadie podría escapar a nuestro control.

Todo fue sobre ruedas, excepto en un caso. Sobre las nueve tuvimos el único incidente. Por fortuna no pasó de ser una pura anécdota. Estaba controlando a un hombre que se quitaba el abrigo cuando vi a Mario, que me hacía una seña desde la puerta de entrada. Le miré y él se frotó la nariz con el dorso de la mano al tiempo que apuntaba con el dedo índice hacia un hombre alto que llegaba acompañado por una mujer espléndida, también alta. Tenían aspecto de extranjeros. Norteamericanos, pensé.

El hombre se quitó el abrigo con gestos muy ampulosos y se lo entregó a la chica. La mujer se lo tomó con calma. Quería lucirse y esperó a que él la liberase de su abrigo de pieles para quedarse en mitad de la sala. Lucía un escote espectacular. Cuando ambos se dieron la vuelta para dirigirse al comedor, me planté frente a ellos.

—¿Sería tan amable de acompañarme? —dije.

Aquel hombre me miró con insolencia y negó con la cabeza. No me había entendido. El problema era que ni yo ni Pedro hablábamos inglés. Se lo repetí en francés, pero soltó una frase que no entendí e hizo ademán de apartarme para proseguir su camino. Di un paso atrás, levanté la mano deprisa y con dos dedos, simulando una pistola, le di un pequeño golpe en el costado, justo donde llevaba el arma, mientras levantaba la otra mano con la palma hacia arriba en actitud de pedírsela, pero él negó con la cabeza. Quedaba muy claro lo que quería de él. Sin embargo, aquel hombre no estaba dispuesto a ceder tan fácilmente, así que le indiqué con la barbilla que mirase hacia donde estaba Pedro, que se había puesto la mano bajo la chaqueta en una actitud que tampoco admitía réplica ni pretendía precisamente emular a Napoleón.

El hombre me miró y empezó a soltarme un discurso. En aquel instante apareció Jean Louis y lo llamé con la mano. Se acercó.

—¿Puede traducirme lo que dice?

Jean Louis escuchó atentamente lo que aquel hombre no paraba de repetir.

—Dice que tiene permiso de armas.

—Aquí, en España, no le sirve de nada.

Les oí discutir sin entender nada. El tipo se metió la mano en el bolsillo y sacó una licencia de armas española.

—¿Cómo coño la habrá conseguido? —exclamó Jean Louis. Era la primera vez que le oía soltar un taco.

—En esta vida, todo tiene un precio —le contesté, sin dejar de mirar a aquel hombre—. Ahora le ruego que le diga a este caballero que no tiene que temer nada. Dentro del casino y dentro del hotel está seguro y nadie va a hacerle daño. Si desea cenar aquí, tendrá que entregarme el arma; se la devolveré cuando se marche. Si no lo hace, no tendré más remedio que rogarle amablemente que se busque otro lugar para pasar la Nochevieja.

Oí que volvían a discutir, pero aquel hombre me miró, sonrió y entendí perfectamente que aceptaba mi proposición. Había venido a divertirse. Los norteamericanos son así, se creen los dueños del mundo y que, como pagan, tienen derecho a cualquier cosa. Esperaba no tener que explicarle con todo detalle que aquí era un cliente; y en nuestro país, un invitado.

Entre los asistentes vi bastantes caras conocidas, pero no encontré ni a Bruno ni al barón ni a su esposa, y mucho menos a Carla. Tampoco esperaba que viniesen. En fechas como aquéllas los compromisos abundan y no es fácil escaparse.

A las diez, los camareros empezaron a servir las mesas. Había más de seiscientos comensales y habían apretado las mesas todo lo que habían podido para dejar suficiente espacio para la pista de baile, aunque resultaba más que evidente que no cabrían todos. Tampoco era preocupante. Muchos y muchas desaparecerían de la vista para desearse un buen año con mayor intimidad y más de uno o una no se tendría en pie y preferiría seguir ocupando su silla.

Mientras duró la cena no tuvimos casi trabajo y pudimos relajarnos y comer algo en la cocina. Todo estaba delicioso, por cierto. Probé un *foie* exquisito, auténtico, con trufas, como nunca antes había comido. No bebimos alcohol. Yo lo había prohibido expresamente.

Llegada la medianoche, la orquesta dejó de tocar y sonaron las campanadas. Tras la última, se apagaron las luces y los gritos se multiplicaron. Durante cinco minutos nadie supo a ciencia cierta lo que pasó, quién besó a quién y quién tocó a quién. De pronto las luces se encendieron y una lluvia de globos se desprendió del techo, mientras el confeti cubría nuestras cabezas y las copas de champán chocaban unas contra otras.

Luego se abrió el baile y danzaron, cantaron, gritaron, rieron, hicieron sonar sus trompetas y sus espantasuegras..., y entre tanto jaleo las ruletas se pusieron en marcha y una parte de los comensales desapareció discretamente para ver si el nuevo año les traía mejor fortuna que el pasado.

¡Felices fiestas y próspero Año Nuevo!

Llegué al Carrer Aragó cuando ya amanecía. Me sentía agotado. La fiesta seguía por las calles, en donde muchos caminaban en zigzag y tenían que detenerse cada poco para apoyarse en una farola y no caerse. Vi a unos cuantos borrachos evacuar el exceso de líquido en un portal, sin tener en cuenta que algunas parejas buscaban un rincón en el que cobijarse durante un rato y poder disfrutar de su intimidad.

—¡Vete de aquí, cabrón de mierda, borracho asqueroso! — oí gritar.

Cuando abandoné La Rabassada, el casino ya había cerrado sus puertas y la orquesta había dejado de tocar. Sólo unos cuantos clientes del hotel seguían su fiesta particular en el mirador, mientras el ejército de camareros limpiaba el comedor para dejarlo a punto para el desayuno, que empezaría a servirse media hora después. Me pregunté quién se presentaría para tomárselo.

Aunque al final no había llovido, el ambiente estaba cargado de humedad y el frío calaba hasta los huesos. Por fin alcancé el portal de mi casa, que estaba abierto. Seguramente alguien lo había dejado así por despiste. Entré y fui en busca del ascensor. Desde el segundo tramo de la escalera me llegó la voz de Matías, que gritaba como un loco. Vi que una pareja bajaba corriendo. Ella se tapaba como podía y él se sujetaba los pantalones con la mano, mientras arrastraba su abrigo. El pobre no había tenido tiempo de abrocharse la bragueta ¡Menuda escena! ¡Y con el frío que hacía!

Abrí la puerta del ascensor, me metí y la cerré enseguida. No tenía ganas de que Matías me contase los detalles de lo que había visto.

Dentro del piso ni encendí la luz. Me quité el sombrero y el abrigo y los dejé sobre una silla de las que tenía en el recibidor. Me fui a la cocina, me bebí un vaso de agua y me dirigí al dormitorio.

Justo acababa de entrar y quitarme la chaqueta cuando de pronto se encendió la luz. Me llevé un susto de muerte, pero reaccioné de inmediato, saqué la semiautomática de la funda y apunté hacia la cama.

—No es precisamente con esa arma con la que esperaba que me atacases —dijo Carla, que se había tapado hasta el cuello.

—¡Santo Dios! ¿Y si llego a disparar? —Me entró un sudor frío.

—Bonita forma de desearme un buen año —replicó, y bajó un poco la ropa de la cama, descubriendo su cuello, que lucía una cinta de color rojo con un lazo.

Solté el arma sobre la cómoda y soplé con fuerza. Aún no me había repuesto de la impresión. Ella, por su parte, parecía tan tranquila.

—¿Cómo has conseguido entrar?

—El portero me recordaba de otras veces y no me costado mucho convencerle para que me abriese la puerta con su llave. Pero me ha dicho que te avisaría en cuanto te viese llegar.

Me senté en el borde de la cama, junto a ella, y la miré. Luego, por el rabillo del ojo eché una ojeada a la silla. Su ropa estaba allí, bien doblada. Eso quería decir que no llevaba puesto nada de nada, excepto la cinta roja en el cuello.

—¿La cinta y el lazo son de regalo? —le pregunté.

—El lazo es para que tires de él. El regalo es todo lo demás —me contestó—. ¡Felices fiestas!

—¡Y próspero Año Nuevo! —le respondí mientras tiraba del lazo y me quedaba con la cinta en las manos.

11 - SE ACABARON LAS FIESTAS

Me había costado casi quinientas pesetas, pero valía más de dos mil. Eso me había dicho Chencho. Y él lo sabía de muy buena tinta, porque llevaba más de quince años traficando con joyas, algunas de ellas no demasiado limpias. Es una de las ventajas de haber nacido en el barrio en el que nací y de haberme criado entre la gente con la que me crié. Obtienes lo que buscas a un precio razonable. Aunque mi salario era más que decente y con lo que había ahorrado podía permitirme el lujo, pagar más me parecía una estupidez. El dinero tenía que guardarlo para las inversiones.

—Sin rastro —le había dicho yo.

Chencho traficaba mucho y a veces la procedencia dejaba pistas demasiado evidentes y no me parecía apropiado regalar a Carla una joya que algún día alguien llegase a reconocer. No sería la primera vez que, en mitad de una fiesta, una mujer gritaba que aquel collar, aquel brazalete o aquel anillo era suyo.

—Sin rastro es más cara —me había contestado.

—No importa. ¿De acuerdo?

—Debe de valer la pena —me dijo, y me guiñó un ojo.

—Vale la pena, y mucho. De manera que ve con cuidado y elígela bien. No quiero sorpresas de ningún tipo.

—Una joya única para alguien muy especial —dijo sonriendo con picardía, mientras abría el cajón y buscaba con la mirada.

—Para alguien muy especial —le contesté muy serio.

—¡Ésta! —exclamó; me mostró una gargantilla de pequeños brillantes montada en oro blanco.

La tomé en las manos y la observé con atención. Era magnífica. La puse bajo la luz. Brillaba como las estrellas en una noche de verano.

—Es una pieza imposible de seguir. Mira. —Me señaló un punto—. Ni se nota el empalme y nadie podrá decir que era suya porque el retoque la convierte en otra cosa completamente distinta. ¿Lo ves?

—Pues no. No soy capaz de ver nada.

—Porque es un auténtico trabajo de artista.

Le pagué lo convenido y salí de allí con la gargantilla en un estuche que quizá también era robado.

El Día de Reyes, el 6 de enero, se levantó espléndido y me fui directamente al Parc de la Ciutadella. Quería llegar al pie de la fuente antes de las diez, tal como había convenido con Carla.

No tuve que esperar demasiado para verla aparecer con su amiga Dulce y un hombre joven, moreno, con bigote, bien vestido, con abrigo oscuro, sombrero y unos guantes gris perla que sujetaba con una mano. Carla lucía un abrigo granate e iba peinada con moño. Me gustaba mucho que dejase el cuello al aire. Me entraban ganas de besarle la nuca. Fue Dulce la que me vio primero e hizo un gesto con la cabeza para saludarme. Yo, por mi parte, me quité el sombrero y me acerqué. Carla interpretó a las mil maravillas el papel de sorprendida y yo le seguí el juego. Entonces me presentaron a aquel joven, que respondía al nombre de Jaime Bravo. Nos dimos la mano y, ya que nos habíamos encontrado por casualidad, les pregunté si podía unirme a ellos. De nuevo fue Dulce la que tomó la iniciativa y respondió afirmativamente. Resultaba evidente que ya había encontrado acompañante para su amiga y que, por lo tanto, podía distanciarse un poco.

Jaime Bravo era un posible pretendiente de Dulce, me informó Carla cuando echamos a andar, aprovechando un momento en que ellos aminoraban el paso para intercambiar sus confidencias.

Al llegar junto al lago, Dulce manifestó que siempre le había hecho mucha ilusión dar un paseo en barca y Jaime se ofreció para alquilar una para los cuatro, aunque vi que no era demasiado partidario de la idea.

—Mejor tomamos dos barcas. Será más divertido —sugerí.

Ellas aceptaron de inmediato. Jaime, por el contrario, puso cara de circunstancias.

El hombre que se encargaba de las barcas nos ayudó a subir. Antes de entrar en la mía, me desembaracé del abrigo y lo dejé a un lado. Si tenía que remar, más valía ir un poco más ligero.

Observé a Jaime cuando entraba en la suya. Se le había helado la sonrisa y se agachaba cuanto podía para poder agarrarse a lo que fuese. Se adivinaba a la legua que por sus venas no corría ni una gota de sangre marinera, que no se sentía seguro dentro de aquella barca y que temía caerse al agua si se movía o pretendía librarse de su abrigo, que no se quitó para nada. El pobre acabaría sudando mares, pensé, divertido.

Empecé a remar lentamente mientras Carla levantaba el rostro para contemplar el azul del cielo. No tardé en dejar atrás la otra barca, en la que Jaime hacía verdaderos juegos malabares con los remos, pero sin conseguir que se apartase más de dos metros del pequeño embarcadero. Cuando ya había perdido de vista a Dulce y a Jaime, justo al dar la vuelta tras la pequeña isla en la que se cobijaban los patos, me levanté y me senté junto a Carla. Metí mi mano en el bolsillo de la americana y saqué la gargantilla.

—Hoy es el Día de Reyes —dije, mientras abría la mano.

—¡Es preciosa! —exclamó. Respiró hondo, mientras la tocaba—. ¡Pónmela!

Se dio la vuelta e inclinó la cabeza, con lo que dejó al descubierto su nuca. Se la puse, la abroché y aproveché para besarla en el cuello.

—Aquí, en público, no —me dijo, mientras miraba hacia el lugar por donde se suponía que debían de aparecer Dulce y Jaime.

—No te preocupes. Por lo menos hasta el mediodía Jaime no conseguirá mover su barca y aún tendremos que rescatarlos —le dije, sonriendo divertido.

—No lo digo por ellos, sino por la gente —replicó, mientras me empujaba suavemente con ambas manos—. Anda, siéntate en tu sitio y sigue remando. Así podrás ver cómo me queda.

Me senté frente a ella. Estaba radiante como nunca. Sonreía feliz y yo me sentí de maravilla durante todo el tiempo que estuve remando, mientras la contemplaba.

—Estás tan hermosa como el día que tiré de la cinta roja para deshacer el lazo de mi regalo —le dije.

—¡Lástima! No puedo ponérmela. No sé dónde está. La he perdido —me contestó con una sonrisa llena de picardía.

—La tengo yo, en mi bolsillo.

—¿La conservas? ¿De veras?

—La llevo siempre conmigo, a todas partes. ¿Te la pondrías ahora? —dije, y la contemplé con deseo.

—No me mires así, que me ruborizas —se quejó, y desvió la mirada con un toque de vergüenza.

Cuando desembarcábamos vi que el encargado de las barcas había cogido una percha y la alargaba porque Jaime no acababa de enfilar correctamente.

—Ha sido un paseo delicioso —dijo Dulce, mientras aceptaba mi mano para saltar a tierra.

Jaime estuvo a punto de dar un traspié, pero el encargado, que ya se olía la tostada, lo agarró por la manga y lo salvó de dar con sus huesos en el agua.

—Sí, ha sido una gran experiencia —dijo él, que se sacó el pañuelo del bolsillo y se enjugó la frente. Sudaba y la mano le temblaba.

—Un paseo delicioso —repitió Dulce, que había posado sus ojos en la gargantilla y no los apartaba.

—Delicioso —dijo Carla, y ambas rieron.

Parece mentira el lenguaje de las mujeres. Son capaces de hablar y hablar durante horas sin decir nada, y en menos de lo canta un gallo se lo han dicho todo con una sola palabra o con una mirada.

Nos despedimos pasadas las once y media. Yo tenía que pasar por casa de mi padre y comer con él antes de salir hacia el casino. Gertrudis tenía que ir a casa de sus hijos, pero me había prometido esperarme para que mi padre no se quedase solo. Carla también había quedado para comer con su familia. El Día de Reyes, el último día de las fiestas navideñas, hay que pasarlo en casa.

Mi padre siempre me hacía un regalo. En los dos últimos años me había dado cosas suyas, personales. El último año me había dado su navaja, que tenía tantos años que yo la recordaba de cuando era pequeño y le veía cortar la loncha de tocino encima del pedazo de pan cuando íbamos de excursión a la montaña de Collserola. Era una navaja italiana y la tenía desde que era un muchacho que empezaba a trabajar. Y el año anterior habían sido dos monedas de plata, que él también guardaba de Italia. Tenía la extraña sensación de que aprovechaba los días señalados para entregarme su legado y que aquél podía ser el último Día de Reyes que pasábamos juntos. El pobre estaba tan viejo...

Cuando llegué, Gertrudis me esperaba en la puerta, nerviosa, impaciente. Tenía que bajar la cuesta y tomar el tranvía. La vi tan nerviosa que saqué tres pesetas del bolsillo y se las di en desagravio por mi retraso.

—Es el Día de Reyes —le dije.

Vi que su rostro se relajaba y que sonreía. Me dio las gracias. Ya no tenía tanta prisa y sus hijos podían esperar. Me informó de que había dejado preparada una olla de caldo y que encontraría pan y queso en la alacena. También había pasta y naranjas, y quedaba un poco de turrón de Agramunt. El de Jijona se lo habían comido. Y el champán también había desaparecido. Pero quedaba un poco de vino dulce, del año pasado. Esperaba que no estuviese rancio. ¡Lástima! No había tenido tiempo para acercarse al colmado, que el día anterior había abierto... Se disculpó.

La despedí, cansado de oírla, y entré en casa. Mi padre estaba en el patio, bajo el sol, cubierto con una manta, con la boca medio abierta y la vista perdida. Lo saludé con un beso en la mejilla, como cuando era pequeño. No sé por qué lo hice. Hacía años que sólo lo abrazaba. De pronto pareció que emergía de su estado cataléptico y me miró sorprendido. Tuve la sensación de que no me reconocía, porque sus ojos mostraban extrañeza.

—¡Hola, hijo! —exclamó, finalmente, y sonrió.

—Hola, padre. Hoy es el Día de Reyes.

—¡Ah! ¿Es hoy?

—Sí, padre. Es hoy.

—Seguro que tu madre ha preparado una buena comida.

Me quedé quieto, en silencio, mirándolo. Sonreía feliz y asentía repetidamente. Volvió a mirar hacia la carbonera y de nuevo se quedó estático.

«Dios es misericordioso», decía mi madre. Sí, pensé en aquel momento, y le di la razón. Dios no permitía que mi padre fuese infeliz y trastocaba su mente y su memoria para conducirlo al reino de los sueños. ¿Qué debía de estar pasando por su cabeza? Tomé una silla y me senté junto a él, no enfrente, sino a su lado, mirando la carbonera. Como dos amigos que van a compartir confidencias, recordé con una sonrisa triste.

Gertrudis regresó hacia las cinco y nos encontró sentados en el patio, en silencio, contemplando la carbonera.

—Pero ¿no han comido? —exclamó al ver la mesa puesta, tal como la había dejado ella.

—Se nos ha ido el tiempo charlando —mentí—. Ahora tengo que irme. ¿Puede usted prepararle un plato de sopa de pasta?

—No se preocupe, se lo prepararé.

—Me voy, padre —dije.

—¡Ah! —exclamó él, y levantó la mano.

Era la primera vez que me iba de casa el Día de Reyes sin su regalo.

*** ***

El mes de enero transcurrió sin ningún incidente, ni dentro ni fuera del casino, si descontamos un par de episodios nacionales, parafraseando al novelista don Benito Pérez Galdós. El primero fue que el gobierno español siguió enviando tropas a Melilla para reforzar el ejército que luchaba en Marruecos, pero aquello ya no provocó altercados ni huelgas. Parecía que todos nos estábamos acostumbrando a ver barcos que partían hacia las costas africanas, porque ya se sabe que todo lo que deja de ser novedad deja de sorprender y pierde fuerza. Y el segundo episodio lo constituyó la dimisión de José Canalejas como jefe del gobierno español a causa de aquella maldita guerra y de haber establecido la obligatoriedad del servicio militar. Sin embargo, quedó casi en una anécdota, porque al día siguiente recuperó el cargo. Parecía un gobierno de opereta. Ahora me voy, ahora me quedo... Antonio Maura había sido hasta cinco veces presidente del gobierno español y también jugó al ahora me voy, ahora me quedo.

En el casino las cosas iban como siempre. Había dado instrucciones precisas para que no se repitiese ninguna desgracia y mis hombres habían redoblado sus esfuerzos. Nadie podría entrar un arma en el casino, ni siquiera una aguja que pinchase. Boudineau no podía quejarse y el gobernador civil no tenía ninguna excusa para continuar con su campaña en contra del juego, aunque sabíamos que se mantenía alerta y agazapado como el gato que espera que el pájaro se pose en tierra para saltar sobre él y obtener su presa.

Carla y yo seguíamos viéndonos a escondidas, en mi piso.

—Papá te tiene respeto —me dijo un día, a comienzos de febrero.

—Yo también le respeto. Me parece un gran hombre —le contesté.

Estuve a punto de decirle que por quién no sentía lo mismo era por su hermano, pero me abstuve porque era consciente de que aquél era un tema espinoso. Como decía mi madre: «De los tuyos dirás, pero oír no querrás». Por eso callaba, aunque Carla me había contado que Bruno llevaba años peleándose con su padre, que ya no le pasaba ninguna asignación. Por esa razón montaba las partidas de cartas como fuente de ingresos, para no tener que pedirle dinero. Eso no me lo dijo ella, sino que saltaba a la vista. En dos ocasiones estuve a punto de habérmelas con él, pero la presencia de Boudineau me lo impidió. Algún día, aquel desgraciado y yo, por más que fuese el hermano de la mujer que amaba, nos veríamos las caras y, cuando acabase, la suya necesitaría unos cuantos arreglos.

Además, por otro lado, como también decía mi madre, no es oro todo lo que reluce; me enteré de que el barón Von Brütsner estaba casi arruinado. Todo era fachada, pero sin ningún contenido. Según me habían informado, su famoso Rolls Royce lo estaba pagando a plazos. De manera que a él las partidas le proporcionaban un medio de subsistencia. No era de extrañar que hiciese tan buenas migas con Bruno.

—Papá está preparando un viaje para el mes de abril, para celebrar su treinta aniversario de bodas —me contó Carla—. Dice que será un viaje de ensueño. Algo que ella no puede ni imaginar. No sabemos ni adónde iremos ni lo que visitaremos. Es un secreto.

—¿Has dicho iremos? —me sorprendí.

—Es que mamá me ha pedido que los acompañe. Eso de visitar otros países le da mucho reparo y más todavía si no hablan nuestra lengua; algo ha oído y sabe que el viaje no será por España, precisamente. Habla de París. Es una ciudad magnífica, pero a mí me haría mucha ilusión cruzar el Atlántico y conocer otro continente. No sé: Argentina o México, por ejemplo. Nueva York ya sería más que un sueño.

—Tendré que conformarme —suspiré con un deje de tristeza.

—Sólo estaremos fuera un mes y medio.

—¿Sólo un mes y medio, dices? —exclamé—. ¡Es una eternidad!

—Sí, pero podré ganarme a papá y a mamá. De manera que, cuando volvamos, a mediados de mayo, será un buen momento para que hables con ellos —me dijo, a modo de recompensa.

—¿De veras?

Había esperado aquello durante semanas, después de que le hubiera planteado la posibilidad de hablar con su padre el último día que nos vimos antes de Navidad, pero ella me había pedido que esperase algún tiempo. Más valía no precipitarse, hacía muy poco que nos conocíamos y su padre no lo entendería. Sin embargo, su actitud había cambiado desde el Día de Reyes, cuando le regalé la gargantilla, que tenía el detalle de ponerse cada vez que venía a casa. Nunca le dije que se me ocurrió la idea de regalarle una gargantilla el día que me la encontré en mi cama con el lazo rojo en su cuello, imagen que ha quedado impresa en mi memoria de forma indeleble.

Durante las fiestas de Carnaval hubo un gran baile de disfraces en el hotel de la Rabassada, en el comedor, que volvió a llenarse de guirnaldas. Carla vino acompañando al barón y a su esposa. Ambas mujeres llegaron vestidas de damas del siglo XVII, con un escote casi de vértigo. Carla escondía su rostro tras una máscara plateada que representaba un gato. El barón también se había vestido de época, con una peluca blanca. Bruno no asistió. No había partida.

Para nosotros fue una noche complicada. La gente iba disfrazada y el Carnaval, con todo eso de las máscaras, es una excusa ideal para hacer lo que no se atrevían a cara descubierta. Por eso había que estar muy alerta. Así que, excepto un par de besos que le robé, no pude hacer nada más con ella. Ya me compensaría otro día, me susurró al oído.

*** ***

El día 14 de marzo, coincidiendo con el atentado que el rey de Italia sufrió a manos de un anarquista, por la tarde, casi ya había anochecido, uno de los porteros vino a buscarme y me comunicó que una mujer preguntaba por mí en la puerta del casino. Me acerqué y me encontré a Gertrudis. No era necesario que abriese la boca, porque la expresión de su rostro lo decía todo.

—No sé cómo decírselo. —Intentaba encontrar las palabras mientras se retorcía las manos.

—Mi padre, ¿verdad?

—Lo había dejado como cada mañana, al sol, en el patio. Estaba bien..., no parecía... ¡En fin! Que... he salido para llevarlo al comedor..., para darle la comida... Y... pues... ahí estaba, quieto..., sin moverse... —me contó.

Dejé de escucharla y pensé en él. Seguramente había muerto con la mirada fija en la carbonera, mientras soñaba con Italia. Aunque nunca me lo había dicho, su verdadero amor no fue mi madre, sino su esposa italiana. Aquélla fue para él la mujer que se presenta una vez en la vida de un hombre. Seguro que murió pensando en ella; no le podía guardar rencor. No podía, porque siempre se había portado muy bien con mi madre. Incluso recuerdo su mirada al cielo, cuando la enterramos. La quería, pero ella no era la que es y nunca deja de ser.

Llamé a Antonio y le conté lo sucedido.

—Nadie, excepto tú, sabe que mi padre vivía —le dije—. Di que he tenido que salir por un asunto personal muy urgente. Ya me inventaré lo que sea para cuando me pregunten.

—No te preocupes —negó con la cabeza—. Te acompaño en el sentimiento.

—Gracias.

Salí con Gertrudis y tomamos el tranvía. Hacía casi dos semanas que no veía a mi padre. Había pensado que iría por su cumpleaños, que estaba a punto de llegar, y ahora...

Cuando entré en casa me encontré con la señora Felisa. Ella se había quedado para que Gertrudis pudiese venir a avisarme. Le di las gracias y me dirigí a la habitación. Dentro estaba Manuela, junto al cuerpo de mi padre, que permanecía tendido sobre la cama, con un pañuelo atado a la barbilla y a la cabeza para que no se quedase con la boca abierta. Se había enterado por casualidad, porque se había encontrado con uno del barrio al salir del taller. Es increíble cómo corren las malas noticias.

—Ya he avisado a los de la funeraria y le he vestido con su traje oscuro —me dijo—. Sólo tenía esta corbata y se la he puesto.

¡Santo Dios! Era una corbata roja, nada adecuada desde luego. Además, Manuela no tenía demasiada maña con el nudo y le había quedado horrible. De manera que me quité la mía, azul oscuro y mucho más discreta, y se la cambié, tras hacerle yo mismo el nudo.

Los de la funeraria llegaron de mala gana, pero se animaron un poco cuando vieron la cartera de piel que sacaba del bolsillo y acabaron de animarse cuando les entregué cincuenta pesetas a cuenta y les dije que teníamos un nicho familiar, propio, el que mi padre había comprado para mi madre. Fue una ocasión en la que dejó a un lado su carácter espartano y pagó de los ahorros el precio que le pedían, sin regatear.

—Lo que no le pude dar en vida, lo tendrá ahora —recuerdo que dijo, con rabia.

Al día siguiente lo enterramos metido en un ataúd que podía ser la envidia de cualquier gran señor. Porque él era todo un señor. Yo también deseaba que ahora tuviese todo lo que en vida no pude ofrecerle y recompensarle por todo lo que él me había dado.

A su entierro sólo asistimos Manuela, Gertrudis, Felisa, Antonio y yo. Él no tenía amigos y los pocos vecinos con los que había tenido contacto eran tan viejos como él y casi no se tenían en pie.

Vi la cara de desgana de aquel cura y me lo imaginé repitiendo una y otra vez las mismas palabras en la misma ceremonia con el único cambio del nombre del muerto. No estaba dispuesto a consentirlo. De manera que me acerqué y le solté cinco duros. «Para obras de caridad», le dije. Miró lo que había en su mano y en un santiamén le cambió el semblante. Incluso puso más tiesa su espalda. ¡Oh, Josep Pons! De pronto el señor Josep Pons, en sus labios, se convirtió en el mejor feligrés de una parroquia imaginaria, muy querido y recordado por su hijo, sus parientes y sus numerosos amigos, que por desgracia no habían podido asistir, pero que, a buen seguro, le tenían muy presente en su corazón y en sus oraciones. Parecía mentira la cantidad de virtudes que tenía mi padre y que yo desconocía por completo. Algunas de ellas me resultaron sorprendentes.

Y los que le metieron en el nicho se quitaron la gorra y también rezaron por su eterno descanso. Habían visto los cinco duros...

Me daban ganas de levantar los ojos al cielo y escupir. ¡Malditos sean todos! Tanto tienes, tanto vales. Eso decía mi madre, que siempre tenía un refrán en los labios.

Llegué a mi casa, la del Carrer Bailén, al mediodía. Me sentía triste. Mi padre había muerto y yo no estaba a su lado y, además, hacía días que no le veía. Recordé el Día de Reyes, el día en que nos quedamos el uno junto al otro en silencio, durante tanto rato. No me había regalado nada. El pobre ya andaba muy perdido. Tendría que haberme dado cuenta de que aquello era una despedida. Entonces recordé la carta que me había entregado, para cuando él hubiese muerto. Fui a buscarla y la abrí. En ella recordaba a mi madre y a su familia de Italia, la que fundó y le arrebataron. Me contaba que mi hermano, el que murió asesinado, era como yo, decidido y audaz. Me contaba cosas de su infancia y me decía que yo era todo lo que él quería en este mundo y que tenía que llegar a ser alguien y tener hijos para que su vida no fuese vacía. Finalmente, me informaba de que en la carbonera, bajo la leña, había algo para mí: su último regalo.

Al día siguiente, temprano, fui a casa de mi padre, me dirigí a la carbonera, aparté toda la leña y, en un rincón, bien escondida y envuelta en un trapo viejo, encontré una caja de galletas, de las de lata. La abrí. En su interior había dinero, una cadena plateada de la que colgaba una llave, un sobre con hojas manuscritas y una nota. La leí. En la que me decía que fuese a una taberna llamada El Duque, situada al final del Carrer Diputació, casi en las afueras de Barcelona, y preguntase por el dueño, al que todos conocían, como no podía ser de otro modo, por el sobrenombre del Duque. Tenía que enseñarle la llave y presentarme como el hijo de Gepetto. La nota no decía nada más. Sonreí. Seguro que aquel hombre, el Duque, guardaba algún recuerdo de Italia, algo que mi padre quería darme, pero como el pobre vivía obsesionado con que querían venir a matarle habría pedido a un amigo que se lo guardase.

Conté el dinero. Había mil ciento veintitrés pesetas y dos reales. ¡Todos los ahorros de una vida! Por eso se pasaba el día con la vista fija en la carbonera, por eso mismo le gritaba a Gertrudis. La vigilaba para que no le robase mi herencia. Sonreí. Luego examiné las hojas que había dentro del sobre. Era la letra de mi padre, algo temblorosa. No debía de hacer mucho que la había escrito. Y me dispuse a leer.

«Querido hijo:

Siempre has preguntado por la familia de tu madre, que en paz descanse. Ella nunca te contó nada y yo he callado hasta hoy. Había pensado morir sin decirte nada y llevarme un secreto más a la tumba, pero he llegado a la conclusión de que es un derecho que te pertenece, porque forma parte de tu historia, y tu historia es tu vida. Eres quien eres y lo que eres porque yo soy quien soy y ella fue quien fue. No puedes renunciar a ello y nadie puede robártelo. Es tuyo por entero y he decidido escribir estas cuatro líneas antes de que mi memoria lo olvide todo, que por ese camino va.

Al llegar a Barcelona busqué una pensión discreta para poder vivir y la encontré en lo que hoy es el barrio de Gràcia, pero que en aquel tiempo era una población separada de la gran ciudad. Ya no recuerdo el nombre de la calle. Sé que estaba cerca de una iglesia y que tenías que entrar por una puerta lateral que daba a un callejón, al final del cual había una carpintería con un gran patio. La dueña de la pensión era una mujer mayor, muy familiar.

Allí conocí a tu madre, que trabajaba en una fábrica de corcho, tres calles más arriba. Era una muchacha tímida, que bajaba la mirada y sonreía cuando le hablaba. Llegaba a la pensión, saludaba, se metía en su habitación y no salía hasta la hora de cenar. Se sentaba a la mesa, comía casi sin levantar los ojos del plato, respondía a mis preguntas o a las de cualquier otro u otra pensionista cuando no le quedaba más remedio, se disculpaba nada más acabar y se encerraba de nuevo en su habitación.

Una tarde yo estaba en el comedor. Había otros dos huéspedes jugando al dominó. Yo no jugaba. Prefería leer. Estaba cerca de la puerta que daba al pasillo y oí llegar a tu madre y hablar con la dueña. Luego escuché una voz masculina. Sentí curiosidad y me eché para atrás para poder echar un vistazo al pasillo y escuchar mejor. Se trataba de un hombre joven y bien vestido que la tenía sujeta por el brazo. No me gustó su forma de agarrarla. Me era demasiado familiar. Mantenía el brazo doblado para que no pudiese escapar; se veía a la legua que ella no se sentía cómoda. Incluso juraría que estaba temblando. La patrona se extrañó de que tu madre se fuera así, sin más, pero aquel hombre sonreía todo el tiempo y hablaba por los codos, procurando parecer simpático y explicando que era un primo suyo que había venido para llevarla con sus tíos. En la puerta de la habitación, mientras tu madre hacía la maleta a toda prisa, el hombre pagó la cuenta e incluso añadió unas pesetas para cubrir lo que quedaba para acabar el mes, por las molestias ocasionadas. Aprovechando que la patrona se fue un momento a la cocina y que aquel hombre entró en la habitación para meter prisa a tu madre, me escabullí y bajé al portal.

Poco después aparecían por la escalera. Desde donde me encontraba no podían verme, pero yo a ellos sí. Tu madre acarreaba con la maleta y él no la soltaba del brazo. Al llegar al rellano, aquel fulano la agarró por el pelo de la nuca, la obligó a mirarle, le dijo con rabia que se diese prisa, que no disponía de todo el tiempo del mundo, que tenían que tomar el tranvía y que ya le había hecho perder mucho dinero con sus estupideces, y la empujó con violencia. Esperé a que estuviesen cerca, abandoné mi escondite y me encaré con él. Me apuntó con el dedo índice, se puso gallito y me dijo que no me metiese donde no me llamaban, si no quería problemas. Recuerdo la cara que puso, con la boca abierta, tras escuchar el crujido y ver que su dedo había dejado de apuntarme a mí y le apuntaba a él, completamente doblado hacia atrás. Quiso gritar, pero le pegué en toda la boca. Cayó al suelo. Lo levanté y lo saqué al callejón, a empujones. Allí recibió una paliza como nunca podría haber imaginado, hasta que lo dejé sentado a la puerta de la carpintería. Tu madre estaba aterrorizada, de pie, con la maleta en la mano y me rogó que le dejase, que, si no, la mataría. Abrí mi navaja y le contesté que los muertos no pueden hacer daño a nadie e hice ademán de clavársela en el estómago. Aquel tipo se cagó en los pantalones, me suplicó que le perdonase y me juró por su madre y por todos sus muertos que no volvería a verle nunca más. Le miré a los ojos y supe que decía la verdad.

Llevé a tu madre a otra pensión en la que vivía una compañera suya de trabajo; entonces me contó que era de Bellver de Cerdanya, que está cerca de Puigcerdà; allí vivían sus padres y su hermano. Por lo visto, aquel fulano se presentó haciéndose pasar por un viajante. Era guapo, elegante y sabía decir cosas muy bonitas. Tu madre, una pobre muchacha inocente, cayó en sus redes y se enamoró hasta el punto de que se escapó con él y se vino a Barcelona. Confiaba en las promesas de aquel príncipe azul, pero no tardó demasiado en descubrir el engaño. El muy cabrón viajaba de pueblo en pueblo, por toda Cataluña, en busca de carne fresca, de muchachas incautas, a las que enamoraba y se traía a Barcelona, donde acababan trabajando de putas, mientras él y su socio hacían su agosto. Uno salía a cazar y el otro cuidaba del rebaño. Pero tu madre no era rana de charca, sino pez de mar, así que, tras unos meses de hacer todo lo que le ordenaban, aprovechó la menor oportunidad, se escapó y regresó a su casa. Su padre, nada más verla llegar, le pegó una paliza y la echó, mientras su madre guardaba silencio. Regresó a Barcelona, buscó trabajo, lo encontró en Gràcia y se mantuvo oculta, creyéndose a salvo. Aquellos chulos le habían dicho que, si se escapaba, la perseguirían y le rajarían la cara con una navaja. Ella estaba aterrorizada porque sabía que hablaban en serio. Había sido testigo de un caso que había acabado de semejante manera.

Yo también me mudé de pensión y poco después el cura no tuvo más remedio que casarnos. Tú ya venías de camino.

Tu madre hizo lo que hizo, pero nunca fue puta. ¿Comprendes?»

Me quedé con aquellas hojas manuscritas en las manos, sentado en su silla, mirando la carbonera y recordando las palabras de mi padre, muchos años antes, cuando me dijo: «Si quieres llegar a ser alguien, antes tienes que ser un *hijoputa* de verdad. Y eso no tiene nada que ver con tu madre. ¿Comprendes?». Ahora comprendía. ¡Claro que comprendía! «Y eso no tiene que ver nada con tu madre.»

Luego seguía hablando de ella y de lo mucho que me quería. «La vida de las personas, a menudo, no se corresponde con lo que hay en su interior. Tu madre tenía un corazón que no le cabía en el pecho», leí, y descubrí que los ojos se me humedecían. Por mi mente desfilaban todas las imágenes que me recordaban a aquella mujer: la que me esperó en la puerta cuando mi padre fue a buscarme a la comisaría, la que me dio la naranja que se sacó del bolsillo del delantal, la que me arropaba y me deseaba feliz Navidad, la que me preparaba la merienda, la que me bañaba y siempre me disculpaba. ¡Fue mucho menos puta que Manuela! Y eso que Manuela no era puta. ¡Claro que no!

Abrí la otra mano y contemplé la llave. Era vulgar, podía pertenecer a cualquier cerradura de cualquier puerta. Me la guardé en el bolsillo de la chaqueta. Ya me pasaría por allí cuando tuviera un rato libre. Ahora no tenía ganas de enfrentarme a más recuerdos.

La poca ropa que tenía se la ofrecí a Manuela, para su abuelo, que aunque estaba peor que mi padre, le había sobrevivido. Los muebles también se los ofrecí, para que se quedase con los que le hiciesen falta. Señaló una cómoda, las sillas, las ollas, los platos y los cubiertos. Los vasos no. Ya tenía más que de sobra con los que se llevó de casa de su madre. Entonces les ofrecí a Gertrudis y a la señora Felisa que cogiesen lo que quisieran. Gertrudis me dijo que se quedaría con las camas, los colchones, la mesa del comedor y el brasero. La señora Felisa prefirió el armario y la alacena. También se quedó con la lámpara. No era mucho, pero... El resto ya era muy viejo y se rompería si intentaban moverlo.

—Eres un buen mozo —me dijo la señora Felisa—. A veces tu padre y yo hablábamos sentados ahí fuera. Él estaba muy orgulloso de ti.

Cerré la casa y me fui a devolver la llave al dueño, un hombre gordo que la había heredado de su padre.

—Siento mucho la muerte de su padre y le acompaño en el sentimiento. Era un todo un señor, muy serio y cumplidor. Nunca dejó de pagar el alquiler, nunca se retrasó, nunca se quejó de nada —me dijo.

Sí. Ése fue mi padre. El que nunca se quejó de nada, el que se lo tragaba todo en silencio, el que se sentaba en el patio y el que me contaba cosas. Descanse en paz.

*** ***

Era una tarde de finales de marzo. Me encontraba en la parada de la Avinguda de la República Argentina, delante del salón Craywinckel, para dirigirme al casino, como cada día. Manuela se había ofrecido para coserme un brazalete negro en el brazo de la chaqueta, pero no acepté. El dolor se lleva dentro. Lo de fuera es puro teatro. Además, ¿qué explicación habría podido dar en el casino?

—¿Qué tal, Víctor? —oí la voz del comisario Chapí a mis espaldas, justo cuando llegaba el tranvía.

Me di la vuelta, sorprendido.

—Como siempre, comisario. ¿Y usted? —reaccioné.

—No muy bien. —Negó con la cabeza y se rascó la barbilla. Lo hacía siempre que pretendía simular una conversación informal—. Marzo todavía es un mes frío y húmedo en el que el esfuerzo que tienes que hacer en cualquier trabajo parece que se multiplica por diez y en el que los huesos crujen a cada paso —dijo en tono de queja—. El día 21 oficialmente ha acabado el invierno, pero a mí se me está haciendo más largo..., o quizás es que ya me hago viejo.

—¿Tanto trabajo tiene? —le pregunté.

—No lo tendría si no fuese por algún caso que me tiene muy preocupado y para el que no dispongo de solución —me dijo. Respiró hondo, rascó el suelo con el zapato y preguntó—: ¿Sabe que en todo este tiempo nadie ha tenido la menor noticia de Lucca Bonatesta?

—¿De quién? —pregunté haciéndome el despistado.

El tranvía se detuvo delante de mí y los que aguardaban en la parada subieron.

—El italiano que desapareció en noviembre, hace ya más de tres meses. Casi cuatro. ¿No me diga que lo ha olvidado?

—La verdad es que ni me acordaba —mentí.

El conductor del tranvía hizo sonar su campana, pero el comisario no se movió y yo tampoco.

—¡Cómo pasa el tiempo!, ¿verdad? Es increíble. Me duermo pensando en él y me despierto obsesionado con él. Hemos encontrado a gente que le vio en el casino, gente de fuera, gente que también había decidido pasar un rato divertido —dijo, con el mismo tono, aquel que utilizaba cuando deseaba aparentar que no había venido por nada en particular, que pasaba por ahí, por casualidad. El problema era que la Avinguda de la República Argentina le pillaba un poquito lejos para pasar por allí por casualidad. Me preguntaba cuánto tardaría en soltar la bomba—. Sin embargo, no hemos encontrado a nadie que le viese después de que, tal como suponemos, abandonase el casino. No hay nadie que recuerde haberle visto en el tranvía de vuelta. Quizás aún está en el casino.

—Pues cuando le descubramos tendrá que pagar una buena factura por su alojamiento clandestino —me atreví a bromear.

—Muy agudo —dijo el comisario, me apuntó con su dedo índice y miró al conductor.

—Debe de ser alguien muy importante, cuando se toman tantas molestias por él —le dije, también mirando al conductor del tranvía.

La campana sonó de nuevo. El conductor me miraba a mí. Me conocía y sabía adónde iba. Yo era un pasajero habitual.

—Parece ser que tiene una esposa muy celosa que está muy preocupada —dijo, e hizo chascar la lengua mientras torcía la cabeza—. Ya sabe cómo son las mujeres italianas. Terriblemente temperamentales.

—Quizás el pobre perdió demasiado dinero y, si la esposa es tan temperamental, no se atreve a regresar —le respondí.

El del tranvía me hizo un gesto con la cabeza. Ya no podía esperar más. Asentí lentamente, sonriendo, y él suspiró, encogió los hombros y soltó el freno.

—Quizá —dijo el comisario, e hizo una pequeña pausa—. El problema es que la buena mujer ha empezado a preocupar al resto de la familia, y entre los parientes del desaparecido hay uno por parte de padre que es diputado, un hombre influyente, que no se conforma con un simple informe que diga que nuestro hombre salió del casino y que no llegó al hotel.

—¿Y qué más quiere?

—Saber lo que ocurrió desde que abandonó el casino, si es que lo abandonó.

Ya era la segunda vez que ponía en duda que el italiano hubiese abandonado el casino. Aquello empezaba a no gustarme.

—Ya oyó las declaraciones de los empleados.

—Lo único que recuerdo, y que tengo muy bien anotado, es que el señor Jean Louis Perigord dijo que le había visto dirigirse hacia la puerta de salida y que un portero apuntó que pudo haber subido al tranvía, pero que ellos se fijan mucho más en los que se marchan en uno de los coches de la casa que en los del tranvía —me dijo, y me miró a los ojos—. Y es lógico, porque el tranvía lo utilizan todos los que sólo han venido al parque de atracciones, que son muchos, y ésos, a los porteros, no les preocupan. ¿No es verdad?

—Por esa misma razón, lo más seguro es que tomase el tranvía, porque los porteros recuerdan a todos los que se fueron en coche —le respondí, sin apartar la mirada.

—Si usted supiese algo, me lo diría. ¿No es cierto, Víctor? —preguntó.

—¿Cree usted que me atrevería a ocultarle algo, comisario?

Sonrió divertido y asintió lentamente.

—A veces nos metemos en líos sin saberlo. Incluso lo hacemos de buena fe. Al final resulta que desconocemos lo que de veras está sucediendo e incluso nos engañamos e imaginamos que los demás están ciegos —dijo, y se quedó esperando una respuesta.

—Si sé algo, se lo comunicaré. No tengo la menor intención de quitarle el sueño a nadie.

—Mi sueño es un asunto de menor importancia. Muchas noches me las paso en vela. Es la edad. Pero el sueño del gobernador civil es otro cantar. A él le gusta dormir tranquilo y últimamente no le dejan.

—¿Tan arriba ha llegado el caso?

—Ya le he dicho que el tío de ese italiano es un personaje muy influyente. Uno de esos políticos que cuando va detrás de lo que quiere es peor que una mosca cojonera.

—Los políticos son como son —le contesté dejando caer los párpados.

—Y tocan las narices de veras. Tanto es así que el secretario del gobernador civil me ha llamado personalmente para que no descuide este asunto, que ya casi habíamos dejado de lado. Pero, ahora...

—¿Quiere volver a interrogar a todo el personal?

—No lo sé —dijo negando con la cabeza y sonriendo—. Lo tengo todo muy bien anotado.

—Como guste usted, comisario —respondí devolviéndole la sonrisa.

—Ya nos veremos.

—Cuando quiera, ya sabe dónde estoy y cómo encontrarme.

Se dio la vuelta y anduvo un par de pasos hacia el Peugeot que le aguardaba unos metros más allá, pero se detuvo.

—¡Ah! —exclamó, y volvió la cabeza para mirarme al tiempo que levantaba el dedo índice y me señalaba—. Siento mucho la muerte de su padre. ¿Me permite que le acompañe en el sentimiento?

Me quedé de una pieza. Y creo que no pude disimular.

—Las noticias vuelan. Sobre todo las malas. Y llegan muy lejos —me dijo—. Mucho más de lo que creemos.

—Gracias por su interés, comisario. Y por su pésame.

—De nada, Víctor. Ya sabe que siento un gran afecto por usted.

De nuevo se dirigió al automóvil y de nuevo se detuvo, se volvió y me miró.

—Siento mucho que también haya perdido el tren.

—El tranvía, comisario, el tranvía —respondí señalando el transporte, que ya casi desaparecía de nuestra vista.

—¿Está seguro de que lo que ha perdido es un tranvía y no el tren? —dijo sonriendo, divertido—. Lo digo porque es cierto eso de que los políticos son como son y tocan las narices, pero lo políticos hoy están y mañana no. De manera que sabemos por experiencia que la mayoría de ellos gritan mucho porque son conscientes de lo efímero de su cargo, pero, verá, es que me ha llegado a los oídos que la esposa del tal Lucca Bonatesta parece que también tiene parientes que no son políticos. Muy buenos parientes, por cierto, de esos tan italianos y tan sicilianos que se preocupan mucho por los suyos. Y como no se ha quedado satisfecha con las explicaciones obtenidas por la vía política, ahora, según me han informado, ha llamado a otra puerta. No sé si me explico…

—Se explica usted muy bien, como siempre, pero no sé adónde quiere ir a parar.

—¿Sabe quién murió el mes pasado? —me preguntó, pero él mismo se respondió—: François Reichelt. ¿Le suena?

—¿Era cliente del casino? —pregunté simulando extrañeza.

—No, éste no era cliente del casino ni del hotel. —Negó con la cabeza—. Era un inventor que se ha hecho muy famoso. A comienzos del mes de febrero se subió a la torre Eiffel, en París, para demostrar lo bien que funcionaba su gran invento. Un enorme paraguas que llaman paracaídas y que ya había probado desde una altura de diez metros con un notable éxito, y que pretendía probar desde mucho más alto. El problema es que su invento falló y no le salvó del batacazo. Según cuentan, el pobre quedó hecho trizas en el suelo, ante el horror de la gente.

—¿Por qué me cuenta esa historia? —pregunté; en esta ocasión mi expresión de extrañeza era real.

—Por la moraleja —me contestó—. No olvide, Víctor, que en esta vida no hay ningún paracaídas totalmente seguro.

Meneó la cabeza a uno y otro lado, hizo chascar la lengua, se llevó la mano al sombrero a modo de saludo, subió al coche y le vi marcharse.

Se había explicado como un libro abierto. Ahora sí que podía empezar a preocuparme seriamente. Tenía que ver a Boudineau lo antes posible. No podíamos permitir que ciertos empleados pasasen por la comisaría sin ir muy bien asesorados. Porque el comisario volvería a citar a unos cuantos. Nos conocíamos muy bien.

Llegué al casino y me fui directamente arriba. Lucía me informó de que Boudineau estaba reunido con el contable, repasando los libros.

—Necesito hablar con él. Es urgente —le dije.

Me miró un instante y descubrió en mis ojos la urgencia del tema. Para aquellos asuntos, Lucía era un lince y sabía cómo transmitir un mensaje. No utilizó el interfono, sino que se levantó, llamó a la puerta, entró y volvió a aparecer poco después asintiendo con la cabeza mientras me dirigía una mirada clarividente.

—Seguiremos luego —oí que Boudineau le decía al contable, que recogió los libros y desapareció por la puerta lateral.

Lucía salió y cerró la puerta.

—Acabo de encontrarme con el comisario Chapí. Sigue investigando la desaparición de Lucca Bonatesta, el italiano...

—¿Después de tanto tiempo?

—Me ha dicho que Lucca Bonatesta era sobrino de un diputado italiano.

—¿Nada menos que de un diputado? —exclamó—. Usted dijo que no era nadie.

—Parecía que no era nadie, pero tenía una esposa que es de armas tomar.

—¿Y ahora qué?

—Pues que seguirá investigando y no encontrará nada. Sin cuerpo no hay delito.

—¿Seguro que no encontrará el cadáver?

—¿Acaso sabe usted dónde está? —le devolví la pregunta.

—¡Por supuesto que no!

—Ni usted ni Pedro ni Jean Louis ni nadie —le dije, sonriendo—. No lo encontrarán.

—Esto no me gusta —negó con la cabeza.

Al pobre no le gustaba nada que se saliese de lo habitual, nada que oliese a posible problema, nada que se apartase de la rutina, nada que le obligase a pensar. «Pero ¿qué cree que es la vida?», exclamé en mi interior. ¿Una balsa de aceite? Cada día aparecen nuevos problemas y cada día hay que buscar nuevas soluciones. Eso es la vida. Movimiento constante, cambio permanente, inseguridad y lucha.

12 - ¡BUEN VIAJE, MI AMOR!

El día 5 de abril de 1912, martes, me tomé el día libre. Me levanté temprano y me fui al restaurante que había en el Carrer Bailén esquina Diputació, en donde había encargado un faisán con ciruelas, para ver si todo estaba a punto y saber cuándo me lo traerían. Quedamos en que vendrían hacia la una del mediodía. El primer plato, un gratinado de col, me lo preparaba Encarna.

Luego entré en la floristería y encargué dos docenas de rosas. Muy caras, por cierto, porque eran las primeras de la primavera. Me las entregarían a las doce en punto. Tenía previsto disponer una docena sobre la mesa, en un centro, y el resto lo convertiría en pétalos que esparciría por encima de la cama.

Regresé a casa con una botella de champán francés y otra del mejor vino que había sido capaz de encontrar. Al llegar al portal vi a Matías, que estaba moviendo la escoba. Le había observado a menudo, y la verdad es que tan sólo la movía, porque lo que es barrer, acaba haciéndolo Encarna. Sin embargo te daba la sensación de estar constantemente ocupado, siempre con algo en las manos. Y, si tenía que preguntar algo, curiosamente, él era mucha mejor fuente de información que su esposa.

—Buenos días, don Víctor —me saludó.

—La primavera se presenta agradable este año —le contesté.

—¿Se ha fijado en aquel tipo? —me preguntó, señalando con la barbilla—. El del otro lado de la calle.

Miré hacia dónde señalaba y me di cuenta de que había un hombre moreno, con bigote, que parecía estar leyendo el periódico.

—¿Qué pasa con él?

—Que ya debe saberse todas las noticias de memoria.

—¿Tanto lleva ahí?

—Por lo menos una hora. Parece como si estuviese esperando a alguien. O quizás está vigilando a alguien.

—Pues, si pretende vigilar a alguien, lo hace fatal —dije, negando con la cabeza—. Se le ve a la legua.

—A lo mejor es eso lo que quiere, que le vean —me contestó.

Asentí, sonreí y me dirigí al ascensor. Matías, a veces, tenía demasiada imaginación. Aparté aquel pensamiento de mi cerebro para ocuparme de otros menesteres.

A las doce en punto llamaron a la puerta. Traían las flores. Le di una propina al muchacho, cerré la puerta, dispuse el centro sobre la mesa, recogí la otra docena de rosas, las deshojé y eché los pétalos por encima de la cama. Comprobé que las dos velas estuviesen bien situadas sobre la cómoda y que las cortinas no dejasen pasar ni un rayo de luz. Me afeité despacio, procurando que la navaja no dejase ni un pelo sin apurar. Me puse loción para después del afeitado y me peiné. Luego me vestí con el traje azul oscuro y me puse la corbata que ella escogió el día que la vi por segunda vez, en el Passeig de Gràcia.

A la una sonó el timbre de la puerta. Era el mozo del restaurante con la bandeja en la que traía el faisán con todas las plumas tiesas.

—Me ha dicho el señor Julio que justo le falta un punto, que sólo tiene que calentarlo unos cinco minutos a medio fuego —me informó el muchacho.

Le di propina y se fue más contento que unas pascuas. Me dirigí a la cocina y encendí uno de los fogones de gas. Pero lo apagué enseguida. ¿Cómo iba a calentarlo si ella aún no había llegado?

Un cuarto de hora más tarde volvió a sonar el timbre. Esta vez era Encarna, que traía una cazuela de barro cocido con el gratinado de col.

—Hasta las dos se mantendrá caliente, porque acabo de apartarlo del fuego y el barro mantiene. ¡Cuidado, no se queme! —exclamó cuando vio que iba a ayudarla.

Puso la cazuela sobre la mesa, con mucho cuidado, para que no se desplazase la esterilla de esparto que protegía el mantel.

Encarna se marchó y yo comprobé que todo estuviese en su sitio. Entonces miré por la ventana, impaciente, esperando verla llegar.

El tipo que me había señalado Matías, seguía de pie en la acera de enfrente, Ahora ya no leía el periódico, sino que lo sostenía hecho un rollo con ambas manos. Si esperaba a alguien le estaban dando un buen plantón.

Poco después de las dos sonó el timbre. Le di un último vistazo a la mesa, eché a correr y encendí las velas de la habitación, comprobé que no faltaba ningún detalle y fui a abrir. Carla estaba muy hermosa, con el pelo recogido y la gargantilla.

Parecía una diosa..., y yo no volvería a verla hasta dentro de un mes y medio.

La ayudé a quitarse el abrigo y lo dejé sobre la silla. La besé fundiéndome con ella, y ella conmigo. La comida se quedó en la mesa, sin que nadie la tocase, porque nosotros pasamos de largo.

Me resulta imposible poner en palabras lo que sucedió aquel día. La desnudé despacio, procurando que cada prenda fuese un pétalo de los que había esparcido por encima de la cama. Acaricié su piel, centímetro a centímetro, con tanta suavidad que su perfume quedó prendido de mis dedos, mientras la luz de las velas temblaba y hacía temblar sus carnes. La cubrí de besos, froté sus pechos con los pétalos de rosa y contemplé como sus pezones se oscurecían y se endurecían hasta que casi deseaban desprenderse. Tras aquel paseo tan sosegado, la poseí casi con violencia y me respondió con una pasión como jamás había visto en ella, que se escapaba por cada uno de sus poros y me abrazaba. Cuando llegó el éxtasis, el universo entero estalló en nuestro interior.

¡Dios! Mientras me adormecía con la cabeza recostada sobre su pecho y notaba su mano, que acariciaba mi pelo, supe lo que es el alma, esa dimensión sin límites que te abraza y al mismo tiempo te absorbe, que hace que tu corazón galope a lomos del infinito, que tu mente se detenga y que todo tu ser sienta, simplemente sienta, mientras el tiempo deja de existir.

—¿Podrás aguantar hasta que regrese? —la oí decir.

Sonreí y negué sin pronunciar palabra. No quería que se fuese nunca, repetía entre ensoñaciones.

—Pues no tendrás más remedio. Mañana tomamos el tren —oí su voz en la lejanía.

Y ahí me dormí por completo.

Me desperté. No sabía ni qué hora era. Mi sueño había sido tan profundo que casi me parecía la mañana siguiente. Ella se había levantado, se había vestido y ahora estaba sentada en el borde de la cama, a mi lado, contemplándome a la luz de las velas, que habían menguado hasta casi desaparecer.

—¿Qué horas es? —pregunté.

—Las cinco. Debo irme.

—¿Y la comida?

—Todo estaba muy bueno.

—¿Has comido? —pregunté, y ella asintió—. ¿Por qué no me has despertado?

—Dormías tan profundamente... —dijo, se inclinó y me besó.

La abracé e intenté abrirle la blusa, pero ella retuvo mi mano.

—Debo irme —repitió—. En casa andan todos como locos. María lleva tres días preparando el equipaje. Ella también viene con nosotros. Mamá le ha preguntado a papá qué ropa tiene que llevarse y la respuesta ha sido: «De primavera, pero también algo de abrigo, y sobre todo ropa para fiestas y bailes». Son las primeras vacaciones de verdad que papá se toma y parece que ha decidido hacerlo como Dios manda.

—¿Y Bruno?

—Mamá le ha pedido que nos acompañe; papá no ha pegado saltos de alegría, pero tampoco se ha opuesto. Las relaciones entre ellos siguen bastante tensas. Sin embargo, Bruno ha dicho que no, que alguien tenía que quedarse. ¡Como si fuese a ocuparse de algo!

—Me levanto, me visto y te acompaño —le dije, e hice ademán de quitarme la sábana de encima.

—Ni hablar —me contestó, sonriendo con picardía. Puso su mano sobre mi pecho—. Prefiero llevarme de ti esta última imagen. Es más sensual. Y deseo que en mis labios quede tu último beso. No el que me darías deprisa y corriendo en la puerta de casa o en la escalera, temiendo que apareciese la portera y que nos sorprendiese.

—Entonces deja que te desee un buen viaje, mi amor.

Cuando se dirigía a la puerta, aún tenía en mis labios el gusto de los suyos. Oí la puerta que se abría y se cerraba, y una de las velas se apagó. Permanecí un rato en la penumbra del dormitorio. Me sentía bien, feliz. ¡Inmensamente feliz! Nunca olvidaría aquella tarde.

*** ***

Al día siguiente, 6 de abril, se estrenó en el teatro Eldorado la obra *Nausica*, de Joan Maragall, que había muerto en diciembre del año anterior, aún no hacía ni cuatro meses. Si Carla no se hubiese ido de viaje, habríamos ido a verla. A ella le gustaban las obras de aquel poeta catalán. Yo las desconocía.

El día 7 llegué al casino hacia las tres y treinta minutos, media hora antes de lo habitual. Pensaba que si me mantenía ocupado los días pasarían más deprisa. Entré en el vestíbulo, intercambié un par de frases con un empleado, tal como hacía a menudo, porque me permitía acceder a un terreno de confianza y enterarme de los chismes que corrían. Luego, me encontré con Néstor, que me dijo que todo estaba en calma. Finalmente me acerqué a las salas de juego para echar un vistazo. Saludé a los crupieres y a los empleados. Concluido aquel ceremonial, salí y me dirigí al guardarropa.

Fue al pasar por delante de la escalera cuando vi a Pedro Nieto, que bajaba. No es que el hecho de verle me sorprendiese. Mis hombres se movían libremente por todo el casino y por el hotel. Formaba parte de su trabajo. No, no fue verle bajar las escaleras, lo que llamó mi atención, sino su actitud. Mantenía la cabeza muy tiesa, se apoyaba en el pasamano con cierto aire dominante y sonreía confiado y seguro de sí mismo. Demasiado seguro para su forma de ser habitual. Entonces vi aparecer a Boudineau detrás de Pedro Nieto, que bajó más deprisa y lo detuvo poniéndole la mano en el hombro en un gesto casi de camaradería. Ellos no me vieron y yo me eché para atrás y me oculté discretamente. Supongo que se movían confiados porque yo siempre llegaba más tarde. Les observé hablar amigablemente y sonreír. Y no me gustó. Aquello tenía todas las trazas de venir de lejos y de haber llegado mucho más lejos aún.

De pronto sentí que estaba despertando de un sueño profundo o que mis ojos internos se abrían a la luz después de haber permanecido completamente ciegos. Por mi mente desfilaron pequeños detalles que, si no hubiese vivido tan pendiente de Carla, no me habrían pasado por alto.

Lo primero que me vino a la memoria fue la reacción de Boudineau, unos días antes, cuando le informé de que el comisario seguía adelante con la investigación. Y en aquel momento fui consciente de que su actitud respecto a mí había cambiado. Se mostraba más distante y ponía en duda mis palabras o mis decisiones. También tenía la sensación de que Lucía ya no se mostraba tan comunicativa, aunque su cambio era muy discreto. Seguía sonriendo y tratándome con el mismo respeto, naturalmente, con aquel gesto tan profesional, y me comunicaba lo que tenía que comunicarme, pero sin la familiaridad de las últimas semanas. Sí, había algo en ella que no me cuadraba. No era nada en concreto, sino que un sexto sentido me alertaba de que algo no andaba bien. Estragué, con quien nunca había tenido demasiado trato, aparentemente seguía igual. Pero quien de veras me mostraba la dimensión de lo que podía venírseme encima era Pedro Nieto, con aquella aureola de quien ya se considera jefe.

Me escabullí como pude para que no se percatasen de mi presencia y busqué a Antonio. Él me informaría de lo que fuese. Lo encontré montando guardia en la puerta lateral del casino.

—¿Qué haces aquí? —le pregunté, extrañado.

—Pedro me ha dicho que *monsieur* Boudineau ha ordenado que alguien vigile esta puerta. Dice que no podemos descuidar ninguna entrada —me contestó.

—¿Desde cuándo recibes órdenes de Pedro?

Dudó. No se atrevía a responder.

—¡Venga, Antonio! —exclamé—. Estamos solos y no necesitamos disimular.

Sopló con fuerza. Se le notaba muy tenso.

—Víctor, aquí pasan cosas muy raras y esto no me gusta —me dijo.

—¿Qué cosas?

—Pedro se queda muchas noches.

—Es normal. Él se encarga de vigilar las partidas nocturnas de cartas.

—No. —Negó con la cabeza, miró hacia el pasillo y bajó la voz—. Hay noches que se queda y no hay prevista ninguna partida.

—¿Desde cuándo pasa?

—No lo sé, pero desde hace unos días ya es algo descarado. Se comporta como si ya fuese el jefe. Te la están jugando.

—Si es así, les va a salir muy caro —repliqué.

—Ten cuidado. Pedro es muy ambicioso. Nos ha engañado, porque, según tengo entendido, abandonó la policía antes de que lo echaran —me dijo—. Cobraba favores.

—¿Y los demás? ¿Qué piensan?

—¡Uf! —exclamó—. Néstor y Mario hacen muy buenas migas, entre ellos y con Pedro. José, en cambio, se mantiene al margen y creo que se marchará. Va detrás de un trabajo como encargado en una fábrica. Si le sale bien, se larga. Seguro. A él tampoco le gusta lo que está pasando.

No era lugar para hablar con calma. Podía aparecer cualquiera en cualquier momento.

—Vuelve a la puerta de entrada y haz como si nada sucediese. ¿De acuerdo? Si alguien te pregunta, soy yo quien te he mandado allí.

Durante el resto de la tarde estuve observando a Pedro, a Néstor y a Mario. Sí, Antonio tenía razón. Entre ellos había una complicidad tan evidente que saltaba a la vista. Hablé con Jean Louis para confirmar mis apreciaciones y no me equivoqué. Respondía a todas mis preguntas, pero no iba más allá. En cuanto a Boudineau, me saludaba como siempre, pero tampoco iba mucho más allá.

Al concluir la jornada me dirigí al tranvía, donde coincidí con Antonio. Él había subido por la puerta delantera y yo subí por la trasera. Hicimos el trayecto por separado. Así lo habíamos convenido. Al llegar a República Argentina nos apeamos y echamos a andar, cada uno por una acera. No nos encontramos hasta que estuvimos seguros de que nadie nos seguía ni nos vigilaba. Tal vez me estaba volviendo maniático, pero ya no me fiaba de nadie.

—¿Cómo es posible que no me haya dado cuenta de nada? —exclamé cuando ya andábamos juntos.

Nos dirigíamos al barrio de Gràcia. Allí podíamos perdernos por las calles estrechas y hablar tranquilamente.

—Llevas unas semanas que no sé qué te ocurre. Seguro que esa que miras con ojitos de pavo te ha sorbido el seso —me dijo Antonio.

—¿Quién?

—¡Anda ya, Víctor! Que nos conocemos desde que se nos caían los mocos —me replicó—. La Torres.

—¿Tanto se nota?

—¡Sois la comidilla de todo el casino, hombre! —exclamó.

El comisario tenía razón: creemos que los demás están ciegos y los verdaderamente ciegos somos nosotros.

—Abre bien los ojos y, a partir de ahora, infórmame de todo —le dije—. Quiero saber qué piensa cada uno de ellos.

—Pues no lo tengo nada fácil. Ya has visto cómo me tratan: «Antonio, vigila esa puerta; Antonio, ve a buscar un coche; Antonio esto o aquello», pero no me cuentan nada. Y puedo asegurarte que saben mucho más de lo que imaginas. Ya me conoces. Parezco tonto, sé hacerme muy bien el tonto, pero tengo un oído muy fino.

Aquellas palabras me recordaban las del comisario Chapí: «Las noticias vuelan. Sobre todo las malas. Y llegan muy lejos. Mucho más de lo que creemos».

—¿Cómo qué? —pregunté.

—Como que tu padre ha muerto.

Me detuve en seco. Se me había helado la sangre en las venas. Lo agarré por el brazo y le miré a los ojos.

—¿Cómo se han enterado?

—No tengo ni idea, pero les oí hablar. Saben dónde vivía. Incluso están al corriente de que sólo asistimos cuatro gatos a su entierro. ¡Lo saben todo! —exclamó—. ¿Comprendes? Saben que nos criamos en el mismo barrio, que nos conocemos desde que éramos pequeños. Por eso me dejan de lado. No me cuentan nada de nada.

Seguimos hasta llegar a la Diagonal. Había sido un largo paseo, muy largo y muy instructivo, y más que revelador, pero nada agradable. ¡Eso sí que no!

Allí nos separamos. Él se marchó hacia la derecha y yo seguí recto, por el Passeig de Gràcia.

Me sentía fatal. A mi padre no le gustaba la idea de que trabajase en el casino. No es un lugar adecuado, decía. Y lo mismo pensaba el padre de Carla. Si les hubiese hecho caso…

¡No! Si hubiese hecho caso a mi padre, no habría conocido a Carla. El balance final era positivo.

Respiré hondo y procuré calmar la mente. ¡Bueno! Después de todo, no lo tenía tan mal, pensé. Si me despedían, tendrían que pagarme un año y medio de sueldo. Hice un cálculo mental. La cifra no era nada despreciable. Era suficiente para montar una asesoría de temas de seguridad y convertirme en patrón. Había leído que en los Estados Unidos esa idea estaba cuajando. ¿Por qué no aquí? Por otro lado, que supiesen que mi padre había muerto hacía poco carecía de importancia. Formaba parte de mi vida privada y no tenía por qué dar cuenta de ello a nadie. De hecho, con su muerte, se cerraba una etapa y empezaba otra. Fue una buena idea conseguir que firmasen aquel documento con mi ascenso y mi seguro de despido, documento que tenía bien guardado y que pondría sobre la mesa en cuanto me apretasen demasiado las clavijas.

Entonces tuve una idea. ¿Por qué no hacerlo ya? Yo era el único que sabía dónde estaba enterrado el cuerpo de Lucca Bonatesta. Ninguno de ellos estaba al corriente y tendrían que pagarme y callar. Pero era mejor no precipitarse. Carla tardaría un mes y medio en regresar. Tenía tiempo de sobra. Ahora, con ella de viaje, podría dedicarme en cuerpo y alma a solucionar todos mis problemas. Cuando regresase del viaje, todo habría acabado.

A la mañana siguiente me despertó el timbre de la puerta. Consulté la hora. Eran casi las nueve. Yo solía dormir hasta las diez, porque me acostaba muy tarde. Me quedé recostado esperando que quien llamaba se cansase, pero era muy insistente. Me desperecé y me acerqué despacio, sin hacer ruido. Abrí lentamente la mirilla. ¡Mierda! Era el comisario Chapí. ¿Qué coño querría ahora? Aporreó la puerta. Ya se había cansado de tocar el timbre y ya se le había acabado la paciencia. Sabía que estaba en casa. Seguro que había hablado con Matías.

—¡Ya voy! —grité.

Regresé a la habitación, me puse la bata y me metí la pistola del 22 en el bolsillo. Nunca se sabe... y con los tiempos que corrían...

—¡Vive usted muy bien, Víctor! —exclamó cuando abrí la puerta.

—Me acuesto muy tarde.

—No me refiero a eso, sino al barrio, al piso, a la casa con ascensor, portero y todo... No está nada mal. Mucho mejor que la falda de Montjuïc. ¿No es cierto?

—¿Se le ofrece algo, comisario?

—¿Puedo pasar?

—Está usted en su casa —le dije, y me aparté.

Entró escudriñándolo todo con la mirada, sin que se le escapase el menor detalle.

—Muy buenos muebles. ¡Sí, señor!

—Los saqué de una subasta. Dispongo de los recibos.

—Acogedora, aunque le falta algún toque femenino. Pero todo llegará. En esta vida no hay nada mejor que tener paciencia.

—¿Puedo ayudarle en algo, comisario? —empecé a impacientarme.

—¿Sabe que ayer el Fútbol Club Barcelona se proclamó campeón del primer campeonato de fútbol de España?

—No soy aficionado a ese deporte —repliqué.

—Le metió dos goles a la Sociedad Gimnástica Española de Madrid —me informó, y meneó la cabeza mientras hacía chascar la lengua. Esa costumbre me sacaba de quicio—. Los catalanistas tienen que estar eufóricos. Montan un campeonato de España y lo ganan ellos, y golean a los del centro de la península, los del gobierno.

—¿Ha venido a hablarme de fútbol?

—No, pero es un tema de conversación que está en todos los bares y cafeterías de Barcelona. El fútbol es un deporte en auge.

Se acercó a la ventana, apartó la cortina y observó la calle. Me puse detrás de él y miré por encima de su hombro. En la otra acera vi al hombre que me había mostrado Matías. Sostenía el periódico en las manos.

—¿Le conoce? —me preguntó señalando con la barbilla.

—¿Debería? —le contesté con otra pregunta.

—El portero de la finca, un hombre muy amable, muy observador y muy bien informado, me ha dicho que ya es la segunda vez que lo ve. El primer día se pasó casi una mañana y hoy ha vuelto a aparecer. Matías…, así se llama el portero, ¿verdad? —dijo, y asentí—. Matías dice que casi se atrevería a jurar que está vigilando esta casa.

—Deténgale —le sugerí en broma.

—No puedo. No hace nada ilegal. No está prohibido estar en la calle; no molesta a nadie. Debería saberlo —me contestó, pronunciando las mismas palabras que yo usaba en otros tiempos, cuando trabajaba para el Gordo. Soltó la cortina y se dirigió hacia la mesa, pero no se detuvo, sino que siguió hacia el pasillo.

«¡Vaya! Se ha tomado muy en serio eso de que está en su casa», pensé al verle abrir la puerta de la cocina, entrar y abrir la de la galería.

—¿Quién coge el pico y quién la pala? —me preguntó, señalando el rincón donde yo había dejado aquellas herramientas.

Estaban allí desde el día que enterramos a Lucca Bonatesta. Había querido llevármelas y devolverlas al parque de atracciones, pero no encontraba nunca el momento ni la ocasión. No podía sacarlas delante de las narices del portero.

—Aquí nadie usa estas herramientas.

—¡Oh! —exclamó—. Como son dos, las herramientas, yo creí que…

—Ya le he dicho que no las utilizo.

Se rascó la barbilla, pensativo, sin dejar de contemplar el pico y la pala.

—Debe de ser cierto, porque, por más vueltas que le doy, no soy capaz de imaginar qué pueden hacer con un pico y una pala, usted y la señorita Torres —dijo, y me miró directamente a los ojos—. Porque ha venido aquí, a este piso, más de una vez, ¿no?

Le habría partido la cara. El muy cabrón era capaz de soltar los golpes más bajos e intuía dónde podía hacer más daño.

—No creo que mi vida privada le interese. Ni la de la señorita Carla Torres —le contesté muy serio, devolviéndole la mirada.

—Depende. A veces me interesan ciertas vidas privadas. No por puro chismorreo, sino por temas profesionales. Es mi trabajo.

—Por supuesto, comisario.

—¿Puede decirme de dónde las ha sacado y qué hacen aquí? —me preguntó.

—Ya estaban aquí cuando ocupé el piso —mentí.

—¿Sí? —exclamó, y se agachó para tocar las herramientas —. La tierra está muy seca. Muy, muy seca —repitió.

¡Bien! El comisario tenía ganas de jugar. Pues, jugaríamos.

—¿Ha venido porque necesita un pico y una pala? —pregunté en un tono jocoso. Había conseguido calmarme un poco —. Si quiere, puede llevárselas. Ya le he dicho que no las utilizo para nada.

De nuevo se puso en pie y volvió a mirarme a los ojos.

—No, gracias. No sabría qué hacer con ellas. No tengo nada que enterrar —me contestó, también jocoso.

254

—¿Puedo ofrecerle algo de beber? —pregunté.

—Ya sabe que no bebo cuando estoy de servicio.

—¿Está usted de servicio? Yo creía que había venido simplemente a verme y charlar un rato..., como no me comunica el motivo de su visita...

—¡Ah, sí, el motivo! —exclamó, al tiempo que se daba una palmada en la frente—. Casi se me olvida. Como usted es el director de seguridad del casino y del hotel, he creído que sería oportuno que supiese que la policía francesa nos ha comunicado que ha muerto un tal Francisco Urdiel. Ese nombre le suena, ¿verdad?

—¿Qué ha dicho? —exclamé, y me quedé con la boca abierta—. ¿Qué pinta en esta historia la policía francesa? —pude preguntar cuando reaccioné.

—Es lo natural cuando alguien muere en Francia.

—¿En Francia? —pregunté, más que sorprendido.

—Sí, a bordo de un tren, cerca de París. Lo apuñalaron y le robaron todo cuanto llevaba. Dinero, documentación, efectos personales... Por eso han tardado un poco en identificarlo. ¿Le conocía usted?

—Era uno de los camareros del casino.

—Camarero... ¿Sólo camarero?

—Sí, que yo sepa.

—No deja de ser curioso —dijo, pensativo—. Un simple camarero que recibe una oferta para trabajar en un restaurante de París —dijo. Meneó la cabeza mientras chascaba la lengua.

—Quizá no es tan extraño. Jean Louis es francés, *monsieur* Boudineau también, y buena parte de los cocineros y unos cuantos miembros del consejo de administración..., y... somos una empresa con capital francés y muchos clientes franceses —repliqué.

—Digo que es muy curioso porque deseaba conocerle y tener una charla con él, precisamente, porque alguien ha sugerido que sabía algo sobre Lucca Bonatesta.

—Ya interrogó usted a todo el personal. Lucía nos proporcionó la lista de todos los que habían trabajado aquel día.

—No, amigo Víctor. Interrogué a los que ustedes me dijeron que habían trabajado aquel día. Tengo la lista en el bolsillo y el nombre de Francisco Urdiel no aparece.

—¿Cómo que no?

—Pues no. —Negó con la cabeza—. No aparece por ninguna parte —repitió, recalcando cada sílaba.

—Eso significa que aquel día no trabajó —respondí, reaccionando de inmediato.

¿Por qué no estaba en la lista? Lucía había confeccionado una lista completa. Francisco Urdiel tenía que figurar en ella.

—Ahí está el problema —dijo, y me apuntó con su dedo índice—. Hay quien sostiene lo contrario.

—El tema del personal lo lleva el director del casino, el señor Estragué.

—Ya lo sé, pero he creído que usted, como responsable de seguridad, tenía que saberlo.

Asintió sonriendo, sin dejar de mirarme a los ojos. Luego echó a andar hacia la puerta del piso. Le acompañé en silencio, le abrí, salió, se dio la vuelta y me miró, mientras volvía a apuntarme con el dedo.

—Necesito encontrar a Bonatesta. Vivo o muerto —me dijo. Después añadió—: Quiero su cuerpo.

No me atreví a tensar más la cuerda con una broma sexual. Había leído en su mirada que no estaba dispuesto a tolerármela y que no aceptaría que le dijese que Lucca Bonatesta podía estar vivo. Tanto él como yo sabíamos que eso era imposible. De hecho, yo lo sabía mucho mejor que él.

Se dirigió al ascensor, se metió dentro y desapareció. Cerré la puerta despacio y me quedé pensativo.

13 - EL JUEGO DEL ESCONDITE

Saludé a Matías y salí a la calle. Miré arriba y abajo, distraídamente, y me dirigí hacia la parada del tranvía. Fui andando despacio y me detuve frente al aparador de una joyería, simulando que me interesaban unos relojes; aquello me sirvió para comprobar si me seguía alguien. El tipo que me había señalado el comisario, y antes el portero, había desaparecido.

Seguí andando despacio, pasé de largo por delante de la parada sin detenerme y me percaté por el rabillo del ojo de que el tranvía se detenía, de que de él se apeaban dos mujeres y de que arrancaba de nuevo. Nadie aparecía a la vista. Al llegar a mi altura aún no había tenido tiempo de tomar velocidad, así que pegué un salto y me encaramé a la plataforma. El cobrador me miró, pero no hizo ningún comentario. Debía de pensar que estaba loco.

Durante todo el trayecto me noté muy tenso. Cualquier tontería, como por ejemplo el roce de mi compañero de asiento, me sobresaltaba; miraba a los demás viajeros con desconfianza y un gesto un poco brusco me ponía alerta. Tuve que respirar hondo y procurar calmarme. Algo en mi interior me decía que aquel iba a ser un día complicado.

Al llegar al casino, me fui directamente arriba. Lucía me informó de que Boudineau no había llegado todavía.

—Dígame, señorita Lucía: ¿de dónde sacó los nombres para confeccionar la lista que entregó al comisario sobre los empleados que habían trabajado el día de la supuesta desaparición de aquel italiano? —pregunté.

Ella me miró con sorpresa.

—¿Sabe de qué le estoy hablando?

—De cuando desapareció aquel italiano, me imagino —me contestó, y yo asentí—. Saqué los datos de las fichas de personal. Ahí están anotados los horarios y los turnos, las entradas, las salidas, las incidencias, las ausencias…

—¿Recuerda si en esa lista figuraba el nombre de Francisco Urdiel?

—Había bastantes nombres. No puedo recordarlos todos. Además, aquel día todo el mundo tenía mucha prisa y no hacían más que pedir y pedir. No es que yo me queje, ¿eh?

—Por supuesto, señorita Lucía —corté su discurso—. Quisiera ver la ficha de Francisco Urdiel, por favor.

—Anteayer la pasé al archivo histórico, señor Pons. Al del sótano.

—¿Por qué?

—Ya no trabaja para nosotros —me contestó, como si aquello fuera más que obvio. Ella era muy eficiente.

—Es cierto. Lo había olvidado —mentí—. ¿Puede recuperarla y enseñármela?

—Faltaría más, señor Pons.

—Mientras usted va a buscarla, yo hablaré con el señor Estragué.

—Tendrá que esperar. Ha tenido que ir un momento al hotel, pero regresará enseguida.

—Le esperaré.

Vi que bajaba las escaleras con su gracia habitual y me quedé allí, esperando a Estragué, mientras leía la prensa. Al cabo de un rato la vi aparecer de nuevo. Venía con las manos vacías, me dirigió una tímida sonrisa, se dirigió al archivador, lo abrió y rebuscó entre las fichas.

—No tendiendo qué puede haber sucedido. No la encuentro. —Casi tartamudeó—. Juraría que la bajé. Vamos, estoy segura.

En aquel momento apareció Estragué, por la escalera.

—Tenemos que hablar —le dije.

Me miró muy serio, asintió y señaló la puerta de su despacho.

—Señorita Lucía, procure que nadie nos moleste, si no es absolutamente necesario —ordenó.

—Sí, señor Estragué —contestó Lucía, y me miró—. ¿Quiere que siga buscando la ficha?

—Cuando la encuentre, me la enseña de inmediato.

—Sí, señor Pons.

Entramos en el despacho y Estragué cerró la puerta.

—Siéntese, por favor —me dijo, al tiempo que señalaba una de las butacas que había frente a su escritorio.

Me senté. Tenía una actitud extraña y parecía muy preocupado. De manera que preferí esperar a que él hablase primero.

—Acaban de comunicarme que Francisco Urdiel ha muerto —me dijo—. Parece ser que lo han asesinado en un tren, camino de París, para robarle.

—Ya lo sé. Por eso venía a hablar con usted. Esta mañana me ha visitado el comisario Roger Chapí y me lo ha comunicado. ¿Cómo se ha enterado usted?

—Ha telefoneado *monsieur* Boudineau.

—¿Y él cómo lo ha sabido?

—Ha hablado con París, por otros temas, y el dueño del restaurante que le había ofrecido trabajo a Urdiel se lo ha comunicado.

—¿Puedo hacerle una pregunta muy especial?

—Si puedo responderla... —me dijo mirándome con interés.

—¿Tan extraordinario era Francisco como camarero que le hicieron una oferta para irse a trabajar a París?

Se quedó un instante en silencio. Buscaba las palabras más adecuadas, como siempre. No quise presionarle.

—Se iba para ocupar el puesto de jefe de camareros.

—No ha respondido a mi pregunta —repliqué, sonriendo—. ¿Tan bueno era?

Se quedó de nuevo en silencio, mirándome y calculando el alcance de mi pregunta.

—A veces no valoramos correctamente a los demás y, sin embargo, otros son capaces de verles cualidades que a nosotros se nos escapan. ¿Le he respondido ahora? —me dijo, e inclinó ligeramente la cabeza al tiempo que arqueaba las cejas.

Le miré y sonreí.

—Sí, lo ha hecho. Y se lo agradezco. De veras.

—¿Puedo hacer algo más por usted? —me preguntó.

—¿Sabe que no aparece la ficha de Francisco Urdiel?

—¿La ficha de personal?

—Ésa precisamente.

—¿Y qué importancia tiene? Ya no trabajaba para nosotros.

—Es que su nombre tampoco aparecía en la lista que la señorita Lucía le dio al comisario Chapí.

—Quizá porque ese día no trabajó.

—Aquel día Francisco Urdiel trabajó —dije despacio.

—¿Cómo puede estar tan seguro?

—Disculpe la pregunta: ¿está usted al corriente de todo cuanto sucede en el casino?

—Cuando creo que tengo que enterarme de algo, procuro hacerlo.

La historia del italiano cada vez se estaba complicando más y yo necesitaba aliados. Estragué no sentía demasiada simpatía por Boudineau. Así que me arriesgué.

—¿Puedo pedirle absoluta discreción?

—Diga lo que diga, tiene mi palabra de que no saldrá de este despacho.

—Entonces sabrá que hace cuatro meses, la noche que se supone que desapareció aquel italiano, en la que usted no estaba, sucedieron algunas cosas fuera de lo normal —dije, antes de arquear las cejas.

—Tan fuera de lo normal como que usted, de la noche a la mañana, fue nombrado director de seguridad del casino y del hotel—me contestó sin mover un músculo de la cara.

—Supongo que ya sabe que todo esto no tiene nada que ver con usted, ¿verdad? —dije.

—Cada uno en este mundo debe velar por sus intereses. E imagino que usted jugó sus cartas —replicó.

—Siento por usted un gran respeto y le considero alguien muy inteligente —dije muy despacio. Hice una pequeña pausa antes de seguir. Quería que pudiera ver la sinceridad en mis ojos —. No voy a andarme con chiquitas. Creo que nos encontramos en un momento ciertamente delicado, que puede costar muy caro al casino, que significa lo mismo que decir a los que trabajamos en él. Así que, si me permite, le voy a formular otra pregunta muy directa. —Me detuve de nuevo para ver su reacción. Asintió despacio—. ¿Sabe por qué *monsieur* Boudineau me nombró director de seguridad?

—*Monsieur* Boudineau siempre toma la decisión más adecuada para cada momento y para cada circunstancia — respondió.

—Pero ¿usted conoce la verdadera razón?

Le vi dudar. ¡Vamos, hombre! Lánzate por una vez en tu vida, exclamé en mi interior. Y le miré.

—Algo supuse en cuanto apareció el comisario Roger Chapí preguntando por Lucca Bonatesta. ¿Pago por servicios prestados?

—Así es —dije, y asentí—. Lucca Bonatesta murió abajo, en una de las salas pequeñas. Lo descubrimos con un tiro en la boca. Mejor dicho: lo descubrió Francisco. Por eso puedo jurar que ese día trabajó.

—¿Y no estaba en la lista? —me preguntó extrañado.

—No. —Negué con la cabeza, sin dejar de mirarle—. Y su ficha ha desaparecido. La señorita Lucía no la encuentra por ninguna parte.

—¿Insinúa que por eso ha muerto y que alguien del casino tiene algo que ver?

—Por el momento no insinúo nada. Simplemente constato hechos. ¿Cuándo le comunicó Francisco que se iba?

—Hace unos días.

—¿Y no se quedó hasta que tuviésemos un sustituto?

—Es la política de la empresa. Cuando alguien decide irse, lo mejor es decirle adiós y desearle mucha suerte. Así los demás se dan cuenta de que no hay nadie imprescindible. Hoy en día no es difícil encontrar buenos camareros en Barcelona. Y menos teniendo en cuenta el sueldo que pagamos. Su baja ya ha sido cubierta.

—Creo que usted y yo, aunque no hemos tenido muchas ocasiones para charlar, nos entendemos bien —dije.

—Yo también le considero inteligente. Y le agradezco su sinceridad y su confianza —me dijo

Me levanté y abandoné su despacho. Estragué podía ser un buen aliado, si se presentaba la ocasión. Parecía muy sensato, pensé

Boudineau llegó más tarde que de costumbre y me llamó a su despacho. Quería informarme de la muerte de Francisco Urdiel.

—Me lo ha comunicado el comisario Chapí —le dije, antes de que empezase con sus explicaciones.

—¿Cuándo? —me preguntó, sorprendido.

—Esta mañana me ha sacado de la cama para darme la noticia. Pero lo malo es que sabe que tuvo que ver con la desaparición de Lucca Bonatesta. Alguien le ha soplado algo.

—Pero, como ya está muerto... —rió nervioso.

—He dicho que eso lo malo, pero no lo peor —repliqué, y le vi borrar de inmediato su sonrisa—. El nombre de Francisco Urdiel no figuraba en la lista de empleados que la señorita Lucía confeccionó para el comisario.

—¡*Oh, mon Dieu!* —exclamó en francés. Se tapó la boca con la mano—. ¿Cómo pudo cometer semejante error la señorita Lucía?

—La pregunta correcta es: ¿quién modificó la ficha de Francisco Urdiel para que no figurase que aquel día había trabajado? Porque la señorita Lucía no comete errores. Ya sabe cómo es y cómo trabaja. Lo repasa todo tres veces, de arriba abajo.

—¿Por qué cree que alguien modificó su ficha? ¿Y qué interés tendría en ello? —preguntó.

—El interés salta a la vista. No quería que fuese interrogado por nadie. En cuanto a si alguien modificó esa ficha, también resulta evidente. La ficha ha desaparecido. Lucía no la encuentra por ninguna parte.

Se quedó quieto. Creo que reflexionaba. Se mordió los labios, miró al suelo y, de pronto, pareció tener una idea.

—¡Bueno! Si la ficha ha desaparecido y Francisco Urdiel ha muerto... —dijo, sonriendo.

Aquel hombre era idiota.

—Que haya desaparecido no significa que ya no exista. ¿Y si alguien la hace llegar a las manos del comisario y éste descubre que fue manipulada y corregida?

Toda su inspiración se vino abajo. Volvió a morderse los labios.

—Usted dijo que no habría problemas, que se encargaría de todo —me recriminó, mientras se sacaba el pañuelo del bolsillo y se lo pasaba por la frente.

—Y así lo hice, pero yo no contaba con que alguien más tomara decisiones por su cuenta.

—¿Y ahora qué?

—Por el momento nada. Quietos y callados. Si no hay cuerpo, no ha delito; y, si no hay delito, no hay caso.

—¿Escondieron bien...? —preguntó, sin atreverse a pronunciar todas las palabras.

—No se preocupe. Nadie lo encontrará, a menos que... —respondí, y también dejé la frase en el aire.

Por la noche, Antonio y yo salimos juntos y tomamos el tranvía. No me hacía ninguna gracia andar solo y por eso procuré coincidir con él. Hablamos de diversos temas y disimulé cuanto pude para que no se diese cuenta de que estaba muy pendiente de todo lo que nos rodeaba. No vi nada sospechoso y nos separamos a la altura de la Diagonal. Él siguió en el tranvía, camino de su casa. Yo me dirigí a la mía a pie, sin dejar de escudriñar todos los rincones con la mirada.

Llegué al Carrer Bailén y antes de doblar la esquina observé la acera de enfrente de mi casa. No se veía a nadie. Caminé deprisa, metí la llave en la cerradura del portal, abrí y entré. Antes de cerrar eché otro vistazo. Seguía sin ver a nadie. Me dirigí al ascensor. Entré y pulsé el botón del quinto piso. Durante el trayecto, tuve todo el tiempo la mano sobre la culata de la semiautomática. El ascensor se detuvo, abrí y salí despacio. Escuché atentamente. No se oía ni un suspiro. Cerré y me dirigí a la puerta de mi apartamento. El rellano estaba débilmente iluminado por una bombilla. Eché un vistazo por el hueco de la escalera. La del cuarto piso estaba fundida. Miré hacia arriba. No vi nada sospechoso.

Introduje la llave lentamente, procurando no hacer el menor ruido, y la giré con extrema suavidad. La cerradura tenía echadas las dos vueltas, tal como la había dejado. Eso me tranquilizó. Entré, cerré y encendí la luz. Entonces me percaté de que llevaba la pistola en la mano; ni siquiera era consciente de haber desenfundado. ¡Dios! ¿Qué habría sucedido si cuando estaba abriendo la puerta hubiera aparecido alguien en el rellano, mi vecino, por ejemplo? ¿Le habría disparado? Perder los estribos conduce a la precipitación, y la precipitación es muy mala consejera. Me estaba volviendo paranoico. Más valía intentar descansar. Me preparé una copa y me senté en una de las butacas del comedor.

Más relejado, me metí en cama, pero mi mente seguía dando vueltas y más vueltas. De pronto me encontré pensando en el muerto; recordé las palabras de Antonio sobre lo que sucede cuando alguien se pega un tiro en la boca con un treinta y ocho. Y reparé en otro detalle que se debía tener en cuenta: el ruido. A pesar de que el despacho estaba insonorizado, no lo estaba tanto como para que no se oyese el disparo. Un treinta y ocho no es un veintidós, precisamente. A menos que...

Me levanté de un salto, fui a la cocina, retiré la baldosa de la pared y saqué el revólver del muerto, que aún guardaba. Examiné el cañón y hallé una muesca en la parte inferior. No me había equivocado. Aquella marca correspondía al tornillo que sujetaba el silenciador. Por eso el ruido del disparo no traspasó la puerta de la sala pequeña.

Regresé al comedor y me preparé otra copa. Necesitaba reflexionar; había algo que se me escapaba. Quien lo hubiese hecho era muy listo y había pensado en el detalle del ruido. Además era alguien que podía conseguir un silenciador. De manera que no era ningún idiota ni ningún novato.

Me tomé otra copa y me fui a la cama. Con la cabeza clara se ven mucho mejor las cosas.

Al día siguiente me desperté temprano y lo primero que hice fue acercarme a la ventana, apartar ligeramente la cortina y echar una ojeada a la acera de enfrente. No había ni rastro del hombre del periódico. El resto de la mañana me la pasé reflexionando.

El comisario me había preguntado si le conocía. Eso quería decir que posiblemente él no se había fijado hasta que Matías se lo indicó. De manera que el tipo aquel no era ni policía ni detective privado. Entonces, ¿qué o quién era? Si hubiese sido de la mafia, yo ya estaría muerto. Mi padre me había advertido sobre la forma de actuar de aquella gente. Llegan, hacen su trabajo y adiós. No se dedican a seguir a la gente por la calle, y no los ves llegar. Simplemente aparecen y desaparecen. Durante el resto de la tarde procuré hacer mi trabajo lo mejor posible y mantenerme al margen de todo. No fue fácil, pero lo logré. Necesitaba calmarme. Me sentía mejor, mucho mejor, hasta el punto de que casi me había olvidado del comisario, del hombre del periódico, del italiano y de todo.

Hacia las nueve estaba cerca de la terraza y me vino a la mente la imagen de Carla medio sentada en la barandilla, con aquella falda pantalón que le sentaba a las mil maravillas. ¿Dónde estaría ahora?, me pregunté. Divirtiéndose, seguro.

Suspiré. Con tanto ajetreo no le había dedicado demasiados pensamientos, pero ahora, más calmado, me la imaginaba en mi cama, con aquel lazo rojo en su cuello. Antes de que regresase, debía solucionarlo todo, exclamé en mi interior.

—Me he fijado que *monsieur* Boudineau se apoya mucho en Pedro Nieto —escuché la voz de Estragué a mi lado.

Volví la cabeza, le miré y mis pensamientos se diluyeron.

—El día que me nombró director de seguridad, *monsieur* Boudineau también me firmó un seguro laboral. Si me despide, tendrá que pagarme una buena cantidad —respondí sonriente, y volví a pensar en Carla—. Quizá me convenga un cambio de aires.

—Un seguro laboral no es un seguro de vida —replicó Estragué—. No quiero insinuar nada con ello —rectificó de inmediato—. No sé por qué lo he dicho. Me ha salido sin pensar.

—Mi seguro de vida es saber en dónde se encuentra el cuerpo del italiano —le respondí—. *Monsieur* Boudineau no tiene ni idea. Ése es mi seguro de vida —repetí, muy convencido—. No creo que a nadie le interese que yo acuda a la policía.

—De ahí deduzco que usted hizo desaparecer el cadáver —replicó. Entonces frunció el ceño—. Si fuese a la policía, tendría que responder a muchas preguntas. Entre ellas a la de quién le mató.

—Fue un suicidio —dije.

—¿Y cómo demostrará que no fue usted, si es usted, precisamente, quien lo hizo desaparecer?

—Los demás lo saben.

—Perdone que me meta, pero ya le dije que le considero inteligente y... —dijo, y se rascó la barbilla

—Y... —le animé a seguir.

—Si Pedro Nieto y *monsieur* Boudineau se ponen de acuerdo, será la palabra de dos contra uno. ¿Qué alegará usted? ¿Que se ocupó de hacerlo para obtener un ascenso? ¿Quién se lo creerá? —Meneó la cabeza y resopló—. No es una historia que se sostenga en pie.

—Hay más gente que está al corriente.

—Francisco Urdiel está muerto.

—Jean Louis…

—Jamás traicionará a *monsieur* Boudineau.

—No se preocupe. Antonio Farreres es quien me ayudó y él sabe mucho más que los demás. Y Antonio, llegado el caso, declarará.

—Ahora me quedo más tranquilo —suspiró, aliviado—. Verá, es que no lo veía claro y pensaba en cómo podía ayudarle. Lo único que podría decir en su favor es que me lo ha contado, pero como no he vivido nada de esta historia, no puedo certificar nada. Así pues, un abogado desmontaría todas y cada una de mis palabras. ¿Se da cuenta?

—Le agradezco mucho su preocupación.

¡Menos mal que había dado con alguien que valía la pena!, exclamé para mis adentros. Con razón le tenían apartado y no le dejaban participar en las decisiones. Era sensato y honesto, dos cualidades que no abundaban demasiado por aquellas latitudes.

Al día siguiente, miércoles, nada más poner los pies en el casino, Antonio vino a verme. Parecía que me estaba esperando y se le notaba alterado. Me lo llevé a una de las salas pequeñas. Curiosamente era en la que había estado el cadáver de Bonatesta.

—Hoy un fulano me ha seguido —me soltó, cuando apenas había cerrado la puerta.

—¿Por qué? —le pregunté.

—¡Y yo qué sé!

—¿Dónde está ahora?

—Le he dado esquinazo.

—¿Y cómo sabes que te seguía a ti, precisamente?

—Estaba en la parada del tranvía y le he visto leer el periódico. Ha subido al mismo tranvía, se ha apeado en la misma parada y ha esperado para tomar el siguiente tranvía hasta República Argentina. ¡Coño, Víctor! ¡Que no nací ayer! —exclamó.

Oír la palabra periódico y sentir un escalofrío fue una sola cosa.

—¿Leía el periódico? —pregunté.

—Durante todo el trayecto, sólo que lo sostenía al revés.

—¿Al revés? —Era de nuevo una pregunta estúpida, porque lo había oído muy bien.

—Como comprenderás no me ha dado muy buena espina. Así que en una de las paradas, aprovechando que el tranvía iba muy lleno, en el momento en que arrancaba, he saltado por el otro lado y me he escondido en un portal. Entonces le he visto saltar y quedarse como un idiota mirando arriba y abajo sin saber hacia dónde ir. He esperado hasta que se ha largado, he tomado el siguiente tranvía y aquí estoy.

—¿Cómo era? Descríbemelo.

—Más o menos como yo de alto, moreno, delgado, bien vestido, con sombrero, ojos oscuros, bigote, nariz un poco aguileña...

Cuadraba a la perfección con el que me habían mostrado tanto Matías como el comisario. Pero ¿por qué ahora seguía a Antonio?

—¿Tienes una cama para mí en tu casa? —pregunté.

—Puedes dormir con Antoñito, si no te importa tener un terremoto por compañero. Me traje la cama de matrimonio de mis padres y la ocupa él. Tienes sitio de sobra, aunque hay mañanas que lo encontramos atravesado...

—Hoy también saldremos al mismo tiempo, pero no juntos. Tú subirás a la parte delantera del tranvía y yo iré en la de atrás. Cuando lleguemos a República Argentina, saldrás primero y yo después, a cierta distancia. Si te siguen, lo sabremos y actuaremos. Si no sucede nada ni vemos a nadie, al llegar a la Diagonal, bajas y te diriges a mi casa. Subiremos, cogeré algo de ropa y dormiré en tu casa. Mañana, cuando el tipo aparezca de nuevo, le haremos algunas preguntas. ¿De acuerdo?

Asintió y se fue a su puesto. Yo me quedé un rato más allí. Me dediqué a repasar mentalmente los nombres de todos aquellos que, de una forma u otra, podían pensar que yo les debía un favor, en un sentido u otro. «Procura no dejar ninguna puerta abierta —me había dicho mi padre repetidas veces—. Recuerda que no tienes ojos en el cogote. ¿Comprendes?»

Y no conseguía dar con ninguna cara del pasado que no tuviese la puerta cerrada. Menos mal que aquel día no hubo ningún incidente y que todo fue sobre ruedas. He de reconocer que aquella noticia me había alterado y que me sentía incapaz de estar pendiente del trabajo.

Abandonamos el casino tal como habíamos convenido. Esperamos a que apareciese un tranvía. Él salió primero y se fue directo a la parte de delante. Yo salí poco después y subí a la parte de atrás, tal como habíamos convenido. En el tranvía había unas treinta personas, entre clientes y personal que regresaba a casa. En ningún momento noté nada fuera de lo normal. Llegamos a República Argentina, hicimos el cambio de tranvía y tampoco vi nada que me llamase la atención. ¡En fin! Que llegamos a su casa sin el menor contratiempo.

Para justificar mi presencia, nos inventamos una historia sobre que estaban reparando la instalación eléctrica de mi apartamento y que no tenía luz. Estrella se puso muy contenta, aunque le pegó una buena bronca a su marido por no haberla avisado. No tenía la casa en condiciones ni podía ofrecerme una cena como Dios manda. Le dije que no se preocupase, que cualquier cosa me iba bien, que todo había sido muy precipitado y que había confianza de sobra. Sus dos hijos ya estaban durmiendo. Paquito, el pequeño, tenía un año; Antoñito estaba a punto de cumplir los seis.

Cenamos y me fui a la cama. Conocía sobradamente a Antoñito, que era un torbellino, tanto despierto como dormido, y daba vueltas y vueltas sin parar, pero que no se enteró de nada hasta la mañana siguiente, cuando Antonio vino a despertarlo para ir al colegio.

—¿Quién es? —preguntó, señalándome.

—¡Es Víctor! ¿Ya no te acuerdas? —exclamó Antonio.

—¿Qué haces en mi cama? —me preguntó.

—Me han echado de casa.

—¿Quién?

—Los electricistas, que están trabajando con la luz. Pero seguramente acabarán hoy y volverás a tener toda la cama para ti —le contesté.

Me levanté hacia las diez, me lavé, me afeité y me vestí. Antonio estaba en el comedor. Estrella ya había llevado a Antoñito al colegio, y a Paquito a casa de la abuela, y se había ido a trabajar a la fábrica. Formaban una buena pareja. Ella se había planteado dejar de trabajar, pero querían comprarse un terreno y construirse una casa, y el sueldo de Antonio no daba para tanto, así que habían decidido ahorrar. Cuando tuviesen suficiente para el terreno, la cosa cambiaría.

—Estrella nos ha dejado comida. Anoche se acostó muy tarde y ha hecho escudella con todo lo que tenía en casa —dijo, y señaló la puerta de la cocina—. Huele a gloria. Ha dejado hecho café y tienes leche, pan y embutido. También hay tomates, sal y aceite. Y si quieres ajo, para frotar el pan, me lo pides.

Me senté a la mesa, me preparé una rebanada de pan con tomate y corté un poco de embutido.

—Esta tarde, tú saldrás primero —dije—. Yo esperaré un par de minutos y te seguiré. Si aquel tipo sigue vigilándote, se llevará una buena sorpresa.

—Le he estado dando vueltas y creo que ese fulano quería que yo me enterase de que me seguía.

Sonreí divertido. Antonio siempre había tenido unas teorías muy personales. Ya desde pequeño fabulaba sobre qué había dicho o dejado de decir la vecina, lo cual significaba que… La verdad era que nos lo pasábamos muy bien con él.

—A ver, a ver. Cuéntame eso —le animé.

—Hay que ser muy idiota para simular que estás leyendo el periódico y sostenerlo al revés.

—O no saber leer —repliqué.

—Si no sabes leer tampoco sabes escribir, ¿verdad? —preguntó, y arqueó las cejas—. Hace un rato he recordado que se sacó papel y un lápiz del bolsillo y anotó algo.

—¿Papel o una libreta?

—Ya sé por dónde vas, pero ese tipo no es ni policía ni nada por el estilo. No tiene pinta de ello.

De manera que Antonio había llegado a la misma conclusión que yo. Ya éramos dos. Estuve tentado de contarle que también me había vigilado a mí, pero no lo hice.

—Algo habrá que hacer para matar el tiempo —dije—. Saldré a buscar el periódico.

Me acerqué hasta el quiosco, compré el *Diario de Barcelona* y aproveché para dar una vuelta y regresar por otro lado para ver si aparecía alguien. No vi nada especial. Subí al piso de Antonio. Me abrió la puerta y me miró interrogante. Sonreí y negué con la cabeza. El resto de la mañana estuvimos charlando y comentando alguna noticia.

—No creo que Madalena sea un nombre muy apropiado para un ciclista —recuerdo que dijo cuando le comenté que acababa de celebrarse la primera Volta Ciclista a Catalunya, que pretendía seguir los pasos del ya famoso Tour de Francia.

—Te llamas Farreres porque tu padre se llamaba así, pero podía haberte tocado cualquier nombre.

—Cuando se nace predestinado, todo apunta claramente en una misma dirección. Por ejemplo: Henry Ford. ¿A que tiene nombre de automóvil? Estaba predestinado. Newton tiene nombre de científico. No podía ser otra cosa.

Le miré divertido. Tenía una forma de razonar tan particular y lo decía todo con tanta naturalidad que no te atrevías a discutirle nada.

—En esa carrera sólo participaban veintitrés corredores. Es fácil ganar —añadió.

—No sé si es fácil o no, pero ha ganado él, se llame como se llame.

—No tiene mucho futuro. Otra cosa sería que se llamase Valor, por ejemplo, o Escalador.

Cuando éramos jóvenes y salíamos de fiesta, a bailar o a pasear, siempre se convertía en el alma de todo. Era capaz de mirar a un par de muchachas, dirigirse hacia ellas y empezar a hablarles, sin más. Salir con él era garantía casi absoluta de trabar nuevas amistades.

Nos comimos la escudella regada con un poco de vino tinto del Priorato. Si bien olía a gloria, sabía mucho mejor. Tendría que visitarles más a menudo.

Esperamos tranquilamente hasta la hora de marcharnos y abandonamos el piso. Yo me quedé en el portal mientras le veía desaparecer. Cuando lo juzgué conveniente, salí a la calle y me dirigí a la parada del tranvía. Anduve despacio y no vi a nadie que se pareciese ni remotamente al tipo del periódico. Ni durante el corto paseo ni en la parada.

—¿Seguro que no te lo has imaginado todo? —le pregunté cuando ya llevábamos un buen trecho recorrido. Y la pregunta no era tanto para él como para mí mismo.

—Te juro que no —me contestó.

—Entonces es que juega al escondite.

Acabada la jornada repetimos la jugada del día anterior. Abandonamos el casino casi al mismo tiempo, subimos al tranvía por separado, hicimos todo el trayecto hasta República Argentina y realizamos el cambio de línea. Al llegar a la Diagonal nos apeamos, pero como teníamos claro que no nos seguía nadie y que el del periódico se había esfumado, nos separamos. Le dejé en la parada y yo me dirigí andando hacia el Carrer Bailén. No valía la pena molestar de nuevo a Estrella ni dormir con Antoñito.

Llegué a casa un poco cansado, saludé a Matías, que sacaba los cubos de basura, subí a mi apartamento, entré, me dirigí directamente a la habitación, me liberé de la americana y me senté en el borde la cama. La tensión de los últimos días me estaba pasando factura. Cerré los ojos y pensé en Carla. Había imaginado que podría solucionarlo todo antes de su regreso, pero ya no lo veía tan claro. En esta vida te propones una meta y conforme pasa el tiempo todo se complica y pocas veces sale como habías previsto. Me levanté, abrí el cajón superior de la cómoda en busca de un pañuelo y me encontré con la cadena plateada y la llave que mi padre había escondido en la leñera. Junto a ella encontré la nota con la dirección de la taberna El Duque. Tendría que pasar para ver qué era lo que me había dejado. Para no olvidarme, la dejé sobre la cómoda.

El sonido del timbre me sacó de mis sueños. ¿Tan tarde era? Yo juraría que apenas hacía un rato que me había dormido. Encendí la luz y miré hacia la ventana. Estaba oscuro. Me levanté y consulté el reloj. Eran las tres, pero de la madrugada. ¿Quién podía ser a aquellas horas?

Me levanté, me puse la bata y me acerqué a la puerta para echar una ojeada por la mirilla. ¡Santo Dios! ¡El comisario!

—¿Dónde ha estado esta noche? —me preguntó nada más abrir la puerta.

—Aquí, en casa. Matías, el portero, me ha visto llegar —le contesté.

—Vístase, nos vamos de paseo —me ordenó.

—¿A estas horas? —exclamé.

—A mí también me han sacado de la cama. Así que no se queje ni me toque las narices —me contestó en un tono agrio.

—¿Y adónde vamos?

—Apúrese, ya se lo contaré por el camino.

No insistí. Quedaba muy claro que estaba de malhumor. Así que me vestí lo más rápido que pude y me fui con él.

—Se trata de Antonio Farreres —me dijo en el ascensor—. Ha sufrido un accidente. Se ha caído a la vía del tren, en el Carrer Aragó.

—¿Cómo está? —Fue lo único que se me ocurrió preguntar.

—Cuando una máquina de tren te pasa por encima no quedas muy favorecido —me contestó muy serio. Sólo le faltaba añadir que la pregunta era la más estúpida que podía hacerse. Pero, en lugar de ello, dijo—: He preferido venir a buscarle a usted para que lo identifique, antes que pedírselo a su esposa. No es nada agradable.

Me había quedado helado. Es la última noticia que esperaba recibir.

—O sea, que la excursión es al Carrer Aragó —dije cuando pude reaccionar.

—A la morgue —me corrigió—. No íbamos a dejarle allí.

Volví a sentirme idiota. ¿Qué hacía Antonio en el Carrer Aragó? Él no se apeaba hasta la Gran Via. ¡Oh! Aquella noche, precisamente, se había apeado en la Diagonal, pero tenía intención de volver a tomar el tranvía y seguir. ¿Qué había sucedido? ¿Había cambiado de parecer y había decidido ir a pie hasta la Gran Via? Entonces pensé en el tipo del periódico. ¿Tenía algo que ver o había sido un accidente?

—¿Cómo ha sido? ¿Alguien lo ha visto? —pregunté.

—El conductor. El pobre hombre ha necesitado un par de copas de coñac para rehacerse. Cuenta que le ha visto aparecer en la oscuridad, tambalearse como un borracho y quedarse plantado en mitad de la vía. No ha podido frenar y se lo ha llevado por delante.

—Anoche, cuando le dejé, estaba sereno —dije.

—Pues cuando lo han sacado de debajo del tren, olía que apestaba —replicó.

Nos metimos en el Peugeot de la policía y el conductor arrancó. No podía creérmelo. Tan sólo hacía un rato, apenas unas horas, que nos habíamos separado. ¿Qué podía haber sucedido para que se hubiese emborrachado?

—Por lo menos, a éste lo hemos encontrado —comentó el comisario, truncando mis pensamientos.

—¿Qué quiere decir? —pregunté, extrañado. No podía reflexionar con calma. No dejaba de pensar en Antonio, en que hacía pocas horas que había estado hablando con él y ahora…

—¿Sabe qué pienso, amigo Víctor? Que es peligroso estar cerca de usted. Primero desaparece un italiano, luego muere un camarero y ahora Antonio Farreres.

—¿No pretenderá cargarme tres muertos? —reaccioné de inmediato.

—¿Quién ha dicho que son tres?

—Usted.

—No. —Negó con la cabeza—. Yo he dicho que el italiano ha desaparecido, pero yo no sé si está muerto o no.

Me desperté de golpe. ¿Acaso el comisario no dormía nunca?

—Comisario, a las tres de la madrugada es un juego poco elegante. ¿No cree?

—¿Prefiere jugar al escondite? ¿Cuándo me va a decir dónde está el italiano?

—¿Por qué insiste? —me quejé.

—Ya se lo dije. Necesito su cuerpo.

—¿Para qué busca su cuerpo, si dice que está vivo?

—A las tres de la madrugada y con la mala leche que llevo encima, no juegue conmigo —me dijo, y me apuntó con el dedo.

—Con Antonio muerto, usted tampoco juegue conmigo —me atreví a decirle.

Y surtió efecto. Se hizo el silencio hasta que llegamos a la morgue.

El empleado levantó la sábana y me mostró el cuerpo. Estaba irreconocible. La rueda del tren le había aplastado la cara y la cabeza, le había partido el pecho y le había separado un pie. Mi padre me había enseñado que un cuerpo es un cuerpo, un pedazo de carne y unos huesos inmóviles, y que el miedo hay que dejarlo fuera, porque no es más que el producto de la imaginación. Cierto, pero había olvidado explicarme que todo eso no puede aplicarse cuando el sentimiento aflora y se mete por medio. Antonio era amigo mío, no un cuerpo cualquiera. Ver aquello no me daba miedo, sino que arrancaba gritos de dolor a mi alma.

Respiré hondo y busqué su brazo izquierdo para mostrar al comisario la cicatriz en forma de herradura que tenía a la altura del codo. Se había clavado un hierro, cuando íbamos a la escuela. Pero vi otra cosa que me sorprendió. En el costado tenía unos moretones que no parecían consecuencia de una caída fortuita. Sin embargo, no dije nada.

—Es él. No hay duda y no hay por qué hacer que Estrella pase por esto —dije—. Si quiere, puedo comunicárselo yo.

—Ya he mandado a un policía. Es el reglamento.

—Ya lo sé —contesté. Pensé en Estrella. ¡Pobre mujer!

14 - EL DUQUE

Los miraba uno a uno y se me encogía el corazón. Estrella procuraba mantenerse serena, abrazando a Paquito y a Antoñito, pero sus ojos la delataban. Los familiares la rodeaban y la colmaban de muestras de afecto entre lágrimas, abrazos y palabras de consuelo. ¿Qué consuelo pueden darte unas palabras cuando has perdido lo que para ti es lo más valioso de este mundo?

Esperé hasta que la mayor parte de los familiares y amigos se hubieron marchado y entonces me acerqué a Estrella y le di el sobre en donde había guardado el dinero que habíamos puesto entre sus compañeros y yo.

—Hemos hecho una colecta. Le queríamos mucho. Ya sabes cómo era. Siempre tenía una sonrisa en los labios y una palabra amable para todos.

Me abrazó con fuerza y se echó a llorar.

—¿Por qué él? —preguntó.

Unos habían puesto veinte pesetas, otros cincuenta y uno puso cien. Yo había añadido mil ciento veintitrés pesetas y dos reales, todo lo que había sacado de la caja de galletas que había encontrado en la carbonera. Me sentía fatal, culpable por no haberle explicado a Antonio que aquel tipo del periódico también me había vigilado a mí. Quizás, si le hubiese contado ese detalle, aún estaría vivo, porque yo no acababa de creerme que hubiese muerto accidentalmente. ¿Qué hacía en el Carrer Aragó, cerca de Urgell? No era su ruta habitual. ¡Ni mucho menos!

Habían decidido enterrarlo en sábado. El domingo no podía ser. Era el día del Señor y el cura se negaba. Habrían tenido que esperar hasta el lunes. Por fortuna, el forense, nada más llegar a las nueve de la mañana, hizo su trabajo. Todo fue muy rápido, demasiado rápido para mi gusto. El informe de la autopsia había revelado que murió por causa del atropello. Punto final. Sin embargo, yo recordaba que en el costado, cuando levanté el codo para identificar su cicatriz, había descubierto unos moretones. Juzgué prudente no decir nada al respecto y guardé silencio. El forense había escrito en su informe que tenía múltiples contusiones y muchos huesos rotos, pero que era algo lógico tras un accidente tan brutal. Eso me había dicho el comisario, pero yo me preguntaba: ¿cayó o lo empujaron? Y antes de empujarlo, ¿hicieron algo más?

Sí, todo fue muy rápido porque no podían exponer el cuerpo. Resultaba imposible recomponerle la cara y la cabeza. La decisión de enterrarlo enseguida fue la más acertada. Así Estrella dispondría de todo el domingo para poner en orden las cosas y no estaría sola ni un instante.

Al entierro había asistido el director del casino. Boudineau se había disculpado y le había pedido que transmitiese sus condolencias a la viuda.

Cuando abandonábamos el cementerio, Estragué se puso a mi altura.

—¿Ha sido un accidente? —me preguntó.

Me detuve y le miré.

—Eso dice el informe de la policía —le contesté.

—¿Y usted qué opina? —insistió, tomándome del brazo y reteniéndome.

—¿Qué importancia tiene lo que yo crea?

—No me interprete mal, por favor —se disculpó, y me soltó el brazo—. Desde que me contó lo del italiano estoy un poco tenso. Verá, por más vueltas que le doy, siempre acabo preguntándome qué hacía Farreres en el Carrer Aragó esquina Urgell. No tiene sentido. Vivía cerca de la Plaça Espanya y no hay ningún tranvía que circule por allí. Por otro lado, si hubiese querido ir andando, la verdad es que escogió una ruta muy rara. No sé si me equivoco y todo son coincidencias, pero, al morir Antonio, ahora usted es el único que sabe dónde está el cadáver del desaparecido.

—No ha cambiado nada. Antes también yo era el único que lo sabía —le contesté.

—Pero usted me dijo que él le había ayudado... —replicó, sorprendido.

—Me acompañó, pero con los ojos vendados. Me ayudó a esconderlo, pero no sabía dónde estaba; no habría podido encontrarlo aunque le amenazasen con matarlo —le conté.

Él se quedó con la boca abierta.

—¡Ah! —exclamó—. Entonces todo lo que he pensado es una estupidez. Creía que tenía algo que ver con... ¡En fin! Discúlpeme. ¿Le dejo en alguna parte?

—No, gracias. Necesito tomar el aire.

—Entonces, nos veremos esta tarde.

Aquel tipo también se dejaba llevar por su imaginación, pensé mientras le veía dirigirse hacia el automóvil que le esperaba a la puerta del cementerio.

Durante más de una hora estuve caminando por el puerto, contemplando los buques. Sentía el deseo de embarcarme en uno de ellos, sin rumbo fijo, y que me llevase lejos de allí. Y si no hubiese sido por Carla, quizá lo habría hecho. Nada, excepto ella, me ataba a Barcelona. Pero es que ella lo era todo para mí.

Contemplé las aguas negras del puerto. ¡Qué sucio estaba! Intenté imaginarlas limpias, como el agua de mar adentro o como la de las playas de Castelldefels, adonde había ido con mis padres a correr, saltar, jugar y merendar. «Hasta pronto, mi amor», susurré.

Llegué a casa a la una y media. Había decidido cambiarme de ropa e ir a comer algo antes de irme a trabajar. En casa no tenía nada y lo mejor era acercarse hasta el bar de la esquina. Tenían un menú barato bastante decente.

—¡Cuánto siento lo de su amigo! —exclamó Matías al verme aparecer.

—Se lo agradezco mucho —le contesté.

—Una desgracia terrible. Los trenes no tendrían que circular por en medio de la ciudad.

Le di la razón y me metí en el ascensor. Cuando arrancaba no había quien le parase y yo no tenía ganas de oírle.

Abrí la puerta del apartamento, entré, la cerré y me quedé apoyado en ella. Respiré hondo. ¿Seguro que el comisario se había tragado que lo de Antonio había sido un accidente? ¿Cómo era posible, si hasta Estragué se daba cuenta de que no era normal que Antonio hubiese muerto en el Carrer Aragó esquina Urgell?

Me dirigí al dormitorio, abrí el armario y escogí un traje un poco más acorde. El que llevaba, el negro, con la corbata negra, sólo lo usaba en los entierros. Me cambié, metí el traje negro en el armario y me dispuse a salir, pero antes se me ocurrió acercarme a la ventana y echar un vistazo a la calle.

El corazón se me aceleró cuando vi al hombre del periódico, que me miraba desde la acera de enfrente. Sí, miraba hacia la ventana y se golpeaba una mano con el periódico plegado, mientras sonreía. En el lenguaje que me había explicado mi padre, aquello significaba: «Ahora te toca a ti».

Solté la cortina, comprobé que la semiautomática estaba cargada y bien dispuesta y salí corriendo. No esperé al ascensor, sino que bajé por las escaleras y me encontré en plena calle. Matías debía de estar comiendo. Miré hacia el otro lado, pero no había nadie. El hombre del periódico había desaparecido.

O sea, que el fulano del periódico era italiano, que Antonio no había muerto accidentalmente y que ahora venían a por mí.

Tenía que hacer algo. Me dirigí al restaurante que había más abajo, en el Carrer Diputació, donde tenían teléfono. Desde allí llamé al casino y le dije a Lucía que no iría, que me disculpase, pero que me sentía mal.

—Le comprendo muy bien. El señor Farreres era muy amigo suyo, ¿verdad?

—Sí, lo era —respondí. ¿Para qué mentir, si Boudineau ya lo sabía todo?

En el restaurante me senté en una mesa que había cerca del ventanal y de cara a la puerta para poder controlar la calle y la entrada. Comí despacio, sin dejar de observar a todos los comensales. La semiautomática estuvo todo el tiempo en mis rodillas, cubierta por la servilleta.

Pedí la cuenta, pagué y salí a la calle. No vi a nadie sospechoso. Regresé a mi apartamento, busqué la llave que me había dejado mi padre y la dirección de la taberna de El Duque. Quería saber si podía salir de casa sin que me viesen o si podía despistar a un posible perseguidor.

Antes de salir aparté ligeramente la cortina. Nadie. Tampoco era de extrañar. Ya me habían dado el recado. No volvería a verlos hasta que los tuviese encima.

—Si se dejan ver, significa que tienes algo que ellos quieren. Te envían un mensaje y desaparecen. Si les das lo que ellos te piden, te matan deprisa y sin dolor, pero si te niegas… ¿Comprendes? —me había explicado mi padre.

—Pero si les das lo que quieren, ya no tienen por qué matarte —recuerdo haberle dicho.

—Depende de lo que hayas cogido y de lo que sepas. Saber demasiado no es saludable.

—¿Y si has cogido algo por error, sin darte cuenta?

—También depende. Hay errores que se pagan muy caros.

Bajé a la calle y me dirigí hacia la Gran Via para tomar el tranvía. No me seguía nadie. Durante todo el trayecto hasta la parada que me dejaba a dos calles de la taberna, casi delante de la nueva plaza de toros que se estaba construyendo y que decían que sería más importante que la de las Arenas y que se llamaría de El Sport, no vi nada raro. Me apeé y anduve hasta un tabernucho de tres al cuarto que estaba junto a un gimnasio en donde se anunciaba que se impartían clases de boxeo. Empujé la puerta y entré. Era un viejo local, con unas mesas que me recordaban las del bar que había cerca de casa de mis padres. Había tres hombres, dos sentados, cada uno en una mesa, y el otro en la barra. Todos se volvieron en cuanto abrí la puerta. Detrás de la barra, una mujer gorda y algo mayor me miró de arriba abajo. Yo no era de sus parroquianos. Eso saltaba a la vista.

—¿Qué puedo ofrecerle, buen mozo? —me preguntó con una sonrisa que me recordaba a la que usaban en mi barrio para intimidar a los recién llegados.

—Todo su amor —le respondí.

Se quedó muda, sin saber qué decir. De pronto, uno de los presentes, que ocupaba una mesa del fondo, estalló en una sonora carcajada. Menos mal que alguien allí tenía sentido del humor. Pensé.

—¡Aprovecha, María, que es un buen mozo! —gritó.

—He venido a ver al Duque —dije, y se hizo el silencio.

—¿Qué Duque? —me preguntó la mujer.

—No el de Richelieu —le respondí con una sonrisa.

—Si tiene ganas de divertirse, dos calles más arriba hay una casa de putas...

—He venido a hablar con el Duque y voy a hablar con él —repetí despacio.

—¿Y a quién tengo el placer de anunciar? —preguntó desafiándome y riendo.

—¡El placer de anunciar! —repitió el hombre de la mesa, que se volvió a reír—. ¡Qué fina que te has vuelto!

Los demás también rieron.

—Al hijo de Gepetto —respondí.

La mujer dejó de reírse y me miró fijamente. Luego miró hacia el fondo de la taberna, hacia el lugar en donde se sentaba el que tan buen humor tenía. Seguí con los ojos la dirección de su mirada y vi que aquel hombre me hacía una seña con la cabeza para que me acercase. Miré a la mujer, asentí, sonreí y me fui hacia su mesa. Aquel hombre tenía la cara grande, una barba blanca y unos ojos oscuros. Lucía una buena mata de pelo, también blanco, los hombros anchos y las manos fuertes y llenas de callos. Me recordaba al Gordo, aunque sonreía más.

—¿Cómo sabemos que eres quién dices?

Dudé un instante, pero acabé sacando la cadena y mostrando la llave. Él hizo ademán de cogerla, pero yo tiré de ella.

—¿Es usted el Duque? —le pregunté.

Asintió, agarró el bastón, se levantó y se dirigió hacia la puerta que tenía detrás de él. Vi que cojeaba y que era más bajo que yo. La abrió y movió el pulgar para indicarme la dirección que debía seguir.

—Entra, muchacho —me dijo.

—Los mayores primero —repliqué, y me quedé mirándole, sin moverme.

—Eres como tu padre —rió—. No se fiaba de nadie.

Él entró primero. Le seguí por un pasillo que conducía al gimnasio.

—¿Cómo está Gepetto? Hace mucho tiempo que no le veo.

—Ha muerto.

Se detuvo y negó con la cabeza.

—¡Cuánto lo siento! De veras —me dijo muy serio. Se notaba que era sincero—. Fue un gran hombre. Con un par de cojones como no los he visto nunca. La última vez que estuvo por aquí, ya me di cuenta de que no andaba muy fino. Fue cuando me anunció que un día vendrías tú. A todos nos va a tocar un día u otro. —Soltó una risotada—. Pero cuanto más tarde, mejor.

Siguió andando, cruzamos el gimnasio, que estaba vacío.

—Has escogido bien la hora. A partir de las seis es cuando esto se llena.

Entramos en los vestuarios y cruzamos por delante de las taquillas hasta una puerta en cuyo dintel había un cartel que rezaba «SALA DE ENTRENADORES». Se metió la mano en el bolsillo, sacó una llave y abrió.

La puerta daba acceso a una pequeña sala con una mesa y seis sillas. Alrededor de la mesa, pegadas a las paredes, había seis taquillas.

—La suya era la tres —me señaló—. Cuando hayas acabado, cierras la puerta y me traes la llave. Me gustará brindar contigo por su memoria.

Entornó la puerta y se fue.

«¿Entrenador de boxeo?», me pregunté, más que sorprendido. Nunca me había hablado de ello. Metí la llave en la cerradura de la taquilla y abrí despacio. En su interior había dos estantes y una pequeña barra, de la que colgaba un traje marrón. Abajo del pequeño armario había unos zapatos viejos, también marrones. Y en la primera estantería una caja de galletas, igual que la que encontré en la carbonera. La saqué y me senté para examinar su contenido. Nada más abrirla, el corazón me dio un vuelco. Había dinero. ¡Mucho dinero! Lo conté por encima. Cuando menos había quince mil pesetas. ¿De dónde habían salido? Y bajo el dinero encontré un revólver, un silenciador, una caja de munición del treinta y dos y una navaja. Respiré hondo y soplé con fuerza. No había ninguna carta, ni siquiera una nota. Me levanté y examiné el traje. Era de pana. Rebusqué en los bolsillos. No había nada. Miré en el segundo estante del armario y encontré un pasaporte y una cédula de identidad italianas. Las examiné. Lo curioso era que sólo faltaba el nombre, la fecha de nacimiento de su supuesto propietario y la fecha de expedición. Por lo demás juraría que ambos documentos eran absolutamente legales e idénticos a los que yo había guardado de Lucca Bonatesta, por si algún día los necesitaba.

¿Qué significaba todo aquello? Mi padre era una caja de sorpresas. Volví a meter el dinero en la caja de galletas, junto con el revólver, el silenciador, la munición y los documentos. Lo dejé de nuevo en su sitio y cerré la puerta de la taquilla. Me colgué la cadena del cuello. Salí, cerré con llave y me dirigí a la taberna.

—¿Qué tal ha ido? —me preguntó el Duque.

Tenía delante de él una botella de vino tinto y un par de vasos llenos. Los contemplé. Él me miró, tomó mi vaso y bebió un sorbo, luego tomó el suyo e hizo lo mismo. Finalmente se sirvió de la botella y pegó un tercer trago.

—El día que nos conocimos, tu padre me obligó a beber de los dos vasos y de la botella —me dijo—. Y tú tienes su misma expresión en los ojos. A él le respeté y a ti también te respeto.

Alcé mi vaso y él hizo lo mismo con el suyo.

—Por Gepetto —dijo.

—Por el Duque —contesté yo.

Y apuramos los vasos. Sirvió otros dos tragos y de nuevo alzó el vaso.

—Por el hijo de Gepetto.

—Por quien sea—dije yo.

Rió y apuró el vaso de un solo trago. Le imité.

—He dejado lo que hay porque ahora no puedo llevármelo. ¿Le importa si vuelvo a buscarlo otro día?

—Ahí está. Es tuyo. Cuando quieras vienes a buscarlo y te lo llevas, pero no tardes demasiado. Ya ves cómo está cambiando este barrio. Con la nueva plaza de toros tendremos más clientes. He pensado en cerrar el gimnasio y convertirlo en un restaurante. Lo llamaré El Taurino. En él se comerá rabo de toro de lidia. ¿Qué te parece?

—Es una buena idea.

—Si yo no estoy, María te abrirá la puerta —dijo, miró hacia la barra y gritó—. ¿Lo has oído?

La mujer de la barra emitió un gruñido.

—Tiene un oído finísimo —señaló el Duque.

—¿Puedo preguntarle algo?

—Me habría extrañado que no lo hicieses.

—¿Sabe lo que hay dentro de la taquilla?

—Ni lo sé ni quiero saberlo. Tu padre hacía su trabajo y yo el mío. Lo que hay ahí dentro era suyo y ahora es tuyo. Aquí siempre cumplimos.

—¿Cuál era su trabajo?

Me miró, divertido, de arriba abajo.

—¿En qué trabajas tú?

—Soy director de seguridad de una importante empresa. Tengo licencia de detective privado.

—¿Puedo fiarme de ti?

—Si se fiaba de mi padre…, él me enseñó a mí.

—Pero tu padre estaba al otro lado del negocio. ¿Comprendes?

—¿Y cuál es el lado correcto? —le pregunté.

Se quedó callado, mirándome a los ojos, y se rió.

—Creo que has vivido lo tuyo. ¿Me equivoco?

—No. No se equivoca —le respondí—. Cuénteme cómo se conocieron.

—Un día se presentó aquí, sin más, y preguntó por mí. Como tú has hecho antes. Entonces me dijo que había oído por ahí que yo estaba buscando a alguien para hacer un trabajo, que me había quedado sin el personal adecuado. Así fue como le conocí. Entró por esa puerta y se sentó aquí mismo, donde tú estás. Le dije que me demostrase lo que sabía hacer; aún no había tenido tiempo para reaccionar cuando sacó una navaja, la abrió con un sólo movimiento de muñeca, me agarró por el pelo, me obligó a poner la cara contra la mesa y sentí el acero en mi garganta. No hubo discusión. Era el hombre que buscaba.

—Un sicario —asentí lentamente.

—No mató a nadie que no se lo mereciese —sonrió.

¿Y quién dictaba sentencia?, me preguntaba yo. Aquello era una locura. Ahora descubría que mi padre durante toda su vida había vivido en dos mundos. Por un lado, en el de la familia y del trabajo; por el otro, en el oscuro, el suyo, el que había aprendido en Catanzaro. Aquello me recordaba lo que me había dicho, tiempo atrás, sobre les dos familias: una la que formábamos con mi madre; la otra, la de verdad, que decía él. Y ahí estaba el resultado: más de quince mil pesetas. Ahora entendía de dónde había salido todo el dinero para pagar el entierro de mi madre, aquel ataúd de nogal, perfecto, y el nicho de millonaria.

—Era un hombre como no había otro —dije—. Mi madre fue enterrada como una reina y nunca nos faltó de nada.

—Pareces un chico listo. Si algún día necesitas algo, lo que sea, vente por aquí. En recuerdo de tu padre procuraré echarte una mano.

—Vendré a recoger lo de la taquilla.

—Cuando quieras. Déjale anotada tu dirección a María, por si tengo que ponerme en contacto contigo.

Me despedí de él, le dejé mi nombre y mi dirección a María, que secaba por enésima vez el mismo vaso, y salí.

Una vez en la calle me sentí aturdido. Sólo me faltaba aquello. Si quería casarme con Carla tenía que cortar con todo, y no me vendrían mal las quince mil pesetas para poner en marcha mi propia agencia. ¡Lástima que ya no pudiera contar con Antonio! Ahora ya no necesitaba el dinero de la indemnización del casino. Podía mandar a freír espárragos a Boudineau y a todo el consejo de administración; que se quedasen con Pedro Nieto. ¡Así se les indigestase!

Aquella noche me bebí media botella de coñac, a solas y sentado en una butaca del comedor, pensando en Carla, la única nota de color de mi vida, hasta que me quedé dormido.

A la mañana siguiente, domingo, día 15 de abril de 1912, me desperté con la boca pastosa y un terrible dolor de cabeza, creyendo que lo que había sucedido el día anterior era parte de un sueño macabro. Sin embargo, recobré el sentido de la realidad y descubrí que no era ningún sueño. Antonio estaba muerto y enterrado, y el Duque existía. De la misma forma que existía una taquilla con más de quince mil pesetas, un revólver, un silenciador, una caja de munición, una navaja, un traje de pana marrón, unos zapatos y unos documentos a los que sólo les faltaba un dueño.

Me levanté, me lavé, me afeité y me vestí. Miré por la ventana. No había nadie al otro lado de la calle. Aún no era mediodía, pero no tenía hambre y decidí ir al casino. Allí picaría algo en la cocina del hotel.

Al llegar al portal me encontré con el comisario. Tenía toda la pinta de estar esperándome.

—¿Qué tal, Víctor? —me saludó.

—Bien. ¿Y usted, comisario?

—Preocupado —me contestó.

—Eso no es ninguna novedad —repliqué.

—Cierto —dijo, con una media sonrisa—. ¿Va a alguna parte?

—Al trabajo.

—Le acompaño hasta la parada del tranvía.

—¿Viene solo? —le pregunté al no ver el Peugeot.

—Sí. Hoy es domingo y no me toca trabajar, pero pasaba por aquí...

—Y se ha dicho: «Vamos a hacer una visita a nuestro amigo Víctor» —concluí la frase.

—Más o menos, pero no del todo —respondió—. Más bien me he dicho: hoy, que es el día del Señor, tendrías que hacer una buena acción.

—¿Y no ha ido a misa?

—Ha sido durante la misa, precisamente, cuando he tenido este pensamiento. Esta mañana, antes de salir de casa, he leído la prensa y se me ha hecho trizas el corazón. ¿No se ha enterado de la noticia?

—No.

—Ha sido horrible. Esta madrugada se ha hundido el *Titanic*, el mayor trasatlántico que existe. Sólo se han salvado unas setecientas personas. El resto del pasaje y de la tripulación ha muerto ahogado o congelado. Viajaban más de dos mil personas. ¡Qué tragedia! Ha sido entonces cuando he decidido que había que hacer una buena acción.

—Muy loable. ¿Y qué buena acción ha decidido hacer?

—Salvarle la vida. ¿Le parece poco?

—¿A mí? —pregunté, y él asintió—. ¿Acaso mi vida corre peligro?

—Este mundo es muy cruel. Ya ve, en una sola noche han muerto más de mil quinientas personas. Y me temo que tenían menos posibilidades que usted ahora mismo —me contestó.

Sonreí para ganar tiempo y poder pensar mi respuesta.

—No se preocupe —me dijo—. Le podemos proteger, pero tiene que echarnos una mano.

—¿Puedo preguntarle por qué necesito protección?

—Antonio Farreres está muerto.

—Un accidente puede pasarle a cualquiera —repliqué.

—Sobre todo si alguien lo provoca.

—Usted dijo que el informe forense...

—¿Eso dije? —exclamó, e hizo chascar la lengua—. Pues, me equivoqué. Los golpes en el costado, que usted vio muy bien, no eran fruto de una caída a la vía ni del efecto de un tren al pasarte por encima. Y él no era de los que deja que su esposa le pegue, ¿verdad? —me dijo. El muy cabrón se había dado cuenta de mi reacción en la morgue—. Son los típicos golpes producidos por alguien que sabe muy bien dónde duele más. Luego está la escena. ¿Qué hacía Farreres tan lejos de su ruta habitual? No me diga que no lo ha pensado. No somos idiotas, aunque a veces lo parezcamos. Anoche seguíamos una pista que nos condujo hasta una pensión en el barrio de Sants. Alguien había visto algo cerca de la escena del accidente.

—¿En qué quedamos: fue o no fue un accidente?

—Lo del tren, sí. Pero lo que había sucedido antes, no. Y eso es lo que vio un matrimonio que regresaba a casa en aquellos momentos. Primero les pareció que uno de ellos obligaba al otro a beber de una botella, pero cuando se acercaron un poco más, vieron que soltaba la botella y empezaba a sacudirle como a un saco, como a un pelele, y la mujer pegó un grito. Fue entonces cuando Farreres aprovechó, se soltó y echó a correr hacia la vía.

—¿Y vieron al que le pegaba?

—Aquella mujer, tras enterarse de que un hombre había muerto bajo las ruedas de un tren, y vista la hora del accidente, que coincidía con la de la escena que presenció, vino a la comisaría y nos hizo una descripción magistral. Nos confesó que no sabía si se trataba de la misma persona y que no habría acudido a no ser por una vecina que... ¡En fin! Ya sabe cómo son las vecinas. De manera que buscamos en todos los hoteles y pensiones y finalmente dimos con él. Lo malo es que no se avino a razones, empezó a disparar y echó a correr. Escapó por la terraza, le perseguimos y tuvo la mala fortuna de caerse desde más de diez metros de altura. Y ahí acabó todo. Ahora tenemos su cuerpo en el depósito. ¿Y sabe cuál ha sido mi sorpresa? El muerto es el mismo hombre que usted y yo vimos ahí delante —dijo, y señaló la otra acera.

—Si ya lo tiene todo, ¿qué quiere de mí?

—Necesito encontrar otro cuerpo. Ya se lo dije.

—La morgue está llena de cuerpos.

Me miró con dureza. Se le estaba acabando la paciencia.

—Yo busco uno en concreto —dijo, y se acercó hasta casi confundir su aliento con el mío.

—¿Qué tengo que ver yo con eso?

—Usted sabe dónde está.

—Deténgame e interróngueme —le desafié.

—Conoce usted muy bien la ley. Si le detengo, tendré que acusarle de algo. ¿Y de qué le acuso si no hay cuerpo del delito? También sé que es usted un tipo duro, pero los que le buscan lo son todavía más. Y a ésos la ley les importa un rábano. ¿Comprende? No crea que se ha librado porque hay otro cadáver en la morgue. Le tengo afecto, amigo Víctor. Ha sido capaz de salir del arroyo y montarse una vida. Ande, dígame lo que quiero oír y cerraré los ojos y dejaré que desaparezca.

—Si pudiese ayudarle...

Sopló con fuerza por la nariz.

—No me busque más las cosquillas. Aceptaré una simple nota, incluso anónima, pero no me provoque. Se lo ruego. Ambos sabemos que Antonio Farreres murió sin poder decir nada porque no sabía nada.

—¿Acaso lo interrogó usted, personalmente? —le pregunté, con rabia.

Se apartó un poco, respiró profundamente, soltó el aire de sus pulmones y me miró. Parecía un toro antes de embestir.

—Le conviene hablar. Los demás no son como yo y también buscan un cuerpo.

—¿Quiénes son los demás?

—Los que vienen de lejos —sonrió con ironía.

—¿Por qué todos buscan ese cuerpo, si es que existe?

—Eso no importa. Lo que importa es que ellos están cerca y huelen la presa. Sólo es cuestión de tiempo. A Antonio ya lo han encontrado. Y a usted, también —dijo, y miró por el rabillo del ojo hacia el otro lado de la calle—. No podré acompañarle cada día a la parada y venir a buscarle para estar seguro de que llega entero a su casa y de que no hay nadie en la acera de enfrente. Ésos no se detendrán ante nada. Y usted lo sabe muy bien. Así que más vale que diga dónde está nuestro amigo o que empiece a hacer las maletas y se despida de Barcelona. Pero antes, hágamelo saber, porque su nombre ya es muy conocido en todas las fronteras del territorio nacional.

Se tocó el ala del sombrero con la mano, se dio la vuelta y se fue andando despacio. El tranvía ya llegaba.

«En esta vida nunca sale nada tal como lo planificas», exclamé para mis adentros. Mi padre me abría una puerta, pero los demás me la cerraban. En mala hora tomé la decisión de cargar con el muerto. Y en peor hora metí a Antonio en semejante fregado. El comisario me lo ponía muy fácil, decía, pero ya no me fiaba de nadie. Si él descubría el cadáver, enseguida se daría cuenta de que algo no cuadraba y no se conformaría sólo con el cuerpo. Le conocía demasiado bien. La autopsia revelaría la trayectoria de la bala, y yo estaba más que convencido de que era muy forzada como para que se hubiese disparado él mismo. ¿Sabía de veras el comisario que Antonio no podía indicar dónde estaba enterrado Bonatesta? ¿Había sido un farol? Había muy pocas personas que estaban enteradas de tal detalle, si es que Antonio no lo había comentado con alguien más. Sólo lo sabían él, que estaba muerto, quizás el que le atizó, pero también estaba muerto, yo y... Estragué. Pero Estragué se había enterado en el cementerio. ¿Lo sabía Nieto? Nieto sabía que Antonio me acompañó, porque él se quedó limpiando la sala. ¿Puede que Jean Louis...? ¿Cómo? Boudineau tampoco conocía el detalle de que yo le vendé los ojos a Antonio. Y entonces me di cuenta de que cualquiera de ellos podía haber supuesto que Antonio conocía el paradero del cuerpo. Sin embargo, la pregunta evidente era: ¿qué interés tenían ellos en encontrar el cadáver? Al contrario, a todos ellos les interesaba que nunca apareciese y seguramente matarían por ello. ¿Por qué, pues, tanto empeño en Lucca Bonatesta? Concluí que mi única opción era seguir negándolo todo. Si Antonio había muerto era porque no le habían sacado nada. Por eso yo seguía vivo y lo más acertado era seguir negándolo todo.

¡Maldita sea! No se puede improvisar. Si hubiese reflexionado un poco más, en lugar de enterrarlo... También podríamos haberlo dejarlo en el parque de la Ciutadella, bien dentro, sentado en uno de los bancos, o en el puerto, en algún pantalán alejado o entre las barcas, como si se hubiese volado los sesos allí mismo. Pero me ofusqué pensando en el premio. ¡Estúpido de mí!

Nada más llegar al casino me encontré con que todos comentaban horrorizados la noticia del hundimiento del *Titanic*. A mí me importaba un pimiento. Subí para hablar con Boudineau, pero no estaba. ¡Lástima! Yo ya había tomado mi decisión. Comunicaría mi dimisión como director de seguridad, enviaría una carta al comisario, con un plano dibujado, muy bien detallado, y me olvidaría de todo. Cuando el cuerpo apareciese, ya no tendría que preocuparme por nada.

Aquel día Boudineau no se presentó. Según comentaban, un pariente suyo viajaba a bordo del *Titanic* y estaba esperando la lista de supervivientes para saber si se había salvado. Entonces, casi a última hora, tomé la decisión de hablar con Estragué.

—A final de mes abandono el casino —le dije.

—¿Qué quiere decir? ¿Que se marcha? —me preguntó, extrañado.

—Sí.

—¿Y qué hará?

—Quiero establecerme por mi cuenta.

—¿Lo ha pensado con calma?

—Sí, con mucha calma. No es una decisión tomada a la ligera.

—Pero aquí tiene temas pendientes. El comisario Chapí ha llamado esta tarde. Preguntaba por *monsieur* Boudineau.

Tomé una hoja de papel de encima de la mesa y la pluma y empecé a dibujar.

—¿Es aquí donde...?

—Así es. Es aquí.

—¿Qué va a hacer con este plano?

—El comisario me ha dicho que aceptaría un anónimo y eso es lo que estoy haciendo. ¿Tiene un sobre?

—La señorita Lucía los tiene en su escritorio —dijo, y salió en busca de uno.

Al poco regresó y me lo dio. Doblé la hoja de papel, la metí en el sobre y lo cerré.

—¿Qué hará con el sobre? ¿No lo llevará usted mismo?

—Lo echaré al correo.

—Puede hacerlo aquí mismo, en el hotel. Hay un buzón para los clientes y en recepción puede comprar una estampilla —me dijo. Se quedó callado un instante y exclamó—: ¡No, espere! Si le ven comprar una estampilla... ¿Quiere que lo haga yo? Puedo ir tranquilamente, coger una estampilla, pegarla y depositar el sobre en el buzón sin que nadie se entere. Es lo más anónimo que hay. Mañana por la mañana viene el cartero, vacía el buzón y ya está.

—¿Haría eso por mí?

—¡Pues claro que sí! Y lo haré ahora mismo, antes de que usted se vaya.

Le di el sobre y él abandonó el despacho. Minutos después regresó.

—Asunto concluido —me dijo.

Aquella noche, en lugar de tomar el tranvía, acompañé a uno de los chóferes hasta el garaje. Nos despedimos junto a la puerta y me fui a casa de Manuela, a la que saqué de la cama.

—Tengo mucho sueño —me dijo cuando abrió la puerta.

—Sólo quiero compañía —le contesté.

—Entra. —Hizo un ademán con la mano y se apartó—. Pero yo me voy a la cama. El abuelo está muy mal y casi no duermo.

La seguí al dormitorio y ella se metió bajo las sábanas y me dio la espalda. Me desnudé y me acosté a su lado, abrazándola. Necesitaba sentir calor humano.

Al día siguiente, cuando me desperté, ya no estaba. Había dormido más de nueve horas seguidas y amenazaba lluvia. Me levanté, me aseé y vi que me había dejado café, leche y pan. Su abuelo estaba sentado en la galería, como siempre, contemplando la calle o lo que fuese. Sólo tomé café. Ya era casi el mediodía. Acabé de vestirme y me marché. Poco después empezó a llover. Tomé el tranvía y, por fortuna, había dejado de llover cuando me apeé. Subí por el Carrer Girona hasta Aragó, me dirigí al Carrer Bailén y justo al llegar a la esquina vi aparcado delante de casa un Peugeot. Me detuve en seco. «¡Vaya, hombre! —pensé—. Mi ángel de la guarda ha decidido salvarme la vida.» Eché a andar y apareció un muchacho de unos diez años que se acercó y me tiró de la manga.

—¿Es usted el señor Pons?

—Sí —le contesté.

Tiró con fuerza y me arrastró hasta la esquina, lejos de la visión del Peugeot.

—El Duque quiere verle.

—¡Bien! Gracias.

—El Duque quiere verle —insistió.

—Ya te he oído.

—Quiere verle ahora —insistió de nuevo, sacó la cabeza y miró hacia el Peugeot.

—Antes tengo que recoger algo.

—El Duque ha dicho que no.

*** ***

La taberna estaba llena de obreros que habían acudido a desayunar. Muchos de ellos seguramente trabajaban en la nueva plaza de toros. Nada más verme, el Duque agarró su bastón, se apoyó en él, se levantó y, sin decir nada, se dirigió hacia la puerta que tenía detrás. Saludé a María, que respondió con un gruñido, y le seguí.

Cerró la puerta y señaló hacia el fondo del pasillo, hacia el gimnasio. Estaba vacío, como el otro día.

—¿Te ha seguido alguien? —me preguntó mientras cruzábamos los vestuarios.

—Juraría que no. El chico ha sido muy persuasivo.

—¿Cuál de ellos?

—Uno de diez años, uno que llevaba una gorra que le iba grande ¿Acaso había más de uno?

—¡Pues claro! No sabía si llegarías por arriba o por abajo. De manera que había dos, uno en cada esquina. Menos mal que tienes el don de venir durante las horas tranquilas.

Abrió la puerta de la sala de entrenadores y señaló una de las sillas. Me senté y él tomó otra y la puso frente a mí. Aquello me traía muchos recuerdos.

—¿Por qué no me dijiste quién eres? —me soltó.

—¿Cómo que no lo dije? Soy el hijo de Gepetto.

—Me refiero a tu nombre de verdad.

—Dejé anotados mi nombre y mi dirección —dije, y señalé hacia la puerta para dar a entender que se los había dado a María.

—¡Maldita sea! Eres Víctor Pons, el director de seguridad del casino de La Rabassada.

—Sí —asentí—. ¿Y qué?

—O desapareces o eres hombre muerto.

—¿Por qué? —pregunté—. ¿Qué he hecho?

—Hace unos meses mataron a alguien en el casino, ¿verdad?

—¿De dónde ha sacado eso?

—¡Déjate de tonterías! El muerto se llamaba Lucca Bonatesta y no estaba aquí por casualidad. Había venido con el encargo de buscar a otro italiano que, según parece, se había llevado algo que no le pertenecía y que era muy valioso. Hacía días que iba tras él y por fin se encontraron en el casino. Al tal Lucca le volaron los sesos. ¿Me equivoco?

—Siga. Se lo ruego —le animé.

Aquello se ponía interesante. Muy interesante. Cuando menos, ahora ya sabía que no había sido un suicido, quién lo había hecho y por qué.

—Lo malo es que el cuerpo desapareció y ahí se sucedieron unos cuantos malentendidos que retrasaron el asunto más de lo debido y pusieron nerviosos a unos cuantos. Primero los del hotel en donde se hospedaba Lucca Bonatesta se extrañan de que no aparezca y avisan a la policía. Pero ésta no encuentra nada y archiva el caso. Sin embargo, parece que la esposa del tal Lucca tiene un pariente importante.

—Un diputado italiano —dije.

—¡Vaya, hombre! —exclamó—. Así que ya sabes de qué te estoy hablando.

—¿Para quién trabajaba el tal Lucca Bonatesta? —pregunté, asintiendo.

—Para una familia.

—¡Santo Dios!

—Sí, pero su esposa no sabía nada. Ella estaba convencida de que su marido era viajante y que por eso se pasaba largas temporadas fuera de casa. El tema es que pasa el tiempo y, al final, la mujer, como es normal, empieza a preocuparse, por lo que acude a su pariente diputado, que remueve cielo y tierra para encontrarle.

—Llegó hasta el gobernador civil —dije, y asentí.

—Pero tampoco sacó nada en claro. Mientras, ya se había puesto en movimiento otra maquinaria mucho más precisa. ¿Me explico?

—De maravilla —contesté.

—Y acabaron encontrando al que se llevó lo que no debía, que, evidentemente, devolvió lo que aún le quedaba y además cantó de plano. Antes de abandonar este mundo, naturalmente. Lo divertido llegó cuando le preguntaron qué había hecho con el cuerpo. Dijo que lo había dejado en el casino; había simulado que se trataba de un suicidio. ¡Y claro! Todos se preguntaron qué había sucedido con el cadáver.

Suspiré, aliviado, y me reí.

—¿Qué es lo que te hace tanta gracia? —me preguntó, extrañado ante mi reacción.

—Que no tengo más que decir dónde está enterrado el cuerpo de Lucca Bonatesta y ya está.

—¿Y ya está qué?

—Todo arreglado. Si ya han encontrado al asesino, ya no culparán a nadie. Y, por otro lado, el comisario Chapí me dijo que cerraría los ojos.

Me miró muy serio, casi con pena, y meneó la cabeza a derecha e izquierda.

—¿Eso te ha dicho ese hijo de puta? Pues permíteme que yo te diga que tienes unas amistades muy poco recomendables.

—El comisario no es amigo mío.

—¡Menos mal! —exclamó—. Porque él es quien quiere tu pellejo. ¿Qué crees que hacía la policía frente a la puerta de tu casa? ¿Protegerte?

*** ***

Anochecía. No había ido a trabajar. Matías, en el portal, como siempre, mareaba la escoba; el Peugeot seguía en el mismo sitio, sin moverse. La gente regresaba a sus casas y el colmado de la esquina estaba cerrando. De pronto aparecieron dos parejas que salían de un bar de enfrente. Iban muy alegres y armaban jarana. Todos se fijaron en ellos y yo aproveché para unirme a un matrimonio que llevaba un niño de la mano, llegué hasta el portal y me colé. Dentro respiré hondo. Entrar había resultado fácil. Lo malo sería salir de nuevo.

No utilicé el ascensor y no me sentí tranquilo hasta que cerré la puerta del apartamento. A oscuras tropecé con una silla. ¿Qué hacía fuera de su sitio? Inmediatamente pisé algo duro. A tientas me acerqué a la ventana y observé la calle. Los del Peugeot seguían dentro. Corrí bien las cortinas, para que no entrase ni saliese una pizca de luz. Luego, también tropezando, entré a tientas en la habitación y me aseguré de que también estaban corridas. Entonces encendí la luz del pasillo y descubrí el desastre. Estaba todo revuelto. Los cajones del aparador del comedor habían sido arrancados de su sitio y el contenido desparramado. Las sillas aparecían volcadas y la tapicería rajada, el sofá hecho trizas, las butacas también y la mesa había sido desplazada. Fui a la habitación y me encontré con el mismo panorama. Nada estaba en su sitio.

De pronto, el corazón se me aceleró. Eché a correr hacia la cocina. Lo primero que vi fue que la puerta de la galería estaba abierta y que habían desaparecido el pico y la pala. ¡Mierda! Miré detrás de la puerta. Habían dado con la baldosa suelta, y la documentación y el revólver también habían desaparecido.

Aquella noche apenas dormí y, por supuesto, no lo hice en la cama, sino en una de las butacas del comedor, con un ojo en la puerta y otro en la ventana, controlando el Peugeot, y con la pistola en el regazo. Si habían entrado una vez, fuesen quienes fuesen, podían hacerlo de nuevo.

Hacia las siete ya tenía preparada una maleta. Dentro había metido ropa y enseres. Tenía que desaparecer de allí lo antes posible. Manuela me acogería en su casa. Por lo menos aquella noche. Luego, ya veríamos.

Miré por la ventana. Dos hombres con abrigo y sombrero se acercaron al Peugeot. Hablaron un rato con los de dentro y vi que el automóvil arrancaba y se iba, mientras uno de los que habían llegado se apostaba al otro lado de la calle y el otro entraba en mi portal. Matías, seguramente, ya habría abierto. ¡Y él tenía una llave del apartamento! No me quedaba mucho margen de tiempo.

Cogí la maleta, salí y cerré muy despacio, para no hacer ruido. El ascensor ya estaba subiendo. Bajé un tramo de escalera y esperé. El ascensor se detuvo en mi rellano y oí la puerta que se abría y se cerraba. Poco después escuché el sonido de mi puerta.

La jugada resultaba más que evidente. Como estaban convencidos de que yo no había regresado, uno se quedaba abajo, fuera; y el otro, arriba. Cuando el de abajo me viese llegar, no tenía más que hacer una seña al de arriba y me cazarían como a un conejo en su madriguera.

Bajé la escalera y me encontré con Matías, que se sobresaltó hasta tal punto que por poco se le caen al suelo los sobres que llevaba en la mano.

—Estaba aquí, ordenando la correspondencia. Ha venido el cartero, muy temprano. ¿Sabe, don Víctor? —dijo, muy nervioso y se dirigió a la garita. Le seguí—. Aquí tengo dos cartas para usted. Llegaron ayer, pero como no lo vi... —Me las entregó alargando mucho el brazo, con un gesto que pretendía mantenerme alejado de él.

Cogí las cartas y me las metí en el bolsillo del abrigo.

—¿Ha venido alguien preguntando por mí?

Dudó, pero la mirada que le dirigí era más que elocuente.

—Ayer por la mañana, a primera hora, apareció el señor comisario. El del otro día. Preguntaba por usted y le acompañaban dos hombres de uniforme —me dijo, muy nervioso.

Podía leer en su cara que era un mierda y que se pondría a chillar como un loco en cuanto saliese por el portal.

—Me pidió la llave y... ¡claro! ... era un comisario de la policía y comprenda que yo... —siguió hablando en tono de disculpa—. Bueno, al principio me negué. Que conste, ¿eh? — Estaba sudando y sonreía nervioso. El pobre no sabía cómo congraciarse conmigo—. Le dije que, si usted no estaba, yo no podía darle la llave a cualquiera. ¡Uf! Se puso hecho una fiera. Y no me la devolvió, sino que se marchó sin más. Por la tarde vinieron otros dos policías de paisano y me pidieron la llave, pero yo no la tenía. Se la había quedado el comisario...

Por eso no habían subido los dos policías del coche, porque no tenían la llave. Estaba en el bolsillo del comisario. ¡Menos mal! Si llegan a tenerla, podría haber pasado cualquier cosa. En cambio los que habían llegado para sustituirlos, sí la tenían.

Miré a Matías. Con la navaja no haría ruido. Pensé y me metí la mano en el bolsillo. Ya estaba a punto de sacarla cuando apareció Encarna, que entraba por el portal.

—¡Ay, don Víctor! —exclamó nada más verme, miró hacia el otro lado de la calle y entró deprisa—. Escóndase, que le buscan. Hay un hombre que vigila ahí enfrente.

Era una buena mujer. No como su marido, que daba asco.

—¿Hay alguna salida por detrás? —le pregunté a ella, no a él.

—No, don Víctor. Por no haber, ni siquiera hay una ventana.

—Necesito que el hombre que vigila la puerta se distraiga dos minutos, el tiempo necesario para llegar a la esquina. Y luego necesito diez minutos más.

Meneó la cabeza y se mordió los labios. Parecía estar buscando una solución. Su marido puso cara de idiota.

—Está a punto de llegar el carro del colmado. A esta hora pasa por aquí delante. Usted puede salir y esconderse detrás —dijo, mirándome con unos ojos grandes.

Era una buena idea. El carro se interpondría unos segundos entre el hombre y mi portal, con lo que perdería la visión. Me acerqué a la puerta de la calle y eché un vistazo discretamente. Al poco oí claramente el traqueteo y los golpes pausados y rítmicos de los cascos del caballo, que se acercaban lentamente. Me volví y miré a Matías.

—No se preocupe —me dijo Encarna, que también miró a su marido, muy seria—. Nadie va a hacer nada.

Me metí la mano en el bolsillo del pantalón, saqué dos duros y se los di a aquella buena mujer.

—Se lo agradezco mucho —le dije con una sonrisa.

Salí justo cuando el carro me tapaba y anduve a su ritmo hasta llegar a la esquina, donde me aparté y desaparecí lo más rápido que pude. Di la vuelta a la manzana y me dirigí hacia la Gran Via. Esperaba y rezaba para que Encarna fuese capaz de retener a su marido unos minutos más.

Me maldije mil veces. ¿Cómo pude cometer el error de no devolver el pico y la pala? Y lo que era más grave todavía: ¿cómo se me ocurrió guardar en casa la documentación y el revólver del muerto? «Por si acaso», me había dicho. ¿Por si acaso qué? Ahora todo me incriminaba y el comisario me acusaría, cuando menos, de complicidad y encubrimiento de un asesinato, si no era del propio asesinato. ¿Qué otra cosa podía hacer, vistas las circunstancias?

¿Y qué podía hacer yo? ¿A quién podía recurrir? Boudineau callaría como un cabrón, Nieto haría lo que le ordenasen, Jean Louis era músico de la orquesta y Estragué tocaba de oído, por lo que tampoco podría echarme una mano. ¡Era horrible! En cuanto descubriesen el cuerpo, ya lo tenían todo para condenarme, porque la carta con el plano dibujado que indicaba dónde estaba el cuerpo ya era irrecuperable. Estaba metido en un buen lío.

Necesitaba tiempo para reflexionar, pero, por encima de todo, me hacía falta un milagro. De lo contrario, todo mi mundo se vendría abajo. Pensé en Carla. Quería tenerlo todo solucionado para su regreso, pero la situación aún se había complicado mucho más, hasta un extremo increíble. En cuanto desenterrasen el cuerpo descubrirían que no había fallecido de muerte natural. Y los que sabían quién le había matado no tenían el menor interés en venir desde Sicilia para declarar en mi favor. Estaba perdido.

15 - ¡ADIÓS, MI AMOR!

Había llovido durante toda la tarde, tal como corresponde a un día de finales de abril, y tal como había hecho el día anterior y el anterior. La temperatura había bajado. Hacía ya más de dos horas que esperaba en un portal del Carrer Muntaner esquina Consell de Cent, vigilando la casa con jardín en donde crecía un enorme magnolio que ya amenazaba con desbordar la verja e invadir la acera; casi había decidido irme cuando vi llegar el automóvil, que se detuvo justo delante de la casa.

El chófer se apeó y abrió la portezuela para que apareciese Estragué con la elegancia que le caracterizaba, con su abrigo, su sombrero y un paraguas en la mano. Llegaba muy tarde. El director del casino se dirigió a la verja del jardín, se desabrochó el abrigo, se metió la mano en el bolsillo del pantalón, sacó una llave y abrió, mientras el automóvil arrancaba y se alejaba.

Eché a correr y pude poner el pie antes de que cerrase.

—¡Por Dios, señor Pons! —exclamó cuando me reconoció—. Me ha dado usted un susto de muerte. Con esa pinta creí que iban a atracarme.

—Necesito ayuda —le dije.

—No se quede ahí. ¡Entre! —me ordenó.

Entré y él escudriñó la calle, antes de cerrar la verja con llave.

—Vamos.

Le seguí hasta la casa. Abrió, entramos y cerró. Todo estaba en silencio.

—No haga ruido. El servicio ya descansa —susurró.

Cruzamos un amplio vestíbulo. A la derecha vi una puerta abierta a través de la que se adivinaba una mesa de trabajo. Debía de ser su despacho. Seguimos andando y me condujo hasta el salón, encendió la luz y me indicó que me sentase en el sofá.

—Aquí no nos molestará nadie. Mi esposa duerme, mi hijo está en casa de unos primos y el servicio también se ha retirado a descansar —dijo.

Se quitó el sombrero y el abrigo y los dejó sobre una silla.

Yo me senté sin quitarme el abrigo, con las manos en los bolsillos, casi acurrucado.

¡Vivía bien, el condenado! Los muebles eran de madera oscura y las cortinas de terciopelo. El suelo estaba cubierto de alfombras persas y las paredes cargadas de cuadros. En cuanto a las lámparas tenían más lágrimas que una plañidera.

—¿Tiene hambre? —me preguntó.

—No, gracias. He cenado ya.

—¿Puedo ofrecerle algo de beber? ¿Un coñac?

Suspiré y asentí despacio, sin dejar de mirar el suelo.

—Se lo agradezco. Teniendo en cuenta la noche que hace, me vendrá bien —dije, y temblé un poco.

Se dirigió al mueble bar y me sirvió un buen trago.

—¿Sabe que todo el mundo le busca? —dijo cuando me daba la copa—. El señor comisario se presentó en el casino y nos dijo que habían encontrado el cadáver de aquel italiano gracias a un anónimo que les llegó por correo, que habían ido a su casa y que habían encontrado la pistola y la documentación del muerto. Y como desapareció así, de pronto..., pues todo le incriminaba. No me atreví a decir que el anónimo lo había enviado usted, precisamente. ¿Dónde ha estado todos estos días?

—Tengo buenos amigos —le respondí después de beber un sorbo.

—¡Dios mío! Da usted pena. Con esa ropa parece un obrero... y sin afeitar... Lo mejor sería que se entregase y se lo contase todo al señor comisario.

—Nadie me creería.

—Yo le apoyaría. Fui yo, precisamente, el que echó la carta al correo. Usted me lo contó todo.

—¿Y qué? La pistola y la documentación del muerto estaban en mi casa. Tal como me dijo, un buen abogado desmontaría toda su historia en un periquete y a mí me crucificaría —le contesté mirándole a los ojos—. Por otro lado, *monsieur* Boudineau lo negará todo. Es un cobarde.

—No debe temer nada. *Monsieur* Boudineau ha sido destituido de su cargo de secretario del consejo de administración y se ha largado a París.

—¿De veras? ¿Y cómo ha sido?

—Han descubierto que participaba en cierto asunto de partidas nocturnas amañadas. Junto con dos de nuestros clientes.

—El barón Von Brütsner y Bruno Torres —dije, y sonreí.

—Sí. Así es —respondió con cierta sorpresa—. Ha habido quejas y denuncias, y los del consejo de administración han decidido que lo mejor era prescindir de sus servicios.

—¿Y Pedro Nieto?

—También ha sido despedido. Por lo visto participaba en el negocio. No directamente, pero lo encubría a cambio de pequeños favores.

—Es una buena noticia —dije, antes de beber otro sorbo de coñac.

—Pero no todas son buenas —replicó Estragué, negando con la cabeza—. El gobernador civil está decidido a prohibir el juego. Eso sería el fin.

—Ya lo ha intentado en otras ocasiones, pero los del consejo de administración tienen buenos amigos en Madrid. ¿No es así?

—Esta vez va muy en serio. Los de Madrid quieren lavarse las manos. Menos mal que los periódicos no han relacionado el asunto del italiano con el casino. Habría supuesto un escándalo mayúsculo. Pero la policía lo sabe y el gobernador civil también. Puede ser el fin del casino.

—Aún quedan el parque de atracciones y el hotel.

Se echó a reír.

—Todo está hipotecado. Además, los ingresos no cubren, ni de lejos, los plazos que hay que pagar. El verdadero negocio es el casino. Si el casino muere, muere todo.

—Un sueño que apenas habrá durado unos meses —medité en voz alta mientras removía la copa de coñac—. Lo que tenía que ser el emblema de la nueva Barcelona ni siquiera va a durar un año. ¿Qué va a hacer usted, si el casino desaparece?

—Bueno... —suspiró—. Cuando Dios cierra una puerta, abre una ventana. Estoy estudiando una oferta que he recibido. Me han ofrecido un puesto de directivo en una empresa que se dedica a montar casinos.

—Eso es tener buena suerte —dije, y le miré—. Si el casino no cierra, usted se queda como el único responsable de todo; y, si cierra, ya tiene trabajo.

—No todo resulta tan bonito. Si el casino cierra tendré que abandonar Barcelona e irme a vivir a Italia —replicó. Calló unos momentos y preguntó—: ¿Y usted? ¿Qué va a hacer ahora?

Suspiré, derrotado, me metí la mano en el bolsillo del abrigo y saqué la carta que me había dado Matías justo el día 17, martes, cuando me escapaba de la policía.

—Cuando ya no tiene sentido seguir luchando, lo mejor es retirarse —respondí.

Se la di. Contempló el sobre, vio el sello y me miró sorprendido. Lo abrió y sacó la carta. Le observé mientras la leía y vi la expresión de su rostro, que iba cambiando conforme avanzaba en la lectura. Seguí el movimiento de sus ojos, que se paseaban por encima de las líneas. Yo era capaz de recitar de memoria aquella carta. Me la sabía de memoria, palabra por palabra. Incluso las comas y los puntos. Podía situar con absoluta precisión cualquier pequeña mancha que hubiera en el papel.

«Querido Víctor:

¡No sabes cómo desearía que estuvieses aquí, conmigo! Ayer, en París, papá se volvió loco. Pero un loco maravilloso. Nos llevó a cenar a Chez Maxim's. Nunca había visto nada igual. Puedes encontrarte con lo más inesperado. Durante la cena pude ver vestidos de lo más atrevido. Ríete de la falda pantalón con la que me presenté en La Rabassada. Aquí la provocación es constante.

Por la mañana estuvimos de compras. Papá quiere que estemos a la altura de lo que se avecina, nos ha dicho, y no ha reparado en gastos. Está echando la casa por la ventana.

Durante la comida le sometimos a una presión increíble para que nos revelase su gran secreto: el destino final, pero no conseguimos que soltase prenda. Ni durante la cena tampoco.

Esta mañana, a primera hora, hemos tomado el tren hacia el norte, hacia Calais. El mar del Norte es salvaje y no tiene nada que ver con el Mediterráneo, tiene mucha fuerza y hemos tenido que esperar para poder embarcar hacia Dover. Luego, unos mozos han acarreado con el equipaje; casi sin tiempo para respirar, hemos tomado otro tren. Esta vez con destino a Southampton.

Estoy viviendo una aventura constante, como jamás había soñado. Mamá primero se ha mostrado un poco asustada con tanto ajetreo, pero cuando, por fin, hace un rato, hemos conseguido arrancarle a papá el gran secreto y nos ha enseñado el exquisito lujo de todo lo que visitaremos y el palacio flotante en el que viviremos durante unos días, se le han saltado las lágrimas. Es un viaje de ensueño en el que recorreremos cinco ciudades de los Estados Unidos... y acabaremos en Hollywood. Dicen que allí puedes encontrarte con todos los actores y actrices, que se están trasladando desde Nueva York; por lo visto, están montando muchos estudios de cine. Papá ha conseguido que nos dejen visitar uno de ellos. Mi ilusión es tan grande que he corrido para escribirte estas líneas y ordenar a María que se ocupe de que te envíen mi carta nada más llegar a la próxima estación.

Cuando regrese, será para no separarnos nunca más, y quiero que nuestra luna de miel sea en un barco y que pasemos por París y vayamos a cenar a Chez Maxim's. Quiero enseñarte todo esto y revivirlo todo contigo, cada momento.

Te quiero como jamás he querido a nadie y te añoro. ¿Tú también piensas en mí? ¿Aún guardas la cinta roja para envolver tu regalo?

Con todo mi amor,
CARLA

P. D. ¡Oh, se me olvidaba! Mañana embarcamos en el Titanic, el mayor y más lujoso de todos los trasatlánticos que jamás han existido. Es su viaje inaugural y dentro de cuatro o cinco días estaremos en New York, la ciudad de mis sueños. Ya te contaré.»

Acabó de leer y se quedó de pie, delante de mí, mientras me devolvía la carta.

—No sé qué decir. No encuentro palabras para expresar… —dijo, y negó con la cabeza—. No sabía que usted y la señorita Carla estaban prometidos.

Metí la carta en el sobre y me la guardé en el bolsillo del abrigo.

—Aún no lo estábamos. Cuando regresase del viaje tenía que hablar con sus padres. Así lo habíamos convenido —le conté, y suspiré—. La carta llegó a Barcelona el domingo día 15, el mismo día que apareció la noticia del naufragio. Luego fui al gobierno civil. Habían recibido una lista provisional y habían subrayado los nombres de los españoles, aunque descubrí que se habían dejado algunos. Me peleé con los que también buscaban esposos, padres, hermanos, parientes…, empujándolos. La repasé cinco veces, de arriba abajo. El nombre de Carla no figuraba. El de su padre, tampoco. En cambio, el de su madre sí que estaba. Conseguí hablar con un funcionario. Me explicó que no era definitiva y que aún había esperanzas, que había mucha confusión, caos. Aquella misma mañana habían recibido otros dos nombres. Todo había ido tan rápido que seguramente habría que esperar un par de días más para que se calmase la situación y pusieran un poco de orden en las listas. Pero cuando apareció el listado definitivo de supervivientes vi que Carla no estaba en ella y mis esperanzas se desvanecieron.

—¡Claro! Encontró la carta el domingo por la noche. Tenía que ser un golpe terrible. Por eso el lunes ya no vino a trabajar —meditó en voz baja, y asintió mirando hacia el ventanal que daba al jardín de atrás.

Permanecí en silencio, contemplando el líquido rojo que se mecía en mi copa.

—¿Qué va a hacer ahora? —me preguntó por segunda vez.

Le miré. Nadie podía imaginar todo lo que había pasado por mi mente cuando leí aquella carta. El mundo se me vino encima. ¡Había tanta alegría en cada frase! Y luego, cuando empecé a buscar su nombre en las listas y no lo encontraba... Me frotaba los ojos, me decía que seguro que se me había pasado, volvía a empezar, me detenía y regresaba unos cuantos nombres atrás. Sin embargo, aquel hombre había dicho que había que esperar. Y esperé, un día y otro y otro y otro, hasta que no tuve más remedio que aceptar la realidad.

—No lo sé —respondí.

—Necesita descansar. Quédese a dormir esta noche, aquí.

—¿En su casa?

—¡Claro! ¿Quién le buscará aquí?

Asentí lentamente, me levanté, me quité el abrigo y le seguí escaleras arriba, hasta la habitación de los invitados.

—Está usted en su casa. Si necesita algo, no tiene más que pedirlo. Procure dormir. Mañana lo verá todo diferente —me dijo antes de cerrar la puerta.

Un rato después, abrí despacio y escuché atentamente. La casa seguía en silencio y todo estaba a oscuras, excepto la rendija de luz que se colaba por debajo de la puerta del despacho, que ahora permanecía cerrada. Bajé las escaleras procurando no hacer ruido, me acerqué, escuché y oí la voz de Estragué. Esperé un poco, hasta que le oí decir: «Así lo haré. Gracias». Abrí muy despacio.

Estaba de espaldas, con el teléfono en la mano. De pronto levantó la vista, me vio reflejado en el cristal de la librería y se sobresaltó, pero se sobrepuso. Se dio la vuelta lentamente, sonrió y depositó el auricular en la horquilla del teléfono.

—¿No puede dormir? —me preguntó.

—No. Y por lo que veo, usted tampoco —le contesté mientras dejaba que mi vista contemplase aquel despacho elegante y espacioso, repleto de libros encerrados tras los cristales de las librerías que ocupaban todas las paredes. Mi padre se habría vuelto loco allí dentro, rodeado por su gran pasión: la lectura.

—¿Hace mucho que está aquí?

—He bajado para tomar otra copa, pero he visto luz y justo acabo de entrar. ¿Todavía está trabajando, a estas horas?

—Las circunstancias son las que son y hay que bailar al son de la música que tocan —me dijo con cara de mártir—. Tenía que hablar con uno de los miembros del consejo de administración, pero no está en casa.

—¿Se acuerda de la carta? ¿La que le he dejado leer antes? —pregunté.

Él asintió.

—No pude leerla hasta el jueves.

—¿Has...ta el... jue...ves? —tartamudeó. Le había costado un poco reaccionar—. Pero antes me ha dicho que la había leído el domingo.

—No. Yo le he dicho que la carta llegó el domingo. El resto se lo ha imaginado, porque no la leí hasta el jueves —respondí.

No contestó. Dio la vuelta a la mesa, se sentó en su butaca y puso las manos en las rodillas.

—Aquel domingo no fui a dormir a casa. ¿No lo sabía? —preguntė, y él negó con un gesto de inocencia—. No, aquel domingo no dormí en casa —Suspiré—. A la mañana siguiente me encontré con que la policía había registrado mi apartamento y había encontrado el arma y la documentación del italiano. Entonces me di cuenta del desastre que eso suponía. Todo me incriminaba.

—¡Ah, claro! Y decidió esconderse.

—Así es —dije, y asentí con una sonrisa triste—. Y durante todo este tiempo me he estado preguntando por qué el comisario ordenó registrar mi apartamento. Si no lo hubiese hecho, yo no me encontraría en una situación tan delicada, una situación que me obliga a huir.

—¿Cómo no he pensado antes? —exclamó, y juntó las manos y se las llevó a la boca en actitud de rezo—. Usted seguramente necesita dinero. Tengo algunas pesetas aquí —dijo, y bajó la mano hacia el tirador para abrir el cajón que tenía justo delante de él, bajo la mesa, pero se detuvo en seco al descubrir el arma que le apuntaba.

Le vi palidecer. Me acerqué lentamente y le hice una seña para que se retirase. Soltó el tirador del cajón y echó la butaca para atrás. Di la vuelta a la mesa y me senté sobre el borde, sin dejar de apuntarle.

—Ábralo, pero despacio. Los movimientos bruscos me alteran —dije.

Abrió el cajón, tímidamente, y eché un vistazo. Había sobres, papel de carta y algunos billetes. Él me miraba tenso.

—Debe de haber unas seiscientas pesetas. Tómelas. Son para usted.

Las cogí y me las metí en el bolsillo. Entonces hice un movimiento con la pistola para indicarle que abriese un poco más el cajón. Dudó, acerqué el arma hacia él, amenazador. Abrió un poco más y en el fondo apareció un revólver del treinta y dos.

—Ni recordaba que estaba ahí —dijo Estragué, más tenso todavía—. Ya ve, al fondo de todo… —procuró sonreír.

Le miré a los ojos y cerré el cajón con el cañón de la pistola.

—No ha llamado a nadie del consejo de administración, ¿verdad?

—¡Pues claro que sí! ¿Qué le hace pensar lo contrario?

—Ha llamado para recibir instrucciones, igual que hizo el domingo día 15, cuando le entregué el sobre para que lo echase al correo y se lo quedó.

—¡Pues claro que lo eché al correo! —exclamó.

—Una carta depositada en el buzón del hotel el domingo por la noche no puede llegar a su destino por lo menos hasta el miércoles. Eso si va muy deprisa —le contesté despacio.

—¿Y quién dice que llegó antes?

—El hecho de que a la mañana siguiente, lunes, registraran mi apartamento indica que ya habían desenterrado el cadáver del italiano. ¿Y cómo podían haberlo encontrado si nadie más que yo sabía dónde estaba? Collserola es una montaña muy grande.

—Le juro que yo…

—El trabajo que le han ofrecido en Italia, ¿es por los servicios prestados? —dije, cortando su juramento.

—No sé qué quiere decir.

—¿No? A Antonio Farreres fueron a buscarle justo después de que yo le explicase a usted que entre los dos habíamos hecho desaparecer el cuerpo de Bonatesta. ¿No se acuerda? —Le miré a los ojos, fijamente—. ¡Por supuesto que se acuerda! Usted les dijo que Antonio sabía dónde estaba el cuerpo, pero resulta que no lo sabía, un detalle que yo le conté mas tarde.

—Le juro que no…

—No jure tanto, que se va a atragantar. He venido en busca de respuestas y las obtendré o me iré sin ellas, pero dejaré un buen recuerdo tras de mí. ¿Me ha comprendido?

Miró el cañón del arma, tragó saliva y movió la cabeza arriba y abajo, como un becerro. Sólo le faltaba el cencerro.

—El comisario dijo que el cuerpo de Lucca Bonatesta era muy valioso. ¿Por qué lo dijo? —pregunté con rabia—. ¿A qué se refería?

—No lo sé. Se lo juro.

—¿Quién más tenía interés en descubrir el cadáver, a parte de la policía? —pregunté mientras le ponía el arma bajo la nariz y le obligaba a echar la cabeza hacia atrás.

—¡Los de Italia! —exclamó, asustado. El pobre temblaba.

—Siga —le ordené.

—Me hace daño —se quejó.

—No es nada comparado con lo que vendrá si no me lo cuenta todo. —Aún apreté más el cañón contra su nariz.

—Si dispara, despertará a todo el mundo —intentó intimidarme.

—Pero usted ya estará muerto —le contesté, y sonreí.

Tragó saliva. Después de haber leído la carta que le había mostrado, podía imaginarse mi estado de ánimo y lo poco que me importaba el futuro o las consecuencias de mis actos.

—Vinieron a verme. Eran los mismos que habían hecho una oferta para entrar como socios en el negocio cuando se estaba construyendo. Fue una oferta que el consejo de administración rechazó.

—Tengo entendido que en aquella ocasión usted hizo de introductor de embajadores. ¿No es cierto? —pregunté.

Él asintió.

—Por eso *monsieur* Boudineau le dejaba de lado —afirmé —. No se fiaba de usted.

Arqueó las cejas y agrandó los ojos. Era una manera de confirmar mis palabras.

—Todos saben que Barcelona es un lugar privilegiado que puede hacer sombra a muchos otros casinos, el de Montecarlo incluido. Por esta razón querían una parte del pastel —dijo. Le aflojé un poco la presión del arma. Respiró aliviado, pero enseguida volví a empujar el cañón—. ¡Espere, espere! —exclamó, y volví a soltar un poco—. Bueno... Verá... Lucca Bonatesta trabajaba para una gente de Italia.

—Para la mafia —dije.

—Supongo que sí. Había venido a Barcelona siguiendo a un hombre que había robado dinero. El tipo se había largado después de fingir el suicidio de Bonatesta.

—Y los de la mafia pescaron a ese pobre desgraciado y le hicieron cantar. Todo eso ya lo sé. La pregunta es: ¿por qué tenían tanto interés en que saliese a la luz su cadáver?

—Es evidente —dijo, e intentó sonreír—. Una vez se enteraron de lo sucedido, se dieron cuenta de que era una ocasión de oro para hundir el casino de La Rabassada y eliminar una competencia incómoda. Si se descubría el cadáver, el gobernador civil seguramente prohibiría el juego, tal como había prometido que haría si se producía otra desgracia.

—¿Y qué pinto yo en toda esta historia?

—Le juro que no tuve nada que ver en ello —contestó. Ahora sudaba—. Tiene que creerme. Sólo cumplí órdenes y nunca supuse...

—Por favor, vaya al grano —dije muy despacio y en un tono conciliador—. No dispongo de toda la noche y estoy muy cansado.

—Verá, ellos dijeron que si todo quedaba como un suicidio, aún existía la posibilidad de que Madrid interviniese y parase los pies al gobernador civil; sin embargo, si se descubría que se había cometido un crimen, todo sería diferente. Les dije que los ayudaría a encontrar el cadáver, pero que nadie más tenía que resultar perjudicado. Me prometieron que destaparían el asunto y que dejarían muy claro quién era el asesino, que lo único que querían era que se cerrase el casino.

—Luego reflexionaron —intervine. Por fin tenía todas las respuestas—. Era mucho mejor que el asesino fuese alguien del casino. ¿No es así? ¿Y quién más apropiado que el propio director de seguridad? ¡Menudo escándalo! ¡Y menudos titulares! «El director de seguridad del Casino de La Rabassada asesina a un cliente». Ni servido en bandeja de plata resultaría mejor.

Me miró con ojos de conejo asustado e hizo un esfuerzo por tragar saliva.

—Merecería que le matase aquí mismo, como a un perro —dije con rabia.

—Puedo conseguirle más dinero y un pasaje para dónde quiera. ¡Tengo amigos poderosos! —exclamó con desesperación—. Podrá abandonar el país y empezar una nueva vida. Nada le retiene aquí.

—Cierto. Nada me retiene. Lo que más quería ha desaparecido para siempre —dije con tristeza, y bajé el arma.

—Mañana iremos juntos al banco y le entregaré el dinero. Tiene mi palabra de honor —le oí decir, pero ya no le escuchaba, ya no me interesaba lo que tenía que decirme.

Me puse en pie, me guardé la semiautomática en la funda del sobaco y asentí lentamente. Le di la espalda y me dirigí lentamente hacia la puerta. Reflejada en el cristal de una de las librerías vi su imagen, que se adelantaba y abría lentamente el cajón de la mesa del despacho. Sonreí levemente. Al darme la vuelta, al tiempo que con la mano derecha dejaba la pistola en la funda, con la izquierda sacaba la otra arma, la que llevaba en la cintura, bajo la americana.

Me di la vuelta, levanté el revólver de mi padre con el silenciador montado, justo cuando él iba a meter su mano en el cajón. Fueron cinco sonidos sordos, imposibles de oír desde fuera de aquel despacho. Mi padre había fabricado una verdadera obra de arte, como todo lo que hacía; el ruido fue mínimo, casi agradable. Uno de los disparos le alcanzó en la cara. Se quedó sentado en la butaca, con el cuerpo inerte, como un muñeco de trapo. Su arma cayó al suelo.

En esta vida nos equivocamos muy a menudo con la gente que creemos conocer. Yo siempre le había tenido por alguien inteligente, pero al final resultaba que era un pobre idiota. ¿A quién se le ocurre moverse cuando se está rodeado de cristales que pueden servir de espejos?

Me acerqué. Estaba muerto, bien muerto. Y era como todos los cadáveres: inofensivo. Saqué una hoja del cajón, mojé mis dedos en su sangre y escribí: «*PORCO*».

—Antonio era amigo mío. Tú eres responsable de su muerte, hijo de puta —exclamé, y le clavé el cartel en el pecho con una aguja que llevaba en la solapa.

Allí le dejé. Me imaginaba los titulares de los periódicos: «El director del casino de La Rabassada asesinado en su casa víctima de una *vendetta*», «¡La mafia desembarca a tiros en Barcelona!»... Quizás algún periodista más sutil, o con una vena poética, lo titularía: «Jugar y morir en Barcelona». O quizás, aún mejor, «Una vida en juego».

Sí, éste sería el gran titular. Ahora, ya no tenía duda alguna de que el gobernador civil firmaría lo que fuese con tal de devolver la paz y la decencia a su querida ciudad.

Limpié lo poco que había tocado. Prácticamente sólo la copa. Le cogí las llaves del bolsillo, tomé mi abrigo y salí a la calle.

Me sentía agotado. Imaginé que, por una vez, el destino jugaba a mi favor. Llovía, la gente estaba en sus casas y yo lo tenía todo a punto. El barco zarpaba al amanecer. En la tripulación se había enrolado un marinero inexperto llamado

Vittorio Ponte. Destino: Argentina. Había leído en algún periódico que allí vivían un millón de inmigrantes italianos y otro millón de españoles. ¿Quién encontraría una aguja en un pajar?

Me fui andando despacio hacia las Ramblas. Desde allí llegaría al puerto. Al cabo de pocas horas ya estaría en mitad del mar. Atrás quedaría Barcelona y mi gran sueño, que apenas había durado unos meses. Cuando cerrasen el casino, Barcelona despertaría de su ilusión de convertirse en la perla del Mediterráneo gracias a la locura que genera una ruleta que gira, unos dados que vuelan o unas cartas que se reparten. Apostamos y perdemos. Así es el juego. Pocas veces se gana.

Hacía fresco. Me habían dicho que en Argentina empezaba el invierno, porque allí van al revés que nosotros. ¡Bien! Tendría que esperar otros seis meses para que llegase el verano.

En mi equipaje llevaba quince mil pesetas. Y ahora tenía seiscientas más. Suficiente para cruzar el Atlántico y empezar una nueva vida. Me metí las manos en los bolsillos y mis dedos se enredaron con algo. Lo saqué fuera. Era... «¿Aún guardas la cinta roja para envolver tu regalo?», decía la carta de mi amada. Sí, aún la guardaba. Ahí estaba, en mi mano.

Andando por la Ramblas, bajo la lluvia, camino de mi nuevo destino, recordé las palabras de mi padre que, en una de aquellas largas conversaciones sentados en el patio contemplando la leñera, me dijo: «Ten mucho cuidado porque llega un día en que tu arrogancia te hace imaginar que dominas tu futuro. ¡Y no dominas nada! A mí me sucedió en Catanzaro, cuando esperaba mi segundo hijo. Entonces, creyendo que tus cartas son casi imbatibles, apuestas fuerte en la mesa del destino y aparece el azar, ese jugador que sonríe maliciosamente y pone sobre la mesa una vida en juego, para luego destapar su mano y mostrarte su póquer de ases. Y ahí es donde descubres que has perdido».

¡Cuánta razón tenía! Su voz era la voz de le experiencia. Durante todos aquellos meses me había dormido en el plácido sueño de imaginar que podía empezar una nueva vida, sin darme cuenta de que quizás mi apuesta superaba mis posibilidades y, al final, había acabado perdiéndola a ella y perdiéndolo todo, porque ahora me preguntaba: «¿Qué nueva vida puedo empezar sin Carla?».

Respiré hondo y noté que los ojos se me humedecían. Indudablemente, si yo fuese periodista, creo que el mejor título para un artículo sobre el Casino de la Rabassada sería: «Una vida en juego».

NOTA HISTÓRICA

En el año 1912, el Gobierno Civil prohibió el juego y el casino de la Rabassada dejó de funcionar. El resto de las instalaciones se alquilaron a Joan Meunier i Monin, que se comprometió a pagar el veinte por ciento de los beneficios a la compañía La Rabassada S. A.

Sin embargo, apenas un año más tarde, la sociedad, tras no satisfacer las tasas de la explotación de la línea del tranvía, se declaró en quiebra.

Los sucesivos intentos por reconvertir las actividades no surtieron efecto. Finalmente se consiguió que el juego fuese tolerado durante unos años. Joan Meunier compró el complejo. De nuevo apareció la clientela extranjera, aunque jamás volvió a utilizarse la palabra casino en el nombre, sino que el lugar pasó a llamarse Jardines de Recreo y Atracciones. Sin embargo, y a pesar del enorme esfuerzo, no consiguió recuperar su esplendor. En el año 1928, bajo la dictadura de Primo de Rivera, volvió a prohibirse el juego. Fue un golpe definitivo que hizo presagiar su fin.

La decadencia se aceleró. En 1934 se cerró definitivamente el restaurante. Poco después, con la Guerra Civil, se convirtió en cuartel y en la década de los cuarenta fue prácticamente derribado; sus elementos decorativos, sus ventanas, sus puertas, en definitiva, todo cuanto era de utilidad fue utilizado para construir casas de verano en la vecindad.

Actualmente sólo queda el recuerdo escondido por la maleza y los árboles del bosque. Excepción hecha de los túneles, algunos pilares de las montañas rusas, el pequeño mirador, parte de la bodega, ciertos vestigios de la escalinata, algún banco de piedra, alguna fuente y poca cosa más, nada hace sospechar que en aquel lugar se vivió un sueño que pudo ser realidad.

OTRAS OBRAS DE ALBERT SALVADÓ

Si habéis disfrutado con la lectura, quizás os interese conocer otras obras de Albert Salvadó, todas disponibles en formato de libro electrónico.

EL INFORME PHAETON

Ésta no es una novela normal. Si la empieza, tiene que acabarla. No porque se lo diga el autor, sino porque, quizás, no podrá dejarla hasta cerrar la última página.

A través de un relato lleno de misterio, un escritor halla una explicación alternativa a todo lo que nos han contado, que mueve su interior y le abre las puertas de un mundo fascinante, hasta conducirle a un descubrimiento demoledor que lo cambia todo: el Diluvio Universal lo provocamos nosotros mismos: el ser humano. No hubo ninguna intervención divina. Y lo demuestra.

Es una obra muy difícil de resumir por la gran cantidad de datos que contiene. Quizás lo mejor es ver qué ha dicho la crítica sobre ella:

Su libro más ambicioso. Los incondicionales del género disfrutarán mucho. Si Albert Salvadó (Andorra la Vella) perteneciese a otras coordenadas geográficas sería un fenómeno de masas... con una obra de cerca de veinte novelas dedicadas mayormente a la divulgación histórica con vocación sin complejos de best seller. Joan Joseph Isern (AVUI)

El Informe Phaeton, trepidante novela en la que el escritor andorrano Albert Salvadó revisa la versión oficial del Diluvio Universal y advierte sobre el peligro del cambio climático. Xavier Aldekoa (La Vanguardia)

... sorprendente Informe Phaeton... es un Best Seller inteligente. Jordi Valls (Llibreria Catalonia, Avui)

...se toma con agrado y deja un regusto que permanece en el paladar... sorprendente trabajo... ciencia ficción de primer orden... a la narración lineal y directa se suma una enorme cantidad de información. Antonio J. Ubero (Elfaro)

El Informe Phaeton, una gran leyenda que hará historia alrededor de una narración realmente posible. Felicidades a sus lectores, porque la diversidad de escenarios les hará disfrutar de un largo viaje a la Ciudad del Sol. El racó del llibre (7Dies)

... está muy bien argumentada y documentada. Albert Jorquera (Diari de Vilanova)

LA GRAN CONCUBINA DE EGIPTO

Obra ganadora del IX Premio Néstor Luján de Novela Histórica (2005)

En el año 1100 antes de Jesucristo gobierna el faraón Ramsés XI, los caminos no son seguros, los comerciantes están asustados, las naciones vecinas no respetan a Egipto, la nación se rompe... Herihor, general del ejército del faraón, viaja a Tebas para salvar el imperio de las garras de Penehasy, usurpador nubio. Tras la gran victoria, recibe una revelación de los dioses y ocupa el puesto de Sumo Sacerdote. Él será el primer miembro de una nueva dinastía: la dinastía de los sacerdotes. Y pacta con el otro gran general, Smendes, que Ramsés XI continuará siendo el faraón, pero ahora habrá dos reyes: Smendes reinará en el norte y Herihor reinará en el sur. Ellos pactan la división de poderes y toman todas las decisiones. Sin embargo, la muerte de Herihor se convierte en un misterio que amenaza con desencadenar la peor de todas las crisis. Su cuerpo ha desaparecido y si no pueden enterrarlo su sucesor no puede acceder al trono, con lo que Ramsés puede reclamar de nuevo el reino de Tebas. ¿Dónde está el cuerpo de Herihor?, se preguntan todos y el misterio crece,mientras su esposa Nodyme, la Gran Concubina de Egipto, mueve los hilos con una sutileza digna del mejor de los gobernantes y decide por encima de todos.

EL ENIGMA DE CONSTANTINO EL GRANDE

El emperador Constantino el Grande es una de las figuras más impresionantes y controvertidas de la historia universal.

Sus decisiones son un verdadero enigma que esta obra desvela magistralmente. Su vida es un sinfín de luchas y conquistas, amistades y odios, amores y desamores, grandezas y miserias, noblezas y crímenes, engaños y traiciones. Y él, desde la humildad del hombre que se enfrenta a su muerte, hace balance de todo.

Fue el último de los grandes emperadores. Hijo bastardo de Constancio Cloro, reunificó el Imperio romano por última vez, concedió la libertad a los cristianos, creó el primer ejército móvil, instituyó la moneda única (el Solidus, verdadero precursor del Euro), fundó Constantinopla, asesinó con sus propias manos... y vivió un gran amor con Minervina, su primera esposa.

Sumergirse en la vida de Constantino es revivir una época increíble y descubrir el gran misterio de sus decisiones, aparentemente absurdas y contradictorias y, a pesar de todo, cargadas de una lógica sorprendente e implacable que Albert Salvadó nos disbuja con pulso firme y mano maestra. Una obra que jamás se olvida y que mereció ser finalista en el I Premio Néstor Luján de Novela Histórica.

EL ANILLO DE ATILA

Obra ganadora del Premio Fiter i Rossell del Círculo de las Artes y las Letras.

En pleno siglo V, Constantinopla y Roma contemplan con preocupación cómo todas las tierras entre el Rin, el Danuvio, el Volga y el mar Báltico rinden homenaje y pleitesía al nuevo emperador de los hunos, como se hace llamar Atila.

Y la preocupación se convierte en pánico cuando empieza a circular la leyenda que habla de un hombre que está por encima de los demás mortales, porque ha recibido de manos de los dioses la espada de Marte.

Severo Antonio Braulio Teodosio, general, embajador y senador, vivirá una vida entera para descubrir que somos los hombres que levantamos los imperios y, también somos nosotros, quienes los hundimos.

Mientras, todo el Imperio cae a su alrededor, él, desde su villa de Tarraco, relata a su amigo Pablo Orosio, que escribió la historia de aquellos días, sus recuerdos, los de una época increíble, en la que la aparición de un hombre irrepetible, el gran Atila, se unió a otra figura que marcó el final absoluto del Imperio Romano de Occidente: Gala Placidia. Nieta, hija, hermanastra, esposa y madre de emperadores, se sentó durante treinta años en la silla imperial.

El gran Severo, espectador privilegiado por los cargos que ocupó, grita: ¡Nunca, en toda la historia, hubo una mujer tan predestinada! Y relata con todos los pormenores cómo Gala Placidia enfrentó a los mejores generales de Roma entre sí, impulsó a Atila a atacar un Imperio debilitado y ahogado por la corrupción, la traición, la codicia y el vicio, y dejó en el trono a su hijo Valentiniano, un verdadero monstruo.

El resultado no podía ser otro, y la historia ha hecho justicia.

EL MAESTRO DE KEOPS

Obra ganadora del PREMIO NÉSTOR LUJÁN DE NOVELA HISTÓRICA.

Esta es la historia de la época del faraón Snefrú y la reina Heteferes, padres de Keops, el constructor de la mayor y más impresionante de las pirámides. También es la historia de Sedum, un esclavo que llegó a ser el maestro de Keops, del sumo sacerdote Ramosi y del nacimiento de la primera pirámide.

Sebekhotep, el gran sabio de aquellos tiempos, decía: «Todo está escrito en las estrellas. La mayor parte de nosotros vivimos sin ser conscientes de ello; algunos son capaces de leer en ellas y ver el destino; pero muy pocos aprenden a escribir sobre ellas y pueden cambiar el destino».

Ramosi y Sedum aprendieron a escribir e intentaron cambiar sus destinos, pero su suerte fue muy desigual. He aquí el relato del enfrentamiento de dos inteligencias: una luchaba por el poder y la otra por la libertad.

EL RELATO DE GÜNTER PSARRIS

Los que la han leído dicen que se trata de un relato duro, pero que es, a la vez, el más tierno y humano que ha escrito Albert Salvadó.

En una cabaña en mitad de los Pirineos, tres hombres encuentran el cadáver de un pastor, la fotografía de un oficial nazi y un manuscrito.

Ésta es la apasionante historia de Günter Psarris, a quien el mundo convirtió en asesino, aunque él nunca dejó de ser una gran persona. Vivió durante la Segunda Guerra mundial en la Alemania de la locura, fue encerrado en el campo de Mauthausen y sobrevivió. Sin embargo, el precio que pagó por ello fue muy elevado.

Ésta es también la historia de alguien que amó con locura, que fue deportado y que el mundo, lejos de su casa, le trató con dureza y le robó cuanto tenía. Incluso el amor. Y ésta es una historia llena de esperanza y de lecciones, de un episodio reciente de la humanidad que ha quedado marcado por la violencia, la brutalidad, el salvajismo y el desprecio absoluto por todo aquello que es sagrado: la vida humana. Sin embargo, Günter Psarris sabe que la vida continua y que el amor es eterno. Y eso nadie se lo puede robar.

EL PUÑAL DEL SARRACENO
(Primera parte de la trilogía de JAIME I EL CONQUISTADOR)

Sin duda alguna, la trilogía de de JAIME I EL CONQUISTADOR es una de las obras cumbre de Albert Salvadó. Estuvo durante más de cuatro meses en las listas de los más vendidos. Se han vendido en formato impreso más de 70.000 trilogías.

EL PUÑAL DEL SARRACENO es la primer aparte de esta trilogía y abarca los primeros 20 años del monarca que se sentó en el trono durante más de 60 años.

Ser hijo de rey no es sinónimo de nacer predestinado, y LA HISTORIA DE JAIME I, llamado EL CONQUISTADOR, constituye la prueba más evidente. A la tierna edad de tres años era un prisionero, pero un hombre con una voluntad de hierro es capaz de cambiar el futuro y convertirse en el rey más grande de su tiempo. Pocos reinados han sido tan largos como el suyo. ¡Más de sesenta años en el trono! Sin embargo para llegar hay que luchar. Y no tan solo en el campo de batalla. Jaime tuvo que escalar los peldaños que conducen al trono, y para hacerlo, antes tuvo que recibir la enseñanza que se adquiere en la Escuela de los Sonidos y que sólo podría otorgarle Luís de Estemariu, un caballero templario proscrito.

LA REINA HÚNGARA
(Segunda parte de la Trilogía de JAIME I EL CONQUISTADOR)

LA REINA HÚNGARA es la segunda parte de la trilogía de JAIME I EL CONQUISTADOR, una de las obras cumbres de Albert Salvadó. Ha estado más de cuatro meses en las listas de los más vendidos.

Jaime ya es rey. Ha conseguido escalar los peldaños que ascienden hasta el trono, ha pacificado ARAGÓN y CATALUÑA y se ha sentado en lo más alto del poder. Ahora llega el momento de contemplar el horizonte e iniciar las grandes conquistas. MALLORCA y VALENCIA le aguardan.

Y aparece también con toda fuerza de la pasión, su conquista más importante, Violante de Hungría, LA REINA HÚNGARA, una de las historias de amor más tiernas y, al mismo tiempo, más turbulenta. Entre plazas, castillos y luchas internas con los nobles, caen las murallas y los corazones. Y en medio se alza Violante, LA REINA HÚNGARA. Sin duda es la etapa más apasionante y más apasionada de JAIME I EL CONQUISTADOR.

HABLAD O MATADME
(Tercera parte de la trilogía de JAIME I EL CONQUISTADOR)

HABLAD O MATADME es la tercera y última entrega de la trilogía de JAIME I EL CONQUISTADOR, la gran aventura en la Europa del siglo XIII, una de las obras cumbre de Albert Salvadó, sin duda alguna. Más de cuatro meses en las listas de los más vendidos.

El rey Jaime ya ha conquistado Mallorca y Valencia, pero sus enemigos son cada vez más poderosos. Ahora se enfrenta a la Iglesia, a las envidias e intrigas de los nobles y a las luchas de sus hijos por conquistar el poder. Los reinos de Castilla y León se enfrentan con Aragón y Cataluña y hay revueltas y sublevaciones en la Corona.

En esta tercera parte, Jaime I el Conquistador, el rey que conquistó tierras y corazones, nos ofrece su legado ideológico y en ella descubriremos el desenlace de la trilogía y cómo utilizar la última vocal de la Escuela de los Sonidos, la que Luís de Estemariu, el caballero proscrito, no pudo enseñarle y que abre la puerta del espíritu.

EL RAPTO, EL MUERTO Y EL MARSELLÉS

Obra ganadora del "Primer Premio Serie Negra 2000" de Planeta.

¿Puede un bebé desaparecer de una clínica en menos de dos minutos? Posiblemente. Pero, delante de los ojos de todo el mundo...? ¿Sin que lo hayan perdido de vista ni un instante...? Eso ya es mucho más difícil.

¿Puede un hombre morir ahogado en su bañera con el estómago lleno de somníferos? Posiblemente. ¿Pero, sin que nadie le haya visto llegar ni haya oído nada, a pesar de que había gente en la casa...? ¿Y cómo entró? ¡Ah!

¿Qué tiene que ver un hecho con el otro? ¡Menudo lío!

Éstas y muchas otras preguntas son las que tiene que responder Álex Samsó en una aventura que empieza de una forma casual y, poco a poco, se convierte en un misterio constante. Pero la mayor sorpresa no es el misterio, sino otro personaje más que curioso: el Marsellés.

Las explicaciones siempre existen, pero para encontrarlas se necesita una mente capaz de hacer que dos y dos sean cuatro, a pesar de que a veces parece que las matemáticas fallan y todos acabamos creyendo que dos y dos son cinco o tres.

Albert Salvadó, con la habilidad que le caracteriza, nos ofrece un nuevo misterio que nos mantiene sujetos y nos hace bailar la cabeza hasta que aparece la solución.

UN VOTO POR LA ESPERANZA

Según las profecías de San Malaquías, Benedicto XVI, el Papa actual, es el penúltimo. El próximo será el último.

«Un voto por la esperanza» comienza justo cuando acaba de fallecer el Pontífice, el cónclave se ha reunido para escoger al sucesor y, de pronto, en la plaza de San Pedro se alzan voces que gritan «¡Fumata blanca, fumata blanca!». Entre la multitud, Mario Darino, periodista que cree dominar los entresijos del Vaticano, se queda petrificado al conocer el nombre que ha escogido el nuevo Papa: Pedro II. En veinte siglos, ningún otro Papa se había atrevido a adoptarlo.

A partir de este instante Mario Darino vive una experiencia increíble. Su vida da un giro de ciento ochenta grados y se ve inmerso en una peligrosa trama de intereses políticos y económicos a la que no son ajenas las intrigas que se alimentan tras los mismos muros del Vaticano, donde a menudo el afán de poder se esconde bajo un manto de religiosidad.

La historia está plagada de ejemplos, y todo se precipitará cuando empiece a tomar cuerpo la profecía de san Malaquías, que vaticina que el último Papa tendrá por divisa Petrus Romanus, llevará por nombre Pedro II y durante su pontificado tendrá lugar el juicio final.

LOS OJOS DE ANÍBAL

Obra ganadora del "PREMIO CARLEMANY 2002",

En la Roma de los primeros tiempos la mujer no tenía el menor derecho: era considerada una propiedad y el matrimonio solo era un contrato para tener hijos. Aún así, en privado, la mujer se convirtió en el soporte del hombre y en el centro de un poder silencioso y secreto que influyó en las grandes decisiones.

Ésta es la historia de Ariadna, una mujer de ojos oscuros y misteriosos como la noche, y de Sinesio, el filósofo que era capaz de leer en los ojos de los demás y desnudar las almas y que descubrió que Ariadna guardaba en su interior todo un universo, oculto tras el misterio de su mirada.

Una historia en que el amor con mayúsculas se une a las cuatro derrotas consecutivas, también con mayúsculas, de Roma a manos del gran Aníbal. Y todo por causa de unos ojos.

También es la historia de Publio Cornelio Escipión, que se convertiría en el más grande de los generales romanos, que aprendió que los ojos son la puerta que nos permite asomarnos al alma y alcanzar los sentimientos de cualquiera.

El nombre de Aníbal ha pasado a la historia de la mano de los elefantes, pero una vez leída esta obra, es posible que sustituyamos los paquidermos por algo mucho más pequeño e infinitamente más poderoso.

¡MALDITO CATALÁN!
(Primera parte de la trilogía LA SOMBRA DE ALÍ BEY)

¿Quién se escondió bajo el nombre de Alí Bey?

Se llamaba Domingo Badía y nació en Barcelona durante la segunda mitad del siglo XVIII. En poco tiempo se convirtió en uno de los personajes más fascinantes de nuestra historia: aventurero, viajero, dibujante, escritor y espía al servicio de varios países.

Viajó por todo el Mediterráneo hasta llegar a tierras islámicas donde, para pasar desapercibido, adoptó una nueva personalidad. Se hizo circuncidar en Londres, se disfrazó de príncipe turco, ejerció la poligamia, mientras dejaba a una esposa en España, espió a las órdenes de Godoy, fue el primer occidental capaz de entrar en La Meca, se puso al servicio de Napoleón... y vivió una vida real que supera a cuanto una fértil imaginación sea capaz de engendrar.

¡MALDITO CATALÁN! es la primera parte de la trilogía de LA SOMBRA DE ALÍ BEY y representan una visión ácida, no exenta de humor, del mundo de la política en el que hay cabida para advenedizos, arribistas, sinvergüenzas, traidores, aprovechados...

A finales del siglo XVIII e inicios del XIX, Europa parece que ha perdido el rumbo. La Revolución Francesa cambia todos los planteamientos, la monarquía absoluta llega a su fin, Inglaterra y España se disputan la supremacía en el Atlántico y el Mediterráneo y Francia se enfrenta a todos sus vecinos, mientras Rusia lo contempla todo desde la lejanía.

En medio de tanto alboroto, Godoy, el hombre que maneja los hilos del poder en Madrid gracias a su estrecha relación con la reina María Luisa, tiene sobre su mesa un curioso tratado de globos y máquinas aerostáticas firmado por un tal Polindo Remigio. Los Servicios de Inteligencia británicos se preguntan quién es este hombre, porque saben muy bien que el primer ministro español es calculador y peligroso.

La máquina del espionaje se pone en marcha y llegan las primeras sorpresas. Polindo Remigio no existe. ¿Entonces... qué o quién se esconde tras ese nombre?

A partir de aquí se inicia una investigación que obligará a Sir Blum, jefe de los Servicios de Información del ministerio de Asuntos Extranjeros encargado del área del Mediterráneo comprendida entre España, Francia, Italia y el norte de África, a exclamar: ¡Maldito catalán!

Sin embargo, ni él ni nadie son conscientes de que están asistiendo al nacimiento de una verdadera leyenda: la leyenda de Alí Bey

¡MALDITO MUSULMÁN!
(Segunda parte de la trilogía LA SOMBRA DE ALÍ BEY)

Con un deje de humor que planea a lo largo de toda la novela, y sin dejar de lado la crítica mordaz al mundo de la política, en donde todo vale, Albert Salvadó nos presenta ¡MALDITO MUSULMÁN!, la segunda parte de su celebrada trilogía LA SOMBRA DE ALÍ BEY, y nos guía a través de una de las aventuras más increíbles de la historia real. «Merecería ser llevada al cine», han dicho muchos de sus lectores.

Domingo Badía viaja a Londres y Alfred Gordon desvela el misterio de Alí Bey. Sin embargo, ahora, aparece un nuevo enigma: ¿Qué pretende el gobierno de Godoy? Porque después de la aventura del globo, todo es posible.

Badía, bajo el disfraz de Alí Bey atraviesa el estrecho de Gibraltar y desembarca en Tánger. A partir de aquí, sin ningún conocimiento de la lengua ni de las costumbres de aquellas tierras, se inicia su gran aventura en Marruecos, país que recorrerá de punta a punta, conociendo al sultán Sulaiman y a buena parte de los hombres que ocupan el poder. Entre ellos encuentra Abd-as-Salam, el hermano ciego del sultán, que le conducirá por los caminos del placer y le descubrirá un mundo oculto.

Mientras, en Madrid, Godoy espera con ansia las noticias del viajero, que es como llama a Domingo Bahía, y sueña con la conquista del norte de África para obtener los cereales que Sulaiman le niega. Y todo ello bajo la atenta mirada de los servicios secretos ingleses.

¿Quién fue en realidad Alí Bey? ¿Un conspirador y un espía? ¿O podría haber sido un científico y un explorador? ¿O incluso un aventurero, un vividor y un polígamo? ¿O... tal vez otro misterio por resolver?

¡MALDITO CRISTIANO!
(Tercera parte de la trilogía LA SOMBRA DE ALÍ BEY)

Con ¡MALDITO CRISTIANO!, Albert Salvadó nos conduce hasta el desenlace de su trilogía LA SOMBRA DE ALÍ BEY, un personaje que marcó toda una época y que, aún hoy en día, sigue despertando un interés inusitado. Una obra que conforme se avanza en su lectura, cada vez apasiona más, hasta que las sorpresas se suceden y explican quién fue de veras Alí Bey.

Europa cambia, Napoleón ha sido derrotado y enviado al exilio.

En este contexto, Domingo Badía (Alí Bey) tiene que huir a Francia y se establece en París con su familia. Allí publica el relato de sus viajes por el Norte de África y los dedica al rey Luís XVIII.

Sin embargo, la vida no es fácil en un país que no es el tuyo y Badía descubre que tiene que integrarse, si quiere alcanzar sus objetivos, pero no cuenta con que el Duque de Richelieu no es Godoy y no cree en sus proyectos.

A partir de aquí Domingo Badía tendrá que ser capaz de encontrar el camino que le permita convencer al gobierno francés para que le financie una nueva expedición, única manera de enderezar su maltrecha economía familiar. Todo ello bajo la atenta mirada de los servicios secretos británicos que observan sus movimientos con creciente preocupación. Máxime cuando Domingo Badía consigue su objetivo y parte para una nueva expedición.

Pero la gran aventura de Domingo Badía, Alí Bey o Othman Bey, el hombre de las mil caras, aún no ha llegado. Él es capaz de crear una trama portentosa con la que se burlará de ingleses y franceses. Es ahí donde verdaderamente nace la leyenda del más grande de todos los viajeros del siglo XIX.

www.ingramcontent.com/pod-product-compliance
Lightning Source LLC
Chambersburg PA
CBHW070536260626
47161CB00002B/410